JN022139

「……店主、これは頼んだ、か？」
注文したのは
冷やし中華のはずだったが、
もうもうと立ち上る湯気は
どうみても冷えてない。
「がはは！
いやぁ、
すいやせんお客様。
ちょっと腕がこう、鳴りましてね！
まあ貴方様がどんな御方か
全然知らないんですがね？
あ、お代は結構でございますよ。
やー、ほんとたまたま。
たまたま！
なんか最高の一杯ってもんを
作りたくなっただけですから！
ささ、どうぞお召しあがりに
なってくださいやせ！」
カロンは
静かに瞑目する。
なるほど、
こういうことが
起きてしまうのか。
フィルミリア
梔子姫
カロン
五郎兵衛

アルアは
首に下げていた
ロザリオの鎖を引き千切る。
「応えて、
私の剣。
【ガーベラクロイツ】！」
アルア
真紅の花弁が、
アルアの足元から焔とともに舞い上がる。
彼女の瞳に紅い魔力が灯ると同時に、
握られていたロザリオは巨大化し、
錫杖のような十字槍へと姿を変えた。

エスケルドバロニア 5

百黒 雅

【イラスト】
sime

Contents

プロローグ……5
一章　平穏と不穏……19
二章　来賓……121
三章　集う演者……177

四章　天の使い　227
終章　獣　321
設定資料集　343
あとがき　348

Illust. sime

プロローグ

まだ朝日も昇らない時間から、彼らは目を覚ます。

身を清め、粗食(そしょく)を口にし、メイド服やボーイ服に身を包み、身支度を整えて、定刻には広いロビーへと集合していた。

クマ耳の少年。四つ腕の女性。陽炎(かげろう)の壮年。毒蛾(どくが)の少女。などなど。

集まった三十名の魔物たちは統一性のない種族だが、唯一の共通点は容姿の美しさだ。

大きなクラゲ帽子の薄水色(うすみずいろ)をした少女も、帽子の下の頭にプリムを乗せて、ロングスカートの裾(すそ)からはみ出そうになる触手をどうにか丸めながら、認められた美貌を崩さぬよう表情を意識しながら仲間と顔を見合わせた。

「おはよう、フィーリエ」

「おはようティノス。十日ぶりだね」

同じシフトで動いている熊の獣人種【アルクトス】の少年ティノスの言葉に、クラゲの魚人種【クトゥルヒドロゾア】のフィーリエは苦い笑みを浮かべる。

「そうね。なんだか変な感じだったわ」

「こっちもだよ。こんなに長く登城しなかったの初めてだからさぁ」

二人の話に、毒蛾の亜人種【ポイズンリマントリア】の少女もそっと近づいて加わってきた。

「二人は何してたの？」

「何って……まあ、久しぶりに家族に会って、友達と遊んで、あとは適当に買い物してたかな」

「私も似たようなものだよ。シュシュスラーナは？」

「私もかな。こんなにお休みもらっても持て余しちゃうよ」

そう言って三人は困ったように笑う。

これまでは一年中登城するか部署に詰めているかが当然だったのに、この世界に来てから定期的に仕事を休むことが義務付けられた。

少なくともひと月に八日以上はプライベートな時間を過ごせというのだが、彼女たちに限らず軍に所属している者たちにとっては、いかに王の言葉であってもとても困る命令だ。

そもそもが、王の側で働きたい一心でこの職に就いているのだから、年がら年中日がな一日働かせてほしいくらいである。

「でも、たまには家族の顔を見るのも悪くないんじゃないかしら？」

四つ腕を持つ亜人種【ブラフマーディセンダント】の先輩にそう言われるも、若い三人は互いに顔を見合わせてから、揃って手を左右に振った。

「いやいや、親の顔見ても楽しくないじゃないですか」

「嬉しくもないし」

「城はどうなんだってしつこいですし」

「あっはは。けど、いいことだと思うよ。仕事ばっかりよりはさ」

先輩の言葉だ。自分たちより何十年も前からメイドをしている彼女が言うのだから、そうなのかもしれない。

だが、彼らにはどうにもピンとこない。

エステルドバロニアの王カロンの侍従となって働くために狭き門を潜って、五年も訓練を受けてようやく認められたのだ。

それだけをしたいと思っていたのに、それ以外もしろと言われるのは少しストレスだった。

「その考えの是正をしようと、陛下はお考えなんだよ」

陽炎の精霊種【ファイアコラプス】が、真っ白な手袋を直しながらそっと言葉を添える。

「第五執事長……カロン様は我々の献身を迷惑と思われているのでしょうか？」

「そうじゃないよ。陛下はお優しいからね。我々第十六軍に限らず、エステルドバロニアに暮らす臣民全てを愛してくださっている。でも、我々が休まないとカロン様もお休みになれないんじゃないかな？」

執事をまとめる長として相応しい柔らかな物腰だが、柔らかな声色には諭すような雰囲気がある。

しっかりと考えるための時間を与えられて、フィーリエたちはそれぞれが思考する。

しかし、カチリと大時計の長針が真上を指すと同時に、五人から雑談をする空気は掻き消された。

「時間だ」

第五執事長に従って、フィーリエたちはロビーを出る。

政務塔の第十六層から転移魔紋で地下へと移動し、そこから厳重な警備を越えて広い地下道へと向かう。

巨人でも通れそうな通路は王城の地下へと続いている。

昔は有事の際の避難経路だったそうだが、新たなルートの避難路が出来た現在では、王城への物資輸送と王城勤務の移動に使用されている。

移動しながら、フィーリエたちは身だしなみを整え、互いに確認し合っていた。

城へ入れば、使用人として完璧でなければならない。

プリムやネクタイの位置、裾の折り返し、髪形からつま先の汚れまでを、一通り確認していく。

「シュシュ、鱗粉(りんぷん)は大丈夫？」

「だと……思います。ちゃんと服の中にしまったし、絹布(けんぷ)で巻いてもあるので」

「ちょっと見せて」

先輩がシュシュスラーナの後ろに回って服の中を覗(のぞ)き込(こ)んで、大きな羽の様子を確認する。

シャツの裾なども確認して、先輩は「よし、オッケー」と言ってシュシュスラーナに二つの右手で親指を立ててみせた。

「ありがとうございます」

「いいのよ。そういった子も働けないとさ」

先輩は優しく微笑(ほほえ)んで執事長の一歩後ろへと戻り、背筋を正して凛(りん)とした所作で歩いていく。

先任のメイドもボーイも、訓練を終えたばかりの新任とは立ち居振る舞いの美しさが違う。

フィーリエたちは二人に見惚れながら後を追った。

歩き続けて辿り着いた転移魔紋を通り抜けた先は十階の大部屋だ。

グレートホールとも呼ばれる広い食堂に隣接したこの部屋が、エステルドバロニアの王城で働く使用人の待機室である。

部屋の中には、交代する予定の五人がいた。

「おはようございます」

執事長に倣ってフィーリエたちも挨拶をすれば、休憩していた五人も挨拶を返した。

立ち上がった交代のメイドたちはフィーリエたちのもとに来て、それぞれ引き継ぎ作業を行う。

素早く今日の業務を確認し終えてから、フィーリエは自分と交代する鷲羽のボーイに改めて衣服の確認をしてもらい、互いに顔を見ながら優雅にお辞儀をする。

「よろしくお願いいたします」

「お任せください」

そのやり取りは、フィーリエだけではなく、他のメイドとボーイも行っている。

この王城の管理を託す。その意味の重さを確認するように、見目麗しい使用人の自覚を促す恒例行事だ。

独特の習慣はこの王城が建つよりも遙か昔、小さな屋敷の頃から受け継がれていると、フィーリエは先輩たちから聞いたことがある。

だから、手にバケツとモップを持っても誇らしい気持ちばかりであった。

「それでは、始めましょうか」

フィーリエたちは第五執事長に従って、持ち場へと向かった。


エステルドバロニアの王城は、この国で最も巨大な建造物だ。

それを日夜清潔に保とうとすれば、どうしたって人手が必要となる。

そのため、城の中には常に百人以上のボーイやメイドが働いており、少人数で細かく交代していくことで、仕事の切れ目を少なくしつつ人員の入れ替えを目立たせない工夫がされていた。

ただ、これは雑用を主とする者たちのルールであり、調理専門のメイドや衛兵などは別のルールが存在しているらしいが、フィーリエには関係のないことである。

「さ、今日も張り切っていこー」

先輩が二本の右腕を掲げながら先頭を切る。

向かう先は、執務室がある五十階。

以前は決まった者だけが踏み入ることのできる神域のような場所だったが、この世界に来てからは宝物庫を守る迷宮階層以外の全フロアに第十六軍の兵士も立ち入れるようになった。

以前はルシュカが一人で担当していたが、彼女の時間の捻出が難しくなったためにメイドたちも入ることが許可されるようになっていた。

「先輩、あんまり声出しちゃだめですよ……」

ひそひそと耳打ちするシュシュスラーナだが、後ろにいるフィーリエにはエプロンドレスの下に押し込まれた羽がもぞもぞと動いているのが見えていた。

注意しているが、気持ちは先輩と同じなようである。

それはフィーリエもだった。

「でもさでもさ、もしかしたらカロン様にお会いできちゃうかもしれないんだよ⁉」

「それはそうですけど、もしカロン様のお邪魔になったらその方が問題です」

「む……それは、確かに」

そう答えたものの、先輩は矢継ぎ早に言葉を紡いだ。

「でも、嬉しいじゃない？　ずっと遠くからしかお姿を拝見できなかったのに、この世界に来てからはずっと距離が近くなったっていうか……」

熱に浮かされたような声には、熟れた果実のような崇拝が籠もっていた。

「怒られるかもしれないけど、この世界に来たのも悪いことばかりじゃないなと思っちゃうわ」

「もう。誰かに怒られても知りませんからね？」

櫛のような触角を揺らして呆れるシュシュスラーナに、「大丈夫だよ」と先輩が言おうとしたところで、カツンと強いヒールの音が聞こえた。

モップとバケツを持った三人は、凍りついたように足を止めて、音の方向を見る。

白い回廊の脇道からゆっくりと姿を現したのは、黒い軍服に身を包んだ空色の髪の女だ。

人間と変わらない姿だが、人間離れした美貌を持つ彼女を、フィーリエたちが見紛うはずもない。

「騒がしい」

冷酷な表情から放たれた冷徹な声色に、三人が背中に鉄の棒を突き刺されたような寒さに背筋をピンと伸ばす横で、第五執事長は瀟洒を心がけて挨拶をした。

「申し訳ございませんでした。おはようございます、ルシュカ様」

次いでフィーリエたちも挨拶をする。

ルシュカは、後ろに見たことのないメイドを連れており、普段より数倍険しい顔をしていた。

他の階であれば注意で済むかもしれないが、カロンの生活圏であるこの階でみっともない姿を晒したのは懲罰の対象になりかねない。

心の臓が凍りつくような感覚に襲われながら視線を伏せているフィーリエたちを一瞥したルシュカは、目敏く別の失態を見つけていた。

「足元に落ちているのは鱗粉か？」

皆の視線がシュシュスラーナの足元に向けられる。

シュシュスラーナは顔を真っ青にして、たじろぐように一歩後ろに下がった。

そこには、スカートの裾からこぼれた鱗粉がキラキラと光っていた。

「も、申し訳ございません！」

崩れ落ちるように膝をついたシュシュスラーナはバケツに入っていた雑巾を取り出してすぐに掃除を始めるが、それをルシュカは冷ややかな目で見ている。

「向いていないんじゃないのか？」

死刑宣告にも似た言葉の圧に、誰も口を挟めない。

ガクガクと震えていたシュシュスラーナは、自分がここで終わったと思うと同時に、この仕事への執念で口を動かした。

「わ……私は、第十六軍に入って、カロン様のお世話をするために何もかも費やしております。こ、この仕事を失えば、私には価値がなくなる……カロン様に全てを捧げると誓い、全てを捧げるために生きてきました。ですから、どうか……」

それは、城の使用人になった魔物たちが一様に胸に抱く思想だ。

彼女だけに限った話ではなく、先輩も、フィーリエも、同じ思いを持って従事している。

それを口にしたところで自分の処遇は変わらないだろう。

「……はぁ」

ルシュカは、平伏するシュシュスラーナに溜め息をこぼすと、さっと踵を返した。

「服の改造を認めるから、負担なく、鱗粉を撒き散らさないようにしておけ」

まさか許されると思っておらず、シュシュスラーナは床に額を叩きつけるようにして謝罪の意を示す。

「ありがとうございます！　二度とこのようなことは起こしません！」

遠くから、何事かと慌ててやってきた夜叉面(やしゃづら)のメイドに軽く手を振って、ルシュカは一人を連れてその場を去った。


「久しぶりに、あんなにビビられたな」

ここ最近のエステルドバロニアは、様々な面で風通しが良くなっていた。

カロンと魔物の関係のみならず、団長と部下の関係にも大きな変化が生まれている。

そのおかげか弊害か、ルシュカは冷酷冷徹の殺戮(さつりく)マシーンという認識が若干薄れており、あからさまに恐れられる機会がほんのちょっぴり減っているように感じていた。

ルシュカとしては不本意だ。

王の側近として相応しき畏怖(いふ)が必要だと考えている彼女にとって、部下から寄せられる親近感など敵でしかない。

しかし、カロンの目指す労働改革の方針を考えると、親しみやすさは必要な気もする。

暫(しば)し悩んだルシュカだったが、取り繕うように自分の後ろを付いてくる相手に話しかけた。

「ああいう奴(やつ)らだ。貴様とさほど変わらん。だからすぐに馴染(なじ)めるだろう」

少女は返答しなかった。

サイドテールに結んだ髪を揺らしながら、不満に満ちた真紅の瞳でルシュカを睨(にら)みつけている少

女は、エプロンドレスの裾を破れそうなほど強く握りしめて一言、

「なんで私がこんな目に……」

と零す。

ニュエル帝国の姫君であり、最強の勇者であるはずのスコラ・アイアンベイルがメイドの真似事をするなど。

ルシュカは、そんなスコラに冷たく答えた。

「貴様が言ったことだろ、なんでもやるって」

確かに、カロンに向かって言った記憶はある。

だがそれはこんなことをする想定のものではない。

分かっていて、ルシュカは言っている。

「戻りたいですわ……」

そう願わずにはいられないほど、スコラは口をへの字にして回顧するのだった。

◈ 一章 ◈

平穏と不穏

レスティア大陸の勢力図は、大きく塗り替えられた。

これまではリフェリス王国と神都ディルアーゼルによって二分されていたが、今ではそのどちらも覇権から遠のき、突如現れた魔物の国に譲る形となった。

神都を牛耳っていた元老院と神聖騎士団、裏で手を組んでいたラドル公国を失ってエルフが台頭した結果、神都の住民は【隷属の呪】によって記憶を操作されているものの、それでも以前より健全で穏やかな生活が営まれている。

リフェリスはエステルドバロニアの協力のおかげでラドル公国に勝利した対価として領土を失うことになったが、国内の不穏分子を一掃したことで今では騎士団長ミラ・サイファーを中心として一つに纏まろうとしていた。

加えてサルタンは魔王軍による支配から解放されたうえに、打倒帝国の協力者であり商売相手としてエステルドバロニアとの関係を手に入れた。

どの国も客観的に見ればエステルドバロニアによって環境が大きく改善された、といえる。

そこでエステルドバロニアは、各国に対して服従を迫ることはせず、レスティア大陸の宗主国となることを求めた。

結果。

その要求は三国による宣言によって承認され、式典の開催が予定されている。

実に順調だ。

順調なはずなのだが、カロンは浮かない顔をしていた。

「……」

昨日片付けたはずなのに、どうしてこんなに山盛りなのだろう。

遅くまで仕事をして、倒れるように床についたカロンは、晴れやかな朝の日差しを浴びて光る机の上の紙を見ながら、がっくりと肩を落とした。

「ひと月半も経ったんだぞ？　もう沢山やりとりしたじゃないか……」

完全に泣き言だと分かっているが、それでもカロンはボヤかずにはいられなかった。

この紙の山は、その式典に関するものではない。

どれも宛名は同じで、書かれている内容も概ね一緒。

違うとすれば表現の幅と分量だろうか。

「はぁ……」

執務机に寄って一枚手に取り、小さな可能性に賭けつつ差出人の名を見る。

そこには、可愛らしい丸文字でスコラ・アイアンベイルと書かれていた。

コンソールを通さなくても読めるようになったのは成長と言えるのだろうか。

カロンはこめかみを押さえて目を瞑り、もう一度手紙の山を見た。

スコラの手紙の中身は、早く会いたいという旨のラブレターだ。

側に置いてくれと言われていながら放置すること早ひと月半。女心の機微に疎いカロンでも、さすがにこれは怒られてもおかしくないことだと分かっていた。

「もう呼び寄せてあげなきゃかな。でもスコラにとってはそのままサルタンで過ごしてたほうがいいと思うんだけどなぁ……」

彼女の立場は非常に難しいものだ。

ニュエル帝国の姫君で最強の勇者。

それを魔物の蔓延る国に迎え入れるのは、軋轢を生むことにしかならないのではなかろうか。

しかし、この手紙の山が毎日作られるのを見ていたら、そう言ってもいられない。

「手紙、出すか」

インベントリから紙とペンを取り出した辺りで、執務室のドアがコンコンとノックされた。

「入れ」

誰が来たかなど見なくても分かるようになったカロンは、静かな声で招き入れた。

「失礼します」

ドアの向こうの声も静かに応えて、丁寧に入室してくる。

「おはようございます、カロン様」

その声の落ち着きに安心を感じるようになったカロンは、小さく微笑みながら視線を上げて、

「ああ。おはようルシュ……」

ルシュカの名を途中まで呼んだところで、彼女の後ろに並ぶメイドたちの姿に困惑した。

凛と立つ黒い軍服のルシュカは、ビスクドールにも似た端整な顔立ちだが、いつもと違って表情に穏やかさはない。

（ああ、部下の前だからか）

それで納得する。

ルシュカはカロンの言葉を聞くと、さっと手を上げて合図をした。

肘を直角にして上げられた合図に、随行していたメイドたちは即座に後ろ歩きで部屋を退出すると、丁寧に頭を下げてから扉を閉めた。

息の合った動きは、実によく訓練されている。

「お側を離れてしまい、申し訳ございません」

両手を体の前で重ねてゆっくりとお辞儀したルシュカが顔を上げたときには、いつものカロンに向ける優しい表情に戻っていた。

「そういえば、今日から研修だったな」

「はい。これから式典に向けて、我が第十六軍の王城勤務の者たちに改めて己が職分を再認識してもらおうとしております。三日後からは彼女たちが新人の研修に充てられる予定です」

メイドやボーイ、コックなどとして王城に勤務している兵たちに改めて指導をすると同時に、エステルドバロニアが今もなお抱えている労働問題を解決するための増員を目的とした教育課程は、順調に進んでいた。

カロンの強制力がなければなかなか休暇を取ろうとしない魔物があまりにも多いため、「これはブラックな労働に慣れすぎているのでは？」という危惧が発端となっている問題だが、そうまでされなければ休みたくないことの裏返しでもあることにカロンは気付いていない。

ただ、部下が休暇を取る体制が整わなければ、王が先んじて休むことも難しいのだとアルバートによって提言されたことで徐々に浸透し始めてはいる。

「そうか。色々と押し付けてしまってすまないな。あまり休むこともできていないだろう」

「そのようなことは。カロン様に命じていただけるのは至上の幸せでございます。何一つ苦とは思いません」

「ただ、一段落すればまた皆に休みを取らせられるはずだ。あと少しだけ頑張ってくれ」

流麗な動作で頭を下げたルシュカに、カロンは穏やかな口調で戻るよう告げる。

姿勢を戻したルシュカは、そのカロンの様子に柔らかく微笑んだ。

「もうひと月半も経ちます。難民たちの整理もつきましたし、カロン様こそ先に休みを取っていただきたいのが軍団長陣の総意なのですが」

カロンは椅子に座ったまま、大きな窓の外に広がる蒼穹を見つめながら呟いた。

「早いものだ」

魔王の侵攻を退けてから一ヶ月半。

エステルドバロニアはその日からずっと慌ただしい日々を送っていた。

　大陸の北部一帯をリフェリス王国から割譲してもらったことでようやく領土を国から離れた場所に得たため、これまで城の外郭周辺で暮らしていた難民たちをそこへ移住させることとなったのだ。

　距離や規模を算出して難民を割り当て、そこに新たな住居を建設するという大掛かりな任務は、国に常駐している軍をすべて動員してようやく終わりの目処がたったところだ。

　これまで地下伽藍で過ごしていた水棲の魔物たちも北の海へと移動したし、異世界転移直後から課題だった難民問題に一段落つきそうである。

　まだ国民全員が納得できる形とするには土地が狭すぎるので完全とはいかなくとも、それでも溜まりつつあった不満の多くが解消されたのは間違いない。

　カロンはほんの二日前まで種族の相性を加味した生活圏の指定に頭を悩ませていた。

　どうにか問題が起きず難民全体のストレスが低減する割り当てが完成したので、式典の準備以外に今急いでしなければならないことはない。

　強いて言えば、目の前の紙束を絶賛生成中の勇者の扱いが挙げられるが。

「難民たちが北部の各地に散れば、これまで止まっていた一次産業も僅かですが回復するでしょう。以前のようにまでは、どうやっても現状では難しいですが……」

「あの頃と比べれば遥かに小さな領地だ。仕方ないだろう」

「軍用の土地を若干ですが確保しましたので、そこで作物の成長速度を操作するなど実験を行ってデータを取り、成果によっては民に普及してみようと思っております」

「そうか。まあ、ドリアードとか土に影響を及ぼせる特性の魔物を各村に移住させる手もある。まだまだ資源には余裕があるから、しっかりと確立してから実行してくれ」

「承知いたしました」

愛する主に向ける最大級の礼を披露したルシュカと、威厳たっぷりに国の実情を語るカロンの姿に、メイドたちはメロメロだった。

新しいカロンの逸話として猛スピードで街に広がることだろう。

そんな美談で終われば良かったのだが、ふと鼻をくすぐった嗅ぎ慣れない匂いにルシュカのこめかみがピクピクと動いた。

「女の匂いがします」

もう一踏ん張りだ、などと考えていたカロンは、全身を硬直させて滝のような冷や汗を全身から溢れさせた。

「な、何がかな?」

「その手紙から、嗅ぎ慣れない女の……たしかカロン様が城へお戻りになられた時も感じた、発情した女のような匂いが……」

「……」

なぜだろう。

カロンには、ルシュカの背後に半透明な刃の触手らしきものが漂っているように見える。

いや、なぜかその後ろにいるメイドたちまで冷ややかな目を向けてきている。

手紙に視線を向けるルシュカの眼力が、胃痛を刺激してくる気さえした。

この世界に来てから鍛えられた表情筋は無表情を維持しているが、なんと言って誤魔化せばいいのかと考える。

（なにこの……浮気（うわき）がバレたみたいな状況は）

決してやましいことはないはずなのだが、どうしてこんなに汗が出てくるのだろう。

地獄のような沈黙。

破ったのは、ルシュカの申し訳なさそうな吐息だった。

「申し訳ございません」

「えあ？」

目を細めて必死に考えていたところに突然謝罪をされて、カロンの口から変な声が漏れる。

「大陸を一つ平定し、これより世界に向けてその威光をお示しになられる御方（おかた）ですから、斯様（かよう）な輩（やから）が増えていくことは必定なのでしょう。まことに……まっことに不快ではありますが」

そんな寂しそうな反応に、カロンは目を丸くした。

ルシュカは自分に倣う形で人間を多少は受け入れる姿勢に変わってくれているが、自分に寄ってくる異性の気配にはそれ以上の抵抗を示すと思っていたからだ。

他の軍団長の抵抗は顕著だ。守善にフィルミリア、五郎兵衛やミャルコ辺りは、はっきりと表情に出るくらいスコラの存在に難色を示していることだろうに。

ルシュカの成長が垣間見えた気がして嬉しくなるカロンだったが、彼女がミラやスコラの存在を認めているなんて一言も口にしていないことには気付いていなかった。

「そう、か……？」

「はい」

ルシュカは短く言葉を区切って、そのまま静かに佇立していた。

微妙な沈黙になってしまったが、ふとした思いがカロンの頭を過る。

（結婚、か）

まだ十五、六くらいの少女に熱烈アピールを受けてその気になっているわけじゃないと思いたいが、こうして他の国とも交流を深めていくようになれば有り得ないことでもないだろう。

後継の問題はどうやっても発生する。

それこそ自分が不老不死でもなければ、世代の移り変わりは免れない。

権力と結びつく婚姻を王や貴族はしなければならないと、これまでに得た世界史の教養から導いているのだが、そこまで人間の国と関係を深めるのは魔物たちの反感を買うように思う。

しかし魔物の、団長たちの中から嫁を見つけたとしても、子を成せるのか分からない。

そもそも、自分にそこまでの感情を抱いてくれているのかも不明だ。

恋仲の者がいるわけでもないのだから考えすぎだと自分でも思うが、戦争が遠のくほどに自然と近付く平穏は、カロンにそんなことまで考えさせる時間を作り出していた。

「少し、気分を変えたい」

「お供いたします」

「メイドたちはいいのか？」

「カロン様がよろしければ同伴させますが」

「好きにしていい」

「ありがとうございます」

立ち上がって歩き出したカロンのためにルシュカがドアを開ければ、待っていたメイドたちは素早く道を開けてエプロンドレスを広げお辞儀をする。

左右に割れた彼女たちの間を通れば、後ろにはルシュカが付き、その後をメイドたちが追う。

途中途中で兵士に挨拶をしながら辿(たど)り着(つ)いたのは、新たな歴史を作ると宣誓(せんせい)をしたテフスだ。

カロンが真(ま)っ直(す)ぐに国を見つめられるその場所からの景色は以前よりも活気に溢れている。

往来の賑(にぎ)わいもそうだが、これまではなかった国の出入りがあった。

新しい土地に広がった難民たちの村と物資の往復をするため。

国の周辺に作られた畑やコルドロン連峰へ農作に向かうため。

周辺国との交流や警備を行うため。

大陸での地位を確立したからこそ、エステルドバロニアでようやく外へも魔物たちの移動が見られるようになった。

「やはり、ここは何処（どこ）よりも素晴らしく……良い国です」

ルシュカがカロンより少し高い目線から見た同じ景色の様子を素直に口にする。

まだ昨日のように思い出せるかつてのエステルドバロニアが戻りつつある感覚が、ルシュカの口元に自信を湛（たた）えさせた。

「……そうだな」

カロンも同意する。

この国の有り様は、生まれ育った世界にもなかった。

理想的な多種族の共存と、一国で経済を回せる国力。

他の追随を許さぬ圧倒的な軍事力に、あらゆる事態にも対応できる膨大な資材の貯蔵。

見方を変えれば、この世界の住人に忖度（そんたく）せずとも独力で発展し続けていける地力がある。

良い国だ。

それが、カロンという頼りない楔（くさび）だけで成り立っている砂上の楼閣（ろうかく）だとしても。

「うっ」

「どうされましたか!?」

プレッシャーに反応した胃の軋（きし）みを喰（く）らって呻（うめ）いてしまったカロンに、ルシュカは大慌てで肩を抱くように体を支えた。

メイドたちもわたわたと救急箱を取り出したり、高位の治療魔術を発動させようとしたりしている。

「だ、大丈夫だ」

言ってはみたが、今呻いた人間の言葉では説得力がない。

「……カロン様、やはり暫くの間お休みになられるべきです。全てとはいきませんが、許可をいただければ政務は私と第十六軍で執り行いますので、どうか養生なさってください」

深刻そうに言われると、段々そうなのかなぁと考えてしまう。

先も言ったように、今は式典以外に重要な問題は抱えていない、はずである。

現在レスティア大陸の海岸線にはエステルドバロニアの兵を秘密裏に配備して、各大陸への入出国を全て監視しており、空からは龍たちによって他国の動向も追っている。

万全の体制で行われていれば、何か怪しい動きがあったらすぐに報告がくる。

静かな今の状況は、イレギュラーが起こりづらくゆっくりするのに最適だ。

とはいえ、そこは小心者の性が抜けない王様。

何もしない時間ほど不安なものはなく、最近は落ちるように眠るまでコンソールウィンドウを見つめていることも多かった。

（ワーカホリックってやつなのかな。そんなの、平社員の時にもなったことないのに……）

魔物たちを心配しておきながらカロン自身がこの有り様では、アルバートが各軍を回って働きかけるのも納得である。

「それでは、大々的に人間をこの国へと招くのはいかがですかな？」

それはルシュカの声ではなく、心地よく耳朶に響く老人の声だった。

手すりの上に乗せていた手を細かく素早く動かしてマップを確認し、その声の主の方向へと視線を向けた。

噂をすれば影を体現するかのように、嫌そうな顔をしているルシュカの影からぬるりと姿を現した燕尾服の老紳士は、ハットを取って優雅に頭を下げる。

「ご機嫌麗しゅう、偉大なる我らが王。逢瀬を邪魔してしまい申し訳ございません」

「はっ！　何言ってるんだアルバートめ。んくっ、あお、おおお逢瀬だなんて。は、はは、は、あっは！　ははぁはぁ！」

怒りを露にしていたルシュカがアルバートの言葉に激しく動揺を示した隙に、アルバートはカロンに向けて話を進める。

「ほんの、ほんの少し前から話を聞いていたのですが、なにやらお加減が優れないご様子。失礼ながらカロン様は我ら魔物と違いとても繊細な種族でございますから、私からもしっかりと休むための時間を確保してはいただけないかと提案させていただきたく思いましてな」

「ジジ……アルバート。カロン様を外部の人間に診察させるのか？　信用が置けん。危険すらある

ぞ。本気で言ってるのか？」

「ルシュカ嬢の懸念はもっともだが、魔物の知識ではカロン様のご容態を適切に見ることができないと、あの一件で思い知ったではないか？」

それを言われては、ルシュカは黙るしかなかった。

セルミアの眠り病に罹(かか)ったカロンを救う手段をエステルドバロニアが持ち合わせていなかったことは、誤魔化しようがないほどの国の欠点だと皆認識している。

リュミエールを筆頭にして編成された専門医療チームが人間の医療を熱心に勉強しているが、カロンにのみ真っ当な治療を施せるのかという心配の声もあり、万全とは言い難い。

「そこで、その後の経過なども見ていただきながら、実際に診察の様子を医療チームが見学するなどして理解を深めるなどいかがですかな？」

アルバートは笑みを深めてカロンの顔を窺(うかが)う。

カロンは「ふむ」と顎をひと撫(な)でして、

「そうだな。今に乗じれば、外部に私の容態を探られる心配も薄いか」

「おお！　さすがのご理解でございます。この式典で人間の医師を呼び寄せれば、もし我らの動向を探ろうとする存在がいたとしてもカロン様のために用意しているとは思いますまい」

カロンの推察に大げさなリアクションをとったアルバートに倣(なら)って、メイドたちが拍手をしてカロンを持ち上げだす。

「……ルシュカはどう思う？」

冷静さをいくらか取り戻した頃合いを見計らってカロンが問いかけると、ルシュカは大きな咳払いをしてから硬い表情を作った。

「カロン様の仰る通り、人間の出入りがない時期では目立ちますね。サルタンとディルアーゼルはともかく、あのリフェリスはまだ予断を許さない。どこかと手を組む可能性もありますし」

「敢えてそう仕向けているのだから、そうなった方が我々としてはありがたいかね？」

「だとしても、カロン様の隙と思われるのは業腹だ。それに、この式典で大々的に人の交通の制限をなくしていく必要もありますので」

「確かに、人間がエステルドバロニアを訪れないままでは些か不利益か。我々の国の豊かさや強さを知らしめる機会が減っているわけだし、そこから流れてくる情報もほしいな」

話はまとまった。

アルバートが身なりを正して、胸に手を当てた。

「では、周囲三国にお触れを出しても構いませんかな？」

「許可しよう」

鷹揚な振りをしてカロンが頷けば、アルバートは恭しく頭を下げて影に溶けて消えた。

残されたカロンとルシュカたちはつかの間沈黙を保った後、顔を見合わせて少し困ったように笑った。

「アルバートは随分と張り切っているようだな」

「いいえ、カロン様。我々……いえ、国民一同この門出を心より喜んでおります。偉大なる我らが王の示した導(しるべ)を辿ることへの幸福に満ち溢れ、新世界へ覇(は)を唱える興奮がどこからも感じられます」

持ち上げすぎではと思うカロンだが、マップからでも分かる活気はそうなのかもと思えた。

吹き抜けた風の湿り気が心地よく、カロンは浴びるように目を閉じる。

あの日——。

初めて外へ出て、草原に立って感じた爽やかな風との違いが一区切りついたことを知らせているようだった。

「雨が降りそうだな」

湿気(しけ)った空気を吸って、何気なく口にした。

「はい」

白き楽園を照らす太陽を遮らんと、遠く南から迫る曇天(どんてん)が何かを連れてくるような。

そんな何かを感じながら、カロンは外の世界に背を向けて、優しく微笑むルシュカとメイドたちを連れて城の中へと姿を消した。

◆

そこは、まるで星海だった。

数多(あまた)の小さな輝きが砂を撒(ま)いたように紺青(こんじょう)の空を彩り、足元に広がる宵闇(よいやみ)のビロードは果てを感じさせぬほど彼方(かなた)へと伸びている。

宇宙の中に放り出されているようで、そこにはしっかりと地があり足がつく。

瞬き漂う光点たちはからかい合うように浮遊していたが、中心にて座(ざ)する神獣が動いたことに驚いて散り散りに飛び去った。

神獣はヒトのカタチによく似ていた。

二足で立ち、物を摑(つか)む手を持ち、顔は顎を引いている。

大木のようなずんぐりとした胴(どう)に、猛々(たけだけ)しく筋肉の隆起した少々短めな四肢(しし)。

全身は黒と灰褐色(はいかっしょく)の毛で覆われており、口鼻は狼(おおかみ)のように突き出て白髭(はくぜん)に覆われている。

グルルと喉を鳴らした神獣は、丸みのある三角の耳をピンと立てて、世界を飲み込むような虚空(こくう)の唸(うな)りに負けない快活(かいかつ)な声で喜色(きしょく)を零(こぼ)した。

「ようやっとかい」

にんまりと耳下まで伸びる口の端を持ち上げて笑うと、放り捨ててあった金色に輝く四本の棒を乱暴に掴んで肩に担ぎ、長い白眉を撫でながらぐりぐりと首を回して安堵（あんど）を吐いた。

「ルシュカの嬢ちゃんも心配症だ。此処（ここ）がそうそう歯向かうことなどあるまいってのによぉ。まあ、危機に備えんのは至極真っ当か。しかし退屈であったなぁ。誰ぞくらいは暇つぶしにでも向かってくるかと思ったが、なかなかどうして、忠義に厚い奴（やつ）らよなぁ」

「当然でしょう。我らはあの御方を愛しているのですから」

神獣は、天高くから響いた穏やかな女の声に顔を上げた。

ゆっくりと星海より降下してきたのは、猛る焔（ほむら）を纏った六枚の翼を持つ天使だった。

こめかみから生えた二つの翼は目を覆い、腰から生えた二つは足を隠し、背から生えた二つで飛翔（ひしょう）する天使は、つま先から神獣の前に降り立つ。

その神々しさは只者（ただもの）では目を焼かれてしまうほどに眩（まばゆ）く、その存在感は常人では魂を焦がすほどに尊い。

決して人と同じ地に立つことのない天上の存在。

純白の法衣を身に着けたランク10の天使種【セラフィム】は、抑え切れぬ主への賞賛を広げた両手で表した。

「偉大なる創造主様のもとへお帰りになられるのですか？」

「おうよ。そろそろ戻ってこいってお達しが来てな」

「それは寂しくなります」

「誰も姿を見せんで、よくもいけしゃあしゃあと」

「我らは創造主様のために稼働する生命体であり、そのお言葉を実行する端末でございます。たとえ東洋の神獣であろうと、主への祈りを止めて相手をする道理はありませんから」

在り方の違いに頭を押さえる神獣。

とはいえ、よほどのことがなければ此処から解き放たれることはないし、自ら出ようともしないので、この面倒臭さは今だけであると、白髭を指で巻きながら我慢することにした。

「で？　そんなのが、なんだって儂の前に今更になって出てきたんかね。祈りを止める道理はねぇんだろう？」

「ええ、それなんですけれども」

熾天使は空に向かって手招きをした。

その手に誘われて来たのは鎧姿の天使【プリンシパリティ】だ。

四体の権天使は、手に持った大きな光の玉を神獣の前に差し出し、魔力を流して映像を映し出す。

そこにはエノクの文字が書き連ねられているが、東洋の神では見せられても全く読めない。

「……なんだこりゃ」

「いわゆる、プログラムというものです。我らの行動原理や記録が記されており、様々な外部情報もここに記されます」

「んなことどうでもいいわい。何が書いてあるんだって聞いとる」

「ああ、実はですね……この世界の神と思わしき者から、干渉を受けたことがあるのです」

「はあ？」

「詳しいことは我らも把握できていないのですが、恐らくは我らの存在を認識して接触を図っているのでしょう。侵食などは確認されず、攻性のプロテクトによって幾度も迎撃していますが手応えはありません。【シヴァ】神や【ロキ】などが権能を用いれば所在を明らかにして消滅させられるやもしれませんが、さすがに創造主様のご許可なく最高神を動かすことはできませんし、アラートも急を要する反応を示していないため現状を維持しています。我らにも影響は及んでおりませんし、相手も消極的な干渉に留まっているので問題はありませんが、強行手段を取って来られた時のために事前の許可を――」

「ええい、待て待て！　聞いたのは儂だが、そんな訳のわからん話をされても伝えられんぞ！」

ガア、と大口を開けて吼えた神獣の様子に、熾天使はピタリと止まると、暫しの間を置いてから再起動するように動き出した。

「これだけを頼みましょう。異界の神への対処命令を与えてほしいと。そうお伝えください」

「そんなに長ったらしい話なら、通信魔術で伝えればよかろうが」

「ああっ、そんな恐れ多い。偉大なる創造主様と繋がるなど……我らは創造主様の偏在、全知、全能を賛美し、祈る者でしかありません。ただのシステムである我らがそのような……」

天使は、自我こそあるが自己を持たない。

プログラムに従うシステムを搭載し、統合された意思で行動をする、いわば自律兵器だ。

だから、ここに幽閉されているのだろう。

星の彼方。宙の最果てを具現する、この〝天空連環〟に。

「それでは、さようなら【隠神刑部】」

熾天使にそう呼ばれて、神獣へと至った狸の化生は狼のように笑い、牙を剝いた。

「無粋な名で呼ばんでくれよ天使様。儂にゃあ立派な――散々紗々羅っちゅう名前を賜っておるのだ」

ぐるん、と星海が渦を巻いて収束し、目まぐるしい光が収束したときには、紗々羅は城の外に出ていた。

天変地異が起きてから夜ばかりを見ていたせいか、太陽の力強さに思わず目を覆う。

細めた目で見つめるのは、懐かしき白亜の塔と白い城壁。

秋と雨の前振りを風に感じながら、これから始まる祭りを思って子供のように目を輝かせた。

◆

数日の後、カロンは長めの休日を手にすることとなった。

式典の準備は必要だったが、綿密な打ち合わせの末に「全てお任せください！」と張り切ったルシュカが、休暇中はカロンの業務を全て請け負うという形になったのである。

カロンの採択が必要なものだけはカロン自ら処理するが、それ以外の仕事は第十六軍が主となって行う方針である。

長く補佐として務めてきたルシュカにできない政務は殆どない。

そこに部下を動員すればカロンの出る幕はそれこそ殆どなくなる、とカロンは思っている。

分かってはいるが、「それを証明させてください」と重ねてルシュカに申し出られてしまったため、この度は丸々仕事から離れることとなった。

その結果、カロンが何気なく立ち寄った執務室の扉にはデカデカと、〝陛下のご入室は可能な限りお控えいただきたく〟という、えらく丁寧な文面の張り紙がされていた。

「ええ……？」

絢爛豪華なミスリルの廊下で足を止めたカロンは、まさかの扱いに気の抜けた声を漏らした。

〝入室禁止〟と書かれるよりは精神的なダメージはないものの、そこまでするのかとは思う。

「どーかしたんです？」

後ろからかけられたギャルっぽい口調に振り向いて、カロンは張り紙を指差した。

護衛として付き添っているハルドロギアの部下である【キメラ】のレムリコリスは、サイドテールに結んだ黒髪を揺らしながらカロンの横に立ち、紙を覗きこむようにして文字を眺めた。

「……あー」

「な、なんだ、その反応は」

「いえいえー。ルシュカちゃんもカロン様に休んでいただきたくて頑張ってるんですよ。だからここは見なかったことにするのがいいかと思いますよ？」

「そういうものか？」

「んー、そう聞かれると答えが難しいというか……カロン様が気になるのでしたら見る権利はありますから、んー……」

エステルドバロニアの王であるカロンは、張り紙を無視しても誰に責められることもない。

この国の全てが王の物なのだから、部下の文字に縛られるなど有り得ないし、文字で縛れると思っているとすればルシュカの方が笑われるだろう。

その複雑な意図が、張り紙の文面を作る美しい一筆一筆からも放たれている。

「そのー、なんと言いますか……気になるなら覗いても怒られたりしないよってことでして」

レムリコリスには、そう説明するので精一杯だった。

優しいカロンにはっきり説明してしまえば、間違いなく気を遣われると分かっているからだ。

「ふむ」

そう言われて逆に気になってしまったカロンは、レムリコリスに周囲を見張るようにと目配せをしてから、ゆっくり扉のノブに手をかけてそっと開ける。

ほんの数センチ隙間ができた辺りで、中からの声が耳に届いた。

「いいか、あのバカ犬どもをとっとと河川の整備に回せ。それから男色鬼軍団をミャルコの手伝いに向かわせろ。はぁ？　ならぶん殴ってでも従わせろ。国王代理の命令だぞ。少しでも遅れるようなら国家叛逆の罪で全員吊るしあげてやると伝えておけ！」

どうやら、通信魔術を使って部下に指示を出しているらしい。

「なんの用だ。あ？　配給が届いていないと苦情？　そんなものは街の警備に言え。もしくは女狐にやらせろ。どうせ暇してるだろ。まったくどいつもこいつも……もっと自分で考えて動け！　こんな体たらくをカロン様に知られてもいいのか!?　これまでどれだけ王に負担をかけていたかをもっと明確に自覚しろ！　殺すぞ！」

その辺りで、カロンはそっと扉を閉じた。

「あれ、見なくていいんです？」

「うん。まあ……うん」

やはりプレイヤーの持つ能力は偉大である。

画面操作で全ての指示を行えるし、進捗や問題もひと目で分かるのだから。

もしこの機能がなかったらと思うだけでゾッとする。

ただ、今明らかに大変そうなルシュカに手を貸すのは、彼女への信頼に背く行為だ。

体調が万全になるまで。対処しきれない事態が起こるまで。

そう約束してカロンは休む決断を自ら下した。

部下たちの頑張りに水を差す真似をするのは、よろしくない。

決して、地獄の使者みたいなルシュカに恐れをなしたわけではないと自分に言い聞かせて。

「早く体調を整えなければな」

「はい！　しっかりリフレッシュしてくださいねー」

部屋の中で奮戦する補佐官に小さく「頑張れ」と呟いて、カロンはレムリコリスを連れて歩き出した。

「ところで、カロン様はどこに向かわれてるんです？　あんまり離れると皆心配しますよー？」

「そう言うな。生活に支障を来しているわけではないのに、部屋に籠もってばかりでは気持ちも沈む。何もしないのは落ち着かんしな」

「そういうものです？」

「レムリコリスは、そう感じたりしないのか？」

「ウチはカロン様を守るのが役目ですので、籠もってる時は仕事中だから考えたことないかなー」

「ここにもワーカホリックが……」

「え？　なんですそれ？」

ブラックな環境を無意識に敷いてきた弊害を見た気がして、くっと目頭を押さえるカロン。

しかし、残念ながら忠実なる下僕たちには理解できない概念である。

それはさておき、カロンが迷わずに向かっているのは城の外であった。

階層の移動に使われる転移門で一階へと移り、歩いてそのまま王城前の庭へ。

周囲の魔物がカロンに気付いて直立するのを手で制しながら、真っ直ぐ正門へと歩いていく。

「お、おい。カロン様は今療養中（りょうようちゅう）じゃなかったのか？」

「俺は休暇を取られてるって聞いてるぞ」

「もしや、休暇と言いながら視察してらっしゃる!?」

「お休みにもかかわらず我らを思って働いていらっしゃるとは……くぅぅ」

「拝め拝め。偉大なる王が姿をお見せになられたんだぞ。拝まなけりゃ不作法というもの」

「カロン様を見たら一生幸せになるって噂、本当なのか？」

「嘘（うそ）に決まってるだろ。見てない奴も幸せにしてくださるんだから」

「ぴゃっ」

ヒソヒソと囁（ささや）くドリアードやマイコニド、リザードマンにグレムリンたち。

カロンが城の外に出てくることは以前と比べれば珍しくはなくなったが、それでも王が姿を見せるというのには慣れないようで、視線が向くだけで魔物たちはガチガチに固まった。

その様子を、今のカロンは見る余裕がある。

「私が来ると仕事に差し障りが出てしまうのかな」

「そんなことありませんよー。カロン様にお会いできるのは皆嬉しいですからー」

「……やはり姿を隠したほうがいいと思うか？」

「あー……それもお答えしづらいかにゃーと。いえ、いいとか悪いとかじゃなくて意味があるのかないのかというか……ううう、ウチじゃルシュカちゃんみたいに上手く言える自信ないんですけどー」

「……？」

「ああ、いえいえこっちの話でして……」

「そうか」

束ねていない方の髪をワシワシと掻き乱し、中腰になって手をパタパタと振るレムリコリス。

どうか気持ちが伝わってくれと、全身から執務室の張り紙以上の思いを放とうとしている。

しかし、これに関してはルシュカの方針が根付いているため、布を被っていれば魔物たちに気付かれていないのだと刷り込まれているカロンは、レムリコリスの反応から何かを察することはなかった。

「そ、それで！　結局カロン様はどこを目指していらっしゃるのでしょうか⁉」

「ああ……街に行きたいんだ」

流れてしまった話題に引き戻されたので、今度は素直に答えるカロン。

すると、レムリコリスの雰囲気が一変した。

「カロン様、他のキメラを呼びますので暫しお待ちいただけますか？」

「必要か？」

「万が一には備えなければいけません。お邪魔にならぬよう溶け込んで同行させますので」

「そうか……では、任せる」

「は。それでは門の近くで……そうですね、内郭守護の二人の側でお待ちください」

レムリコリスは深く頭を下げて、黒いソフトクリームのように地面に溶けて姿を消した。

一人佇むカロンはレムリコリスの余韻を見つめていたが、深く息を吐いてからコンソールを操作して黒い布を取り出し、すっぽりと頭から被る。

フードの下で俯く顔には、当惑が浮かんでいた。

（あんなに……）

あんなに、魔物を恐れていたんじゃなかったのか？

（隠そうともしないで歩けるほど、俺が強いわけないだろう）

どうして、こんなに気安く動いているのか自分でも分からない。

（あれだけ怖い怖いと騒いでいたことを、忘れてフラつける豪胆な奴だったか？）

そんなわけがないはずなのに、どうして。

抜け落ちたような。

抜き取られたような。

奪われたような。

忘れ去ったような。

成長と呼ぶには自分に納得ができず、慣れたと言うには唐突だった。

いつからなのかもわからない。

そう考えていると、思考がザラリと砂で擦られたように掠(かす)れた。

目眩(めまい)とは違う感覚なのに不快と思わない。

それは語りかけられているようで、問われているような——

「カロン様」

名を呼ばれて、カロンははっと顔を上げる。

目の前に立っていたのは、城の正門を守る紅と蒼の姉妹だった。

城を囲う内郭を守護する第十三軍の団長である【獅子(しし)・狛犬(こまいぬ)】の二人は、カロンと目が合うと、握った得物を虚空に収納してから恭しく頭を下げた。

知らぬ間に息を止めていたようで、吐き出した空気は熱した鉛のような重たさがあった。

「どうかなさったのでしょうか。城内の敷地であってもお一人では……どなたか伴をお連れになってくださいませ」

生真面目(きまじめ)な口調で、真剣な顔から紡がれた忠告にカロンは苦笑する。

紅と白の巫女服(みこふく)に似た衣装を着た、獅子の面を頭に乗せた少女が言葉を濁したのは、以前の邂逅(かいこう)でカロンの口にした言葉があるからだろう。

「ありがとう紅廉(こうれん)。でも大丈夫だ。レムリコリスが他のキメラを呼びに行ってるだけだからな。お前たちの近くで待つよう言われていたんだが、少し考え事をしてしまった」

「そうだったんですねー。それならお側に来て正解でした。あっ、詰所でお休みになりますか？」

「おい、蒼憐。あんな場所でカロン様を満足に歓待することは不可能だぞ」

「紅廉ちゃーん、そこは私たち十三軍の腕の見せ所ってもんでしょー」

「そうなのか。だが、あの掃き溜めみたいになった所を片付けるには時間が――」

「あー！　あー！　紅廉ちゃんは正直者さんだなぁ！　でもちょーっとお口閉じててねー！　カロン様！　あの、なんと言いますか……」

言い繕う蒼憐に、カロンは思わず笑ってしまう。

「ははっ、構わんよ。いざという時に備えているのであれば、些事に目くじらを立てるつもりはない」

「ごめんなさい……これからきちんと掃除をするように徹底しますので……」

「ああいうものではないのか」

「紅廉ちゃん!?　なんで気にしてないのかずっと不思議だったけど、それが理由だったの!?」

「んん？」

「あうあう……姉の教育もこれから徹底します……」

何も分かっていない風に首を傾げる紅廉の隣でさめざめと泣く蒼憐の姿を見ていると、考えていたことも消えていった。

こうして、嫌な感情を混ぜずに意思疎通が図れるのだから、一先ずは良かったと思うことにしたカロンだった。

「ところで、どちらへ行かれようとお考えでしょうか。そのお姿は、街の視察とお見受けしますが」

「ん？　ああ、そのつもりだ」

「左様でございますか。それは良うございます」

そう言って、紅廉はなかなか見せることのない愛くるしい笑みを見せた。

「門から見る景色は民の活力を日々映しております。この世界に来てからも彼らは曇ることなく暮らしていましたが、勝利を収めてからは一層賑わっていると実感いたしております」

「そうか。城の窓からもこの活気が感じられると思っていたが、紅廉が言うなら間違いなかったのだな」

「差し出がましいことを申してしまいました。ですが、だからこそ今の街を歩かれるのは皆にとっても良いことかと」

「ふむ」

「きっと、喜ばれるはずです」

「……ん？」

見応えがあるとか言うのかと思っていたカロンが、少し引っかかる紅廉の言葉に首を傾げる。

それと同時に、蒼憐の手が素早く後ろに回り込んで紅廉の口を両手で覆った。

「はい、紅廉ちゃんその辺にしておこっかー。ねー」

「ムゴムゴ」

「なんでじゃないの！　その辺は暗黙の了解ってことでー。あ、カロン様、気にしないでくださいね。きっと元気な魔物たちが見られると思いますから！」

「あ、ああ……」

「カロン様ー、お待たせしましたー」

色々気になるカロンだったが、城から走ってきたレムリコリスに遮られてまた考えを止めた。

初めてのオフだから舞い上がっているのだろうと、そう感じる気持ちに違和感はなく、これは確かに自分の感情の揺らぎだった。


王が街に出る。

それが何を意味するのか、理解しているのはカロン以外の魔物たちだろう。

黒い布で全身を隠していても所詮はただの人間。

誰よりもゼロに近い雰囲気が漂っていて、おまけに王の守護を担う第一軍を従えていれば、それが誰なのか一目瞭然（いちもくりょうぜん）である。

のっぺりとした芋虫のような見た目の【ミートワーム】は昼食の手を止めて、通り過ぎた男を見る。

農作の方針で揉める【ルプスウンディーネ】と【シルフベルセルク】は、口論を止めて視界を掠めた黒布を唖然としながら見る。

非番だからと酒に溺れ、肩を組んで歌う【蜘蛛男】と【リッパーマンティス】は正面からやってくる黒布を見て指を向けそうになり、慌てて互いの手を圧し折って感涙にむせびながら人間を見る。

「ん？」

急に背後が静まったのを気にしてカロンが振り向くと、住民たちは慌てたように場違いな動きと会話で騒ぎ出し、見ていませんよアピールを繰り広げる。

「んー？　気のせい、か？」

「カロン様ー、行きましょうよー」

「ああ。すまん」

引っ掛かりを覚えながらも、レムリコリスに呼ばれてカロンは歩みを再開する。

王の影から飛び出た手が親指を立てれば、魔物たちも応えるように親指を立ててみせた。

国全体がカロンの扱いをしっかり共有しているらしい。

巨大な街だが、噂の広まる速度は田舎より速いようである。

そもそも、王を見てどうするのが正しい反応なのか分かっていないのも大きな理由だが。

しかし、それはエステルドバロニアの暮らしに慣れた大人が主となって行動しているもので、子供になると難しい点もあるわけだ。

これまで……と言ってもほんの数回しかないが、それは運が良かったのだろう。

この日初めて、カロンの前で目をキラキラと輝かせたラミアの少年が立ち止まった。

「おうさまだー！」

カロンが凍りつく。

一緒にキメラたちも凍りつく。

おまけに周囲も凍りついた。

純粋無垢な眼差しで、誰もが誇りに思う偉大な王と会えたことを心の底から喜んでいる半蛇半人の愛くるしい子供を、どうするべきか誰にも考えつかなかった。

力任せに引き離す？

脅して退ける？

説得する？

何をしたってカロンの目に触れるし、カロンの心象を悪くする可能性のある行動だ。

どうやら父母は近くにいないようで、慌てて駆け寄るラミアの姿はどこにもない。

賑やかだった街の様子はどこか遠く、魔物たちは息を呑んでこの行く末を見つめていた。

「……人違いじゃないかな？」

カロンは震える声で、フードの下でびっしょりと冷や汗を流しながらどうにか口にした。

ラミアの少年はそんなことないのにと口に人差し指を当てながら、顔を背けるカロンをじっと見ていたが、すぐに目的を思い出して話題を早々に切り替えた。

「そうだ！　おうさま、ありがとうございました！」

「なに？」

「ぼく、グラドラさまに助けていただいたんです！　それで、おかあさんに言ったら、『カロン様にも感謝しないとね』って言ってたんです！　おうさまのおかげで平和なんだよって！」

言葉に裏も表もない。

心のど真ん中にぶつけられる言葉は、暴力的な純粋さだった。

「だから、おうさま。ぼくたちをまもってくれて、ありがとうございます！」

ゴクリと息を呑む音が幾つも鳴った。

果たしてどうなるのか、誰にも想像ができない。

ハラハラした空気が漂う中、カロンは背けていた顔を戻してゆっくり膝をつくと、少年の頭に手を添えて優しく撫でた。

「こちらこそ、私の愛する国で幸せに暮らしてくれてありがとう」

全魔物が滂沱（ぼうだ）の涙を流した。

「とはいえ、私は王じゃないのでね。もしお会いしたら私から伝えておこう」

「そうなんですか？」

「王様はお休みしているんだ。こういう素敵な出会いを探しにね。だから、そうだな……暫く王様はお休みだから、また仕事に戻っていたらその時に伝えておくよ」

遠回しだが伝わるように言葉を選んで、カロンは伝わってほしいと願うように語りかける。

少年は不思議そうにしながら頭を撫でられていたが、なにか得心したようにパッと表情を輝かせると、「わかりました！」と大きな声を上げた。

「さあ、気をつけて行きなさい。エステルドバロニアは、いつでも見守っているよ」

「ありがとうございました！　おうさ……じゃなくて、えっと……だいすき！」

撫でる手を止めたカロンから離れて、元気いっぱいに叫んだ少年は恥ずかしそうにしながら蛇の胴をしならせて人垣の中に去っていった。

小さな背中を見届けてから立ち上がり、カロンは満足そうに微笑む。

コンソールに表示されるミッションや、紙の上に綴（つづ）られた文字や、団長たちが告げる伝言ではなく、初めて生の街の声を聞いた。

それが幼い目が見てきた景色や、耳が聞いた音から紡がれたたどたどしい言葉だからこそ、染みる感慨も一入（ひとしお）である。

「ちくしょう、涙が止まらねえや……」

「あたいもだよ……」

「天使か？　神か？　いや、王様だわ」

「さすがカロン様……これは末世まで語り継がないと……」

「わしも撫でてほしいのう」

見守っていた魔物たちは、今しがたの美しい光景についてすぐに語り出す。

この話だけを肴に浴びるほど酒を飲む勢いである。

ただ、今起きたことを理由にしてカロンを祭り上げて騒ぐことはできない。

カロン自身が王は休んでいていないと言ったのだ。

だから、王は街には来ていないという嘘を彼らは貫くと決めた。

こう見ると、素直に好意を伝えてみせたラミアの少年の方がよっぽど大人な気がするが。

「さて」

そう呟いてまた街を見て回ろうと一歩足を前に出したカロン。

思わぬ出会いに嬉しくなって感傷に浸りたい気持ちもあったが、ピタリと止まった魔物たちの往来を邪魔してしまったかと移動を始める。

しかし、思わぬ出会いは運命のようなもの。望んでも掴めず、望まずとも訪れるものだ。

「あ、カロン様！」

ラミアの少年と同じくらいだが、はっきりとカロンに向かって名前を呼んだ声がした。

それはもう言い逃れができないくらいはっきりとだ。

非常口のマークのような姿勢で硬直したカロンの側に駆け寄ってきたのは、ラミアの少年と同じくらい嬉しそうな、満開の笑顔を咲かせたエルフの少女だった。

「こんにちは！　こんなところでお会いできるなんてびっくりです！　お出かけですか？」

「……リーレ」

ダークブラウンのワンピース姿のエルフの少女は、名前を呼ばれて飛び跳ねそうなくらいに喜んだ。

彼女も今日は休暇のようで、体中に走る痛々しい刺青(いれずみ)を堂々と晒(さら)しているが、悲壮な様子はなく、休日を満喫しているようであった。

「はい！」

国での暮らしに慣れていると喜ぶべきかもしれないが、今はそれどころじゃない。

「……王は休まれていて、暫くいないのだ」

「え？　でもカロン様は――」

「よし、リーレ。どこかおすすめの店を紹介してくれ。そこで話をしようじゃないか」

「うえ？　は、はい」

「決まりだな。では早く連れて行ってくれ。いいか、私語は厳禁だからな？　早急に、可及的速やかに、だ！」

捲(まく)し立てるように急かして、困惑しながらも言われるがまま先導を始めたリーレの後をカロンは足早に追う。

早くこの場から去りたかった。

自分がカロンだとバレたからじゃない。

もっと恥ずかしい可能性が頭に浮かんでいるからである。

（まさかとは思うけど……俺のことバレバレだったとか？）

今更である。

チラリと後ろから追ってくるレムリコリスを見ると、素早く顔を逸らして視線を外された。

（いやいや、まさかな。そう、まさか……たまたま……であってくれると、いいなぁ）

そうじゃないと、こんな格好で出歩いていた自分が馬鹿みたいではないか。

今日話していたことは一体何の意味があったのか。

裸の王様にでもなった気持ちのカロンは、死にたくなるほどの恥ずかしさをフードで隠し、ただリーレを追うしか気持ちを落ち着ける方法が見つからなかった。

辿り着いたのは、お洒落な喫茶店だった。

いかにも女性が好みそうなアンティーク調の店内で、お伽噺の世界に飛び込んだかのようなお洒落な小物が至るところに並べられた店だ。

リーレとレムリコリスと共にテーブルを囲んでいるのは少々気まずいが、他に客がいないのは好都合であった。

「リーレ」

「えっと、はい……」

「君は、ひと目で私がカロンだと分かったか？」

首を縦に振りかけたリーレだったが、突如襲った強烈な殺気に全身を震わせた。

それは隣のレムリコリスからであり、足元の影に潜む何かからのものである。

まだ若くとも大変な人生を歩んできたリーレだ。

ここで頷こうものなら、明日の光は拝めないと直感で理解した。

「その……フードの下が一瞬だけ見えた時に、なんだか似てるなと思いまして。えっと、そうなのかは全然、分からなかったけど思い込みで嬉しくて呼んでしまい」

「本当か？」

カロンの圧が増す。

しかも殺気も合わせて増すのだから、リーレは針(はり)の筵(むしろ)状態だ。

カロンのことを思うなら真実を告げるのが一番な気がするが、キメラたちはカロンの自尊心にこれ以上傷を付けないために必死である。

「本当、です……」

ごめんなさいカロン様、とリーレは心の中で謝罪した。

愛想笑いを浮かべるリーレの顔を注視していたカロンだったが、そう言うのならそうかもしれないと少し納得して体を椅子に預けた。

確かにフードだけでは顔が見えることもあるだろう。

人間よりも様々な面で優れている魔物たちならその一瞬を見逃さず、その上で気を遣ってくれていたのかもしれないと考える。

子供なら視点も低いから余計見やすいのか、と。

結果、たまたまバレていたこともあったが気を遣ってくれていたのだろうと、誰にとっても丁度良い考えで落ち着くことになった。

「次からは何か仮面とかを用意したほうがいいか。【黒の王衣】は脱げないから服装を変えられないのが難点だ」

「ですねー。あっ、ウチたちが宝物庫から良さそうなもの探してきます？」

「いや、私が使えそうなものが宝物庫にあるとは思えんのだが」

「任せてちょーだいですよ！　城のどこでも行けるウチたちが、ピッタリなの探しますからー」

「そうか……なら、一応頼んでおくよ」

顔を隠せばなんとかなると思っているカロンと、それに助力しようとするレムリコリスに、リーレは言いたくて仕方がなかった。

この世界に生きる人間も魔物も、当然のように内に秘める魔力が存在していない時点ですぐに気付かれることを。

「もうやめておこう。せっかく会えたから聞いてみたいことがあるんだが、構わないか？」

「はい。お役に立てるなら何でもお答えします」

「では聞くが」

一人殺伐とは無縁だったカロンが、王の風格を漂わせながらリーレに問いかけた。

フードから覗く暗い瞳に、リーレも恐怖とは違う緊張を纏う。

「外から来てこの街で暮らすリーレから見て、今のエステルドバロニアは人間と共存していけると感じるか？」

リーレは元々神都のエルフで、今はエステルドバロニアの城内でメイドとして働いている特殊な経歴を持っている。

カロンを除けば、この国をよく知る異世界の住人の一人だろう。

リーレは記憶を漁るように目を閉じて、じっと押し黙って思い出を辿る。

そして、

「分かりません」

と、迷わず口にした。

「ほう？」

「私みたいに亜人や獣人であれば、人にもよりますけどすぐに馴染めるし、街の人も受け入れてくれると思います。実際私は沢山の人に助けられていますから」

全身に刺青があるエルフの少女とは珍しいものだが、数多の種族が共に暮らすエステルドバロニアではそこまで特別視はされない。

ルシュカのようにたった一体しか存在しない種の魔物もいるので、珍しいからと排除する思考を持っていないからだ。

そして、多くの国を併呑しながら領土を拡大した過去のあるエステルドバロニアで、外から魔物がやってくることも珍しくはない。

エステルドバロニアの流儀を理解できないとかなり排他的に扱ったりするが、郷に入って郷に従えればきちんと認めてくれるのである。

「不興を買うのを承知でお話ししますが、エステルドバロニアはディストピアのようなユートピアです。弱肉強食の本能が根強い魔物を強大な軍の存在によって制御しています。その上に立たれているカロン様が人間の感性を国民に伝えたことで成り立っていると推測しています」

聞きようによってはカロンが神輿だと言っているように聞こえるが、カロンはその意見を否定せず、素直な賛同を示した。

「だから、カロン様という大きな存在に反感を持つ者は、誰であっても受け入れがたいのではないかなと。亜人や獣人であっても、この街の有り様に従えないとすぐ衝突するように思いますので、共存するにしても相手を選ぶのではないかと……」

これは、団長たちが提唱する力による統治と限りなく似た話だ。

その視点が中と外かで本質は変わらない。視点の違いから語られるのは貴重な意見だった。

「なるほど。確かにリーレの言うとおりだ。罪を裁くとしてもかなり強引な手段を取ることもあるこの国で、人間を住まわせるのは今はやめておいた方が良さそうだな」

「私も目にしたことがありますが、かなり過激ですよね……。同じことを人間にすると、かなり問題が出ると思います」

「ふむ。レムリコリスは今の話をどう思った？」

「言い方はちょっちピンと来なかったですけど、概ね賛成ですね。多分この国から違う国に行く住民も、似たような理由で出て行きたくないと思ってるでしょうしー」

「そうか。いや、なかなか良い話を聞けた。特に我々側として語ってくれたのが良い」

「お役に立てて光栄です」

カロンに褒められて、リーレは役に立てたと心の底から喜んでいた。

「お腹は空いていないか？　何か食べよう。えっと、メニューは……」

カロンが誤魔化すようにテーブルの上を探していると、胸にメニュー表を抱えた少女がパタパタと走り寄ってきた。

水色のドレスに白のエプロン、金色の髪をリボンで結んだ、お伽噺から飛び出てきたような可愛らしい少女は、最高のスマイルでカロンにメニューを差し出した。

「こちらをお使いくださいっ！」

「ああ、ありがとう。えーっと……〝アリス〟か。以前十六軍にいた……」

「わあっ、覚えていてくださったなんて光栄ですカロンさ――あっ、申し訳ございません！　お忍びで来ていただいたのに……」

「うん。いや、構わないよ。ただ言い触らされるのは困るが」

「もちろんですっ！　私、口は硬いので！」

ポン、と平らな胸を叩いて鼻を鳴らす姿は子供らしくて、どこか背伸びをしているようで。

可愛さを押し出しているアリスだが、リーレとレムリコリスはまるで化け物でも見るような目を向けていた。

普段の彼女を考えれば、この反応が正しい。

なんたって〝短気〟と〝狡猾〟だ。特大級の暴走機関車が本性なのだ。

「でもでも、本当にお会いできて嬉しいです！　ずっと敬愛していた御方でしたから……今日はとってもいい日になりました！」

レムリコリスは確信する。

このアリス、街での騒ぎも、ここに来てからの会話も全て把握しており、カロンに気に入られるためのキャラ作りを行っていると。

可愛さいっぱいの子供ならウケると判断し、周囲の視線も厭わず自分を曲げてキャラ変していると。

それをアリスも察したのだろう。

レムリコリスに差し出したメニューを握る手には、渾身（こんしん）の力によって筋と血管が隆起しており、摑んでいる部分が極限まで圧縮されていた。

カロンに愛されるためなら、そんなことも厭わないのである。

「キメラさんも、どーぞ？」

にこやかな顔だが、薄く開いた瞼（まぶた）の向こうに覗く狼の瞳（アンバー）は、かつて死線を潜り抜けていた頃の残虐な光を湛えていた。

「……ドーモ」

「はい、リーレちゃんも！」

「はっ、はははははいっ」

常連客のリーレは、もはや悍（おぞ）ましさしか感じていない。

先程までカロンが恥ずかしくて死にそうだったのに、今はリーレたちが物理的に死にそうであった。

（この子、性格に〝短気〟と〝狡猾〟もってるのに、こんなに素直なんだなぁ）

そんなことは露知らず、自分の付けた性格も当てにならないものだと自分を恥じるカロン。

正にドンピシャなのだが、それを訂正できる者は一人として存在しなかった。

結果、思いつきでの外出はカロンにとって有意義なものであったし、レムリコリスにとっては地獄のようなひと時として幕を閉じるのであった。

翌日、カロンは再び街へと繰り出していた。

暇だからとか、楽しかったからとか、断じてそういう理由だけではない。

街を自ら視察するのは有意義であるし、そこから考えられるものもあるかもしれないのだ。

とにかく今のカロンは、医者に診察をしてもらい胃痛を治すまでは仕事厳禁である。

なので、休みでもできることをすることにした。

それは、団長たちとの交流だ。

国内での活動を主に行う者たちとの交流は自然と多くなるが、四方守護や海域、空域の守護者とはどうしても関わりが薄い。

中にはまだ一度も顔を合わせていない者もいるため、カロンはこの休暇を彼らのために使おうと決めたのである。

しかし、やはり真っ先に捕まえてくるのはいつもの面子なわけで。

「やっぱり鮫肌拉麵店は海鮮塩だね！　ほらほらカロン、味見してみたまえよ！」

「女狐は何も分かっておらんな。ここは焼肉味噌が至高！　これこそ漢のラーメンでござる！　さ、さ、主殿」

「クソザコ味覚さんたちは黙ってくれませんか!?　鮫ラーといったらゴマ豆乳担々麵でしょう！　激カワな私が言うんだから間違いないですよ、カロン様！」

（俺、冷やし中華食べたくてラーメン屋に来てるんだけどなぁ……）

非番だからという理由で同行させたのは失敗だったらしい。

ルシュカにおすすめしてもらったラーメン屋で、先に届いた自分のラーメンを丼（どんぶり）ごと差し出してくる三人に、黒フード姿のカロンは苦笑だけを返した。

いや、今日はフードだけではなく、仮面と魔力付与の指輪も装着している。

これで完璧だと思っていたカロンだが、余計悪目立ちしているだけだし、なにより同行してくれた五郎兵衛、梔子姫（くちなしひめ）、フィルミリアにそんな気遣いがあるはずもなく、四人掛けのテーブルでぶつかり合うように大声で話しかけてくる度に、周囲の視線はいやでも集まってしまう。

顔にも口にも出さないが、カロンの中には相当な後悔が積もっていた。

「それはまた別の機会に自分で頼むから、私のことは気にせず食べてくれ」

「そう？　まぁ、カロンがそういうなら……」

もう堂々と名前を呼んでくるので、昨日のリーレなど可愛いものである。

「では、ぜひ次訪れたならば焼肉味噌をお試しくだされ！」

「まったく。肉が入ってて味が濃ければ美味（おい）しいと思っているから困りますね！」

「はぁぁぁああ!?　貴様も人のこと言えんだろうが！」

「ふふーん！　このスープのバランスを理解できないとは、私の可愛さには及びませんね！」

「ふっ、拙者とて閨（ねや）の中ではなかなかに可愛げがあると評判でなぁ」

「ぎゃー！　食事中に汚い話をしないでもらえませんかね！」

「似た者同士じゃないか。味噌に担々麵？　脳まで筋肉だからそんな濃い味が好きなんだよ」

「言ったな梔子ぃ……！」

「塩だって味濃いじゃないですか！」

（そもそもラーメン屋で味の濃さ語るのが間違いだと思うんだけど）

しかし、いつまでも騒がせておくわけにはいかない。

カロンがコホンと咳払いをすれば、それだけで三人は睨み合いを止めた。

「周りに迷惑をかけるな」

穏やかではあったが、その声色から怒りを感じ取った三人は真一文字に口を閉じてコクコクと頷いた。

ようやく静かになったと一息ついて、カロンは慎ましやかに麵を啜り始めた三人を眺める。

正面で、大きな獣の腕を器用に使いながら、専用の箸で食事をする梔子姫。

その隣に、自分を高貴というだけあって、とても綺麗に食べ進めるフィルミリア。

そして自分の右には、言動に難はあるが作法は備わっているらしい五郎兵衛。

白髪の着物美女に、ゴスロリ美少女に、いぶし銀な和装の鬼。

容姿から何から全て丹精込めて作った作品であり、長い年月を過ごしてきた大切な仲間だ。

こんな日々だけが続いてくれたならどれほど幸せだろうか。

今の自分は、そのために奔走していると言っても過言ではないのかもしれない。

「な、なんだいカロン。そんなに見つめて……なにか付いていたかい？」

「いや、気にするな。それにしても、なかなか来ないな」

「ああ、確かに。店主の【ブレイバートゥース】は職人気質だから、こんなに待たせるなんて嫌う奴なんだけど……ちょっと聞いてこようか？」

「お待たせしやしたー！」

話を遮って店中に響いた厳つい声。

床を軋ませてやって来た鮫の魚人は、水掻きのある手に持った巨大などんぶりをテーブルのど真ん中に置いた。

どう考えても一人前には見えないし、どう見ても普通の冷やし中華ではない。

麺が見えないくらい乗せられた高級食材の数々。中には頭から突き刺さった鯛が丸々一尾入っているのが、伊勢海老の合間から見えていたりする。

「……店主、これは頼んだ、か？」

注文したのは冷やし中華のはずだったが、もうもうと立ち上る湯気はどうみても冷えてない。

「がはは！　いやぁ、すいやせんお客様。ちょっと腕がこう、鳴りましてね！　まあ貴方様がどんな御方か全然知らないんですがね？　あ、お代は結構でございますよ。やー、ほんとたまたま。たまたま！　なんか最高の一杯ってもんを作りたくなっただけですから！　ささ、どうぞお召しあがりになってくださいやせ！」

カロンは静かに瞑目する。

なるほど、こういうことが起きてしまうのか。

人気者は辛いな、と冗談っぽく心で呟いてから周りに座る三人を見る。

というか、どう考えても素性がバレている。

名前を遠慮なく呼ばれていれば当然なのだが。

「ま、任せてくれよカロン……なんたって僕たちは魔物だからね！　手伝うのなんて全然……全然……」

「ここは主殿に拙者の漢をお見せする時か！　腕が、いや、腹が鳴りますな！」

「まさかの間接キスし放題とかどんなご褒美ですか。これだけでご飯三杯いけますよ！」

「……」

やはり、面子を間違えた気しかしない。

同時に、どれだけルシュカに頼り切りだったかも実感させられた。

「ありがとう。ただ、今回限りにしてくれ。普段出す食事も、私は楽しみにしているのだから」

カロンの言葉に、鮫の魚人は流れた涙をヒレの付いた腕で拭い、カロンに向かって一度拝んでから厨房へと消えていった。

「……」

五人前以上あるだろうか。見たことのないサイズの器の中から溢れた具材が食欲を減衰させてくる。

いいや、こちらには三人の強力な魔物がいるのだから、きっと大丈夫――

「げふっ……」

「もう食えぬ……」

「うっぷ……私、輝いてますか……？」

「チカチカしてるのが君ならね……」

大丈夫だった。

が、被害は甚大だった。

戦争でも見ないほどのダメージを負った団長たちと綺麗に空になった丼の底を見て、カロンは重い腹を押さえながら達成感を感じていた。

「はぁぁ……」

なにはともあれ、お腹が苦しい。

しかしいつまでもここに留まるのは店に迷惑をかけてしまいそうなので、のそのそと立ち上がってフードと仮面を直し、店主の方へと体を向けた。

「ご馳走様。美味しかったよ」

ほら、とまだ突っ伏している三人に声をかけて立たせている間に、店主は大慌てでカロンの前へと移動し、鋭い歯をカチカチ鳴らして物言いたげにしている。

うまく紡げない言葉に代わって出てきたのは、大きな水かきの付いた手だった。

呻いていた梔子姫が咄嗟にカロンを守ろうと爪を構えようとするが、カロンは梔子姫の手の上から自分の手を重ねて制止し、大きな鮫の頭を見つめた。

紛うことなき怪物だ。

普通の人間なら悲鳴を上げて逃げ出すほどには恐ろしい外見をしている。

そんな鮫を見ながら、カロンは自分の手を差し出してゆっくりと大きな掌を握った。

「あっ……ああ……！　なんという……こんな幸運があってよいものか……！」

それは粘液で少しぬめりがあり、ザラザラした肌の感触が手に刺さった。

だが、温かさを感じられた。

感涙する店主は両手でカロンの手を優しく握り、しかし決して離したくないと鮫肌で抵抗をしている。

これまで沈黙を保っていた他の客たちも釣られて泣き出す始末。

混沌としてきた場だが、悪くなかった。

悪くないと、思えるようになれていた。

それが正体不明の原因による感情なんかじゃないと、確かな心で考えられた。

「また来るよ」

ラーメン屋を出ると、野次馬たちが蜘蛛の子を散らすように走り去っていくのが見えた。

よくよく周囲を窺えば、日常を演じながらも遠慮がちに視線を向けられているのが分かる。

あれだけ騒がしくしていれば注目を集めるのも仕方がないだろうとカロンは思ったが、人々の視線はカロンの後ろから現れた梔子姫たちに向いており、食べすぎて少し膨らんだ腹を見てヒソヒソと話し始めた。

「おいおいまじか。ラーメン屋でご懐妊したのか？」

「そんなわけないでしょ。五郎兵衛様もおんなじなんだから食べすぎたのよ」

「か、カロン様が団長方を妊娠させた……？」

「え？　まさか五郎兵衛様も……？」

「万能の王にできないことはないいんじゃないか？」

「五郎兵衛様が陛下に孕まされたぞ」

「なんてこった。どこまで偉大なんだよカロン様は……」

そんなことを囁かれているとは露知らず、カロンは美味しいもののおかげで満悦である。

そろそろ日も傾くし、ルシュカが心配する前に城へ戻ろうかと梔子姫たちに告げてから振り向いたところで、突然街中に響き渡る大声が遠くから聞こえた。

「おう！　そこにおられたか親父殿！　なっはっは！　いやぁ捜しておりましたぜ！」

一瞬誰が呼ばれているのか分からずキョロキョロと視線を彷徨わせたカロンだったが、人垣を割りながら真っ直ぐ向かってくる獣人を見て驚きに目を見開いた。

それは狼に似て非なる獣だった。

黒と灰褐色の毛が全身に生えており、丸々とした腹を銅鑼のような胴当てで守っている。

手足は短く、しかし遠目からも分かる太さが力強さを物語っている。

突き出た鼻口部と仙人のような白髭はカロンの記憶から鮮明に獣人の名を思い出させた。

「散々紗々羅、か？」

「ご無沙汰しておりましたな親父殿。君命に従い、この散々紗々羅、ただ今戻りもうした！」

ランク10の獣人種【隠神刑部】。

東方守護を任される第十軍の長であり、グラドラと並ぶ戦闘能力の持ち主である。

棒術と格闘術のエキスパートでありながら幻術にも長ける獣人で、局地戦においては扱う手段の多さから、対人最強の五郎兵衛ですら確実な勝利を得るのが難しいオールラウンダーだ。

確かに呼び戻したのはカロンだが、まさか街で会えるとは思っておらず、眼前までやってきた二メートルを超える巨体を見上げたまま困惑を隠せない。

「げ。タヌキ爺、何しに来たんだよお前……」

「珍しいじゃないですか紗々羅！　なんです？　クソカワな私に会いにきたんです!?　でも今日の私はカロン様のものですから！」

「久しいではないか紗々羅。しばらく見なかったが、女に化けて男でも食い漁っていたのか？」

「はは！　相変わらず五月蝿えなぁ。親父殿の前じゃなかったらぶっ飛ばしてたぜ、おい」

仲間との再会に喜んでいるのかいないのかはっきりしない会話を聞きながら、カロンは自分の思考を整理していく。

「城には行かなかったのか？」

「行ったんですがね？　あの狼が突っかかってきやがるんでルシュカのもとへ避難したんです。けどルシュカはルシュカで機嫌が悪かったようで、『カロン様は街にいるからとっとと消えろ』なんて言われてしまいまして。もしかして、まずかったですかね？」

「そうだったのか。いや、むしろ好都合だ」

「それはようございました。じゃあ、報告はどうなさいます？」

「……梔子、悪いがフィルミリアと五郎兵衛を連れて戻ってくれ」

「え！　なんで⁉　せっかくのデートじゃないかよぅ。邪魔者には目を瞑るからパフェとか食べに行こうよー」

共に出掛けられることを心から楽しみにしていたのにと力説するが、そこにいるのはカロンではなくエステルドバロニアの王だと察して、梔子姫は渋々引き下がった。

「埋め合わせはしてくれよ？　ほら、行くぞー変態どもー」

「あれあれ？　すごく蚊帳の外？　ちょっとお狐さん！　羽を引っ張らないでもらえます⁉　ああああ、取れる！　取れちゃいますから！」

「待って！　拙者も今の甘酸っぱいやりとりしたいでござる！　だから首を絞めるのは……グェッ」

着物の女に引きずられていく淫魔と鬼を見送りながら、突然の流れについていけない散々紗々羅が巨体を折ってカロンに耳打ちをする。

「……本当によいので？　城に戻られてからでも問題はないかと思いやすが」

「今の私は休暇中でね。城で働くと怒られるのだ」

「はは！　左様ですかい！　親父殿もお変わりになられたってことか。いやぁそれは重畳」

「歩きながらでいい。話してくれ」

散々紗々羅と並んで行く宛もなく歩きながら、カロンは報告を受けた。

それはこの世界に転移した時、ルシュカが咄嗟に頼んでいた天空円環の監視の報告である。

天空円環や地下伽藍から魔物が出てきては、国の復興が難しくなると判断しての措置だった。

結果は杞憂に終わったので、この狸の神獣を自分のもとへ呼び戻したのだが、報告の内容は別の不安を湧き起こさせるものであった。

「外部からの干渉？」

「ええ。あの熾天使が言うには、相手も上位の存在のようで」

「……正直、神はもっと形骸化しているものだと思っていたが」

「この世界は信仰が深い。信仰とは世界に干渉する燃料であり、奇跡の強さと同義であります。親父殿ならば不足はないかと存じますが、気にかけておくべきかと。総本山である神都は特に。聖地は最も権能を振るえる不動の場所ですぜ」

「分かった。連環の管理者たちには私から命令を更新しておこう」

「それはよろしゅうございます」

野太く力強い声で潑剌と受け答えする散々紗々羅の独特な言葉回しに、カロンは思わず吹き出してしまった。

紗々羅はその反応に不快感を表すことはなく、何か変だったかと不安げに眉を顰めた。

「いや、すまない。紗々羅だなと思ってな」

〝豪快〟と〝享楽〟の性格が前面に出た兄貴らしさというか、豪放磊落な振る舞いはカロンが描いていた紗々羅の理想像にぴったりと当て嵌まっている。

それが嬉しくて笑ってしまったカロンを、紗々羅は狼のような狸の顔で、まるで我が子でも見るかのような優しい目で見つめていた。

「そう仰る親父殿は、なかなかの偉丈夫となられたご様子」

「い、いじょうふ？　私がか？」

特に鍛えたりしていないと、自分の腕や体を確かめるカロンの姿に、今度は紗々羅が呵々と笑い声を上げた。

「体ではなく心でありますよ。久方ぶりに拝見いたしたが、凜々しくお優しい顔になられた」

「そう思うか？」

「化かすのは狸の性なれど、嘘を吐かぬは儂の性。軽薄な言葉を連ねる真似は致しませぬ」

紗々羅はカロンの肩を大きな腕で抱き寄せて、脇の下にすっぽりと収めて耳打ちする。

「ただ、良い戦を繰り返すだけじゃあ真の男とは呼べんものです。磨いてくれるのは何も戦場だけではありませんからなぁ」

「急になんの話を」

「親父殿……女でも抱きに行きませんかい？」

一瞬思考停止したが、すぐにカロンは紗々羅の腕を払い除けて離れた。

「行かんわ！　アホか！」

その反応に、また紗々羅は気分を良くして笑う。

「なぁっはっはっは！　しかし、いつまでも女の味を知らんのは勿体なかろうて！　ほらほら、儂のお気に入りの女子とかいかがですかい？　それはもう念入りに致してくれましょうや」

カロンがよくよく周りを見れば、考えに耽っている間に自然と大通りから一本裏にある娼館通りに誘い込まれていたことに気付く。

まだ日が高いので開いている店はないため、今の時間は人の流れが殆どない。

内緒話をするには丁度良い場所だからとでも説明すればいい話なのだが、ついポロッと出てしまった紗々羅の意地悪心が疼いてしまった。

口にはしないが、カロンと言葉を交わすことが楽しくて仕方がなかった。

「そんなことはいい！　とにかく、お前を呼んだのは一つ頼みごとをしたかったからだ」

「ほほう？　他の奴らを差し置いて儂にとは、随分な大仕事の様子」

芝居がかったような口調と動きで、紗々羅はカロンの前に勇ましく膝をついた。

「君命、喜んでお受けいたします。なんなりとお命じくだされ。我が父、我が王、我が至宝よ」

「……はぁ。これは確かに、散々紗々羅だな」

ここまで思い描いた通りのキャラクターだと、呆れよりも嬉しさのほうが込み上げてくる。

だから、カロンは紗々羅を抜擢することに間違いはないと確信した。

「では、受けてくれたまえ我が子よ。存分に暴れるがいい」

◆

カロンが休暇を満喫している間、王城では第十六軍による大規模な清掃が行われていた。

これまでも隅々まで清掃は行われていたが、大々的に人を呼ぶとなれば気合いの入り方が違う。

それはもはや、清掃と言えるのかどうか怪しい領域にまで達していた。

「《万里を見渡す眼》！　《アブソリュートアイオーン》！」

「《フラッドセイバー》、《バブルスコール》、《ワイテスティンワッサー》」

「《月宵舞空脚》！　からの《乱撃掌》！」

バンバンと城内で飛び交うウェポンスキルと魔術。

おおよそ掃除とは思えないエフェクトとサウンドだが、紛うことなき大掃除である。

カロンが城にいないからと、使える手段を全て使っているだけであって、決して城を破壊しているわけではない。

最高位の魔術で起こした風で天井の埃を落としたり、激流で廊下の汚れを洗い落としたり、武術で飛び上がって素早く拭き掃除をしたりしているだけなのだ。

探知スキルをフル活用して、文字通り塵一つまで発見して掃除する徹底ぶりは、超人揃いの雑用係と揶揄される第十六軍の本領発揮といったところであった。

アクション映画のような派手な動きは、まさに無駄のない無駄な動きである。

そんなメイドとボーイの活躍と別に、大広間ではルシュカが接客担当に任命した二十四人の若いメイドたちを集めて、仕事の心得を説いていた。

「貴様らは客室担当となる。招いた客の要望を叶えて、監視も兼ねて行動を共にし、そいつらの生活空間を快適に整えることが主な役目となる。貴様らは給仕係としてカロン様に尽くさずとも、カロン様の名に傷を付けぬために誠心誠意、他所者に尽くせ」

真剣な顔で語るルシュカを真剣な目で見つめるメイドたち。

真剣な目で見つめながら、「もとよりそういう仕事ですが」と思っているメイドたち。

「各国の礼儀作法に関しては神都の人間監修のもとで作られたこのマニュアルに記載されている。まだ誰がどの国の相手をするかは決まっていないので、全て記憶しろ」

今度は真剣に話を聞くメイドたち。

「お触りは厳禁だ。もし猥褻な行為を要求、もしくは及んできた場合、絶対に手を出さないように！　どれだけムカついてもだ。半殺しもダメ。傀儡化、催眠、神経毒、凍結、魂のぶっこ抜きも禁止だ。外傷を与えても証拠が残らなければ大丈夫という考えは起こすな！」

真剣な表情を作りながら、「ルシュカ様じゃあるまいし」という内心のメイドたち。

「ただし！　もしカロン様がお求めになられた際は積極的に応じるように。あの人はどうやら性的な欲求が希薄なご様子だ。大変高潔で素晴らしいことだが、その強固な牙城を崩すためにもしっかりとアピールするように。可能なら人間よりも早く」

「はい！」

今日一番の元気な返事をするメイドたちを見て、ルシュカは満足げに頷いた。

「エステルドバロニアは高貴であり、強大であるべきだ。それを示す尖兵だと思って、職務を全うせよ」

その言葉は、他のどの言葉よりも皆を使命感に燃え上がらせる。

彼女たちは見目麗しいベテランのメイドでありながら、戦争で鬼気迫る活躍をしてきた歴戦の勇士だ。どんな場所であろうと、戦場とは燃えるものであった。

「アルニシア！　ゾン子！」

名前を呼ばれて、刃が脚になった蜘蛛の下半身をした【アラクネ・オブ・ブレイド】と、体が青く変色するに留まった【インテリジェンスゾンビ】が前に出る。

「こちらに」

「はい」

「式典の最中、貴様らは二班に分かれて昼夜交代制で職務に当たってもらう。そのリーダーとなって統率と情報共有の要となってもらいたい」

「お任せください」

「喜んで」

エプロンドレスで隠れた体の繋ぎ目に手を当ててお辞儀をするアルニシアと、胸の前に手を添えてお辞儀するゾン子の所作に、ルシュカはまた満足そうに頷いた。

「では、今後の予定を改めて確認しておく」

そう言って、ルシュカは各部隊との連携や情報収集の方法などを話し合うと、忙しなく広間を出て行った。

「……」

「……行った？」

「行ったっぽい」

「一応見てみて」

ゾン子に言われて、三つ目の鬼女がそっと扉の隙間から廊下を覗き、ルシュカが遠のいていったのを確認して親指を突き上げた。

パタリ、と静かに扉が閉められると同時に、メイドたちの目に獣の鋭さが宿った。

「来たわ、時代が」

「これで我々の地位も上がるでしょうな」

「マウント取れちゃいますな」

「うへへへへ」

「とにかく、ヤッター！」

「確定じゃないんだから騒がないの」

「でも会える機会が増えたら、あたしらが一番カロン様に接したことになるんじゃない⁉」

「ならないならない。それなら給仕組の方が多いでしょ。あと、新人エルフちゃんはダントツ」

「ちくせう！」

清楚とは。瀟洒とは。どこへ行ったのか。

最近になってようやく自室のある階層以外に赴く頻度が増えたカロンだが、その移動の殆どが転移なので、城に仕える者たちと顔を合わせる機会は多くない。

賓客に同行すれば、必然的にカロンと会う回数が増えるということになると考えられていた。

国王一人に会えることをこれほど喜ぶなど普通なら考えられないものだが、カロン日当てで第十六軍に入った彼女たちにとってはこれほどのことなのである。

胡散臭く嘘くさい信奉具合だが、そんな信奉を心の底から捧げている者たちが集まっているのだから仕方がない。

下手をすると、団長たちよりも行きすぎた敬愛を向けているかもしれなかった。

「こんな大仕事に選ばれた時点でも価値ありだって。団長の言葉は陛下の言葉、でしょ？」

「人間相手だけどね。でも、私たちの仕事ぶりを見てもらうチャンスだから頑張らないと！」

「ノーパンとかって効果あるかな」

「誰かチクって裁判にかけようよ。罪状は猥褻罪で」

「やーだー！」

興奮冷めやらぬ少女たちの耳に、パンパンと手を打つ音が聞こえた。

「はい、そろそろ静かにしてちょうだい。じゃないと他のメイドにチクられるわよ」

アルニシアに言われて、メイドたちはしんと静まり返る。

それでも、彼女たちの喜びは抑えられないようで、うずうずと身を揺すっていた。

「選ばれた以上は完璧にこなさなければならないわ。第十六軍の沽券にも、カロン様の評価にも関わる。当日までに必ず仕上げてきて。テストもするからそのつもりで」

皆が頷いたのを見て、ゾン子が話を引き継いだ。

「客室担当の私たちは、今回特別に食堂の利用が許可されているわ。はい、静かにして。テーブルマナーをしっかり学べるようにとルシュカ様が配慮してくださったの。ただ、さすがにカロン様と同席するのは失礼だから、その場合は退出すること。それから――」

リーダーに任命された二人の話は、正直ルシュカよりもずっと的確なものだった。

説明を終えて、最後にアルニシアが凛々しい表情で強く言い放つ。

「優雅に、瀟洒に、完璧に、任務遂行しましょう」

彼女たちの戦いは今日から始まる。きっと他の部署でも同じだろう。

一致団結して、必ずや成功させようと気合いを入れるメイドたちの一幕であった。

◆

冬に向けて、民が次第に装いを厚くし、保存食を確保しだしている神都ディルアーゼル。

丘の頂上に立つ神殿では、エステルドバロニア訪問に向けて着々と準備が進められている中、エイラと神官たち、そしてオルフェアとエルフの重鎮(じゅうちん)たちが、来訪した使者に硬い表情を向けていた。

神殿の中央に立つのは、美しい新緑のエルフだった。

神都のエルフと同じ種族なのに、エステルドバロニアより訪れたエルフは輝きに満ち溢れているような慈愛の表情を美貌に湛えており、皆呆然とその顔を見つめたまま固まっている。

自分に全ての視線が注がれているのを知ってか【ハイエルフロード】のリュミエールは手に握った金色の杖の石突きで軽く床を叩いた。

はっと、皆の視線に生気が宿る。

「神都の皆々様におかれましては、日々エステルドバロニアの発展に寄与していただき、誠にありがとうございます。カロン様からは常々世話になっているため、良きに計らうようにと仰せつかっておりますので、何かご要望があれば申し付けてくださいませ」

軽く膝を折る会釈は、教皇エイラ・クラン・アーゼルへの振る舞いとしては些か軽いものだが、その所作の一つ一つに見られる優雅さから、誰も注意できず、むしろ相応しいとすら思ってしまった。

そんなことよりも、これほどはっきりとエステルドバロニアから特別便宜を図る旨を告げられたことの方が大きな問題なのだが、男性陣はどうやら揺れる胸に釘付けで聞いていなかったらしい。

ゴホン、と強い咳払いで再び正気を取り戻した神官たちは、今度はエイラへと目を向けた。

「ありがとうございます。しかしカロン様を危険な状況に追いやってしまったのは我々の不徳の致すところでありました。そのような身で何かを願うなどできません」

言えば文字通りなんでも良きに計らってくれるだろうが、王国での一件で神都は負い目を作ってしまった。

エステルドバロニアはその件に関してディルアーゼルを罰することはなく、声明も出さずに事を終えてしまったため、彼らは贖罪の機会を失っていたのである。

「この式典において、少しでもエステルドバロニアに助力できればと考えておりますので、むしろ我々のほうこそ申し付けていただきたいのです」

考えるように口を指で覆うリュミエールの仕草はゆったりとしているが、神官たちを探るような視線は鋭く冷たい。

「教皇様やエルフの方々が我々に特別な思いをもっているのは十分に理解しておりましたが……人間の皆様までも我々を信じてくださっているとは思っていませんでした」

その疑問に、神官長の老人が僅かに前へと出て答える。

「確かに、元老院や神聖騎士団を弑したお姿は恐怖するのに十分なものでした。悪意に利用されながら生きる道から、力に屈服させられる道に変わっただけだと」

しかし、と続く。

「エステルドバロニアは神都に平穏を与え、それを維持してくださっている。魔王軍による襲撃の際も民への被害を極限まで抑えてくださいましたし、エイラ様の脅迫を許してしまった落ち度への言及もございません。ここまでしてくださる皆様の、何を疑いましょうか」

個人と国は違う。ミスを笑って許すほど甘い世界ではない。

だが、カロンは許した。何を求めることもなく、ただそのまま平穏だけを残して。

「魔物への恐怖がない、とは言えませぬ。ですが、エステルドバロニアを恐れることは金輪際抱くことのない感情でございます」

リュミエールはもう一度視線を巡らせて神官たちの顔を見る。

「とても喜ばしいことですわ」

彼らには、神官長に賛同を示す力強い意志が灯っていた。

これほど多くの人間に、友好的な態度をとられた経験がないリュミエールは、面映ゆく思いながらも本題へと移った。

「それでは、一つお願いをさせていただけないでしょうか？」

何を言われるのかと緊張した神都の者たちだったが、

「人間の医者を手配していただけますか？」

とリュミエールが口にした途端に激しくざわめいた。

人間の医者は人間しか診られない。エステルドバロニアで人間なのは国王カロンのみ。ではカロンの身に何かが起こったのか。

連想ゲームのように最悪の事態を思い浮かべた者たちは、セルミアの眠り病が重篤化したことも思い出して血の気が引いていた。

「な、ななな……何かあったのですか!?」

特に取り乱していたのはエイラとシエレだったが、リュミエールはまた杖で床を叩いて視線を集中させる。

「ご安心ください。カロン様はご無事です。お怪我もされておりません」

エイラたちはほっと安堵する。

「ですが、あの眠り病のこともありましたので、一度しっかりと診察していただきたいのです。大陸の情勢もまだ安心できませんから、この式典に紛れて招こうと考えておりまして。どなたか信頼の置ける、腕の立つお医者様は知りませんか？」

「では、教皇様お付きの医師をお使いいただくのがよろしいでしょう。元老院に反発したことで暫く幽閉されていた者ですから、我々も信頼しております。少々性格に難はありますが、腕も確かでございます」

神官長の視線の先にいた白髪の老人が深く頭を下げるのを見て、リュミエールも会釈で返す。

カロンの容態さえ正しく診て治療できるのであれば、性格など瑣末事だ。

「では教皇猊下。式典にてお待ちしております。盛大に歓迎させていただきますので、どうか楽しみにしていてくださいな」

「ありがとうございます、リュミエールさん。カロン様によろしくお伝えください」

退出しようとするリュミエールの見送りに誰か用意しようとしたエイラだったが、それよりも早くシエレが名乗りを上げた。

リュミエールは快く受け入れ、手で車輪を回して隣に並んだシエレとともに神殿の外へ出ると、周囲から盗聴されていないのを魔術で確認しつつシエレの後ろに回って車椅子を押した。

「坂は大変でしょう？」

「ありがとうございます。慣れればそれほどでもありません」

「それで、どのような情報が入っているのかしら？」

「神都内で不穏な兆候は見られません。皆、エステルドバロニアという大きな存在を畏怖しておりますが、陛下より賜った多大な恩を忘れることなく、お役に立てればと常々考えています」

それは会談の場でも感じ取れたことだと、リュミエールは頷く。

「殊勝な心がけです。他の国から接触はあったかしら」

「昨夜、カランドラより極秘裏に手紙が届けられました。信徒に紛れて使者が訪れ、魔導兵団の新兵に、アーゼライの祝福を授けるために巡礼を行いたいと」

「そう」

「リュミエール様に隷属の呪を不可視化していただいたおかげで、使者には知られずに済みましたが、かの者たちは我々以上に魔術に精通しておりますので、もしかすると見破られる可能性は大いにあります」

神都に張られていた惑わしの魔術は現在解除しており、合わせて神都の人間に施している隷属の呪は人目に触れぬよう細工を施されている。

表向きは以前より遙かに平穏だが、裏では元老院が支配していた頃より過激な方法だ。

たとえエルフたちに邪な思惑がなかったとしても、外から見れば怪しまれてもおかしくない。

ただ、リュミエールにとって重要なのはそんなことではない。

いざという時は守る許可をもらえばいい。もらえなければ悲しくなるが、それだけだ。

〝慈愛〟と〝調和〟を与えられた彼女はさめざめと泣くだろう。

エルフたちの命を愛おしみながら、散りゆく姿を愛でるだろう。

しかし、王に忠誠を誓ったリュミエールにとっては、もはやその程度でしかない。

それより大事なのは、

「我々のことに言及していなかったのですか？」

「はい。それどころか、元老院に触れることもありませんでした。情報は得ているはずですが、あくまでも巡礼が目的とのことです」

「そうですか……」

カロンはそんなカランドラの動きをいち早く摑んでいる、とリュミエールは確信している。

万里を見通す目を持つ王が、知らないはずはないと、魔物たちは思っているので、ぼんやりと「人の出入りがあるなぁ」くらいにしか見ていないとは考えていないのだ。

いくらカロンでも日がな一日マップを監視しているわけではないし、よっぽど特別な人間でなければ深く注意を払うこともできないのだが、少なくともリュミエールは知っていると確信していた。

そして、カロンは多くを語らないことも知っている。

この世界に来てから配下の自主性に任せる部分も徐々に増えているため、こうして自らの足で情報を集めて共有する必要があった。

「そのカランドラとやらが動くのであれば、他の国も動いていると思ったほうがよいかも知れないですね」

「その可能性はあると思います。恐らくですが、アーレンハイトはリフェリス、ヴァーミリアはサルタンに接触を図るでしょう。あの三国は大きな衝突こそ今はしていないですが、教義の違いから決して相容れることはありません」

「ああ、なんでしたか。魔物至上主義と人間至上主義のような」

「はい。ですので、アプローチにも大きく違いがあるはずです」

「分かったわ。ありがとうシエレ。貴女の献身はカロン様にお伝えしておきますわ」

「ありがとうございます。我らは常にエステルドバロニアの、カロン陛下に貢献いたします」

やはり、何事もなく式典が執り行われることはないだろう。

この世界に根ざした新たな国として、レスティア大陸の宗主国となった魔物の楽園が大きく門を開け放っているのだ。

ニュエル、ヴァーミリア、カランドラ、アーレンハイト、それにまだ見知らぬ国々が、黙って見守っていられるほどエステルドバロニアは弱くない。

「楽しみね」

短い言葉に隠された熱と歪な愛の吐息に、シエレは身を震わせる。

自分の背後にいるエルフが、愛欲で動く得体の知れない怪物のような気がして、振り返ることもできなかった。

◆

女は、久しぶりに生まれ育った大陸の土を踏んだ。

レスティアの東にある港町アッセルの町並みは四年前の記憶と大きな違いはない。

フードからはみ出た金木犀色の前髪を押さえながら見回した景色は、盛大に見送られた日と比べれば遥かに穏やかだ。

「どうして、こんなに帰ってきたと思う匂いなのかしら」

一つ海を跨いだだけで、港に吹く風には郷愁を抱かせる何かがあった。

〝花冠〟の勇者、アルア・セレスタにとって、このレスティアの大地を踏むことは二度と叶わないと思っていたから尚更に。

アーレンハイトのセレスタ子爵に嫁いだ頃は、政略結婚だったが優しい夫との日々に不満も不安もなかった。

しかし、子を成す前に夫が急逝したことでアルアの立場は無価値なものになってしまった。

リフェリスからは使い道のなくなった姫と見られ、アーレンハイトからは価値のない客人として扱われ、セレスタ家からは扱いに困る当主として接せられている。

リフェリスの姫であり、勇者でもあるという点で見れば距離を縮める価値はあるはずだと思っていたアルアは、リフェリ家の長女として、セレスタ家の当主として振る舞い続けていた。

しかし、アーレンハイトにおけるリフェリス王国への認識は良いものではなく、セレスタ家の立場も弱い中で、彼女の努力など微々たる結果にしかならなかった。

アルアは今回の帰省で、聖女エレナ・ルシオーネから頼まれたこの役目を果たせれば、多少なりとも今の曖昧な立場をはっきりとできるのでは、と考えている。

それに、唯一気にかけてくれる友人の頼みだ。なんとしても果たしたかった。

それにしても、迎えの者がいつまでも見当たらない。

密書で日にちを伝えていたはずだが、港にはそれらしき兵の姿を確認できず、女はキョロキョロしながら港の中を彷徨った。

「ううん……おかしい」

瑞々しい唇を拳で隠しながら困り顔で呟く。

件の魔物の国によって情報封鎖がされている可能性が思い浮かぶが、無事に届けられたという返書の報告を受けているので、そんなことはないはずだ。

曲がりなりにも聖王国へと嫁いだ元第一王女であり、〝花冠〟の称号を持つ勇者であるアルアを、あからさまに冷遇するとは思えない。

しかし、現にこうして迎えが現れず右往左往していることを考えれば、国の中で大きな変革が起こっている可能性が思い浮かんだ。

コートの懐に手を差し込んで数枚の花びらを取り出したアルアは、淡い桜色の魔力を込めて風へと流した。

ヒラヒラと風に乗って舞う薔薇(ばら)の花びらは空高く舞い上がると、流れに反するように動きを止めてからゆっくりと落ちていく。

目標を定めてふわりふわりと舞う花びらを追うように視線を動かしたアルアは、手を伸ばして花びらを掴んだ人物を見て瞠目(どうもく)した。

ゆっくりと歩いてくる白と藍の軽鎧を纏った白銀の髪の乙女(おとめ)。

アルアの記憶の中で、彼女は誰よりも民を重んじていた気高き勇者だったはずだ。

それが――

「ミラ……?」

騎士団長の礼服を纏う麗人(れいじん)と面影が重なったことが、俄(にわか)には信じられなかった。

暗い氷の瞳。陰りながらも美しい相貌(そうぼう)。決して折れぬ強い意志を宿す、重苦しい存在感。

その姿に気圧(けお)されて、アルアは思わず後退(あとずさ)った。

足を止めた少女の周りに、青白い雷光を幻視する。

「久しぶり。アルア・セレスタ」

　これが本当に、あのミラ・サイファーなのか。

　眩しいほどに輝く太陽がよく似合う乙女はそこにはなく、遠くから迫る曇天のような怪物が目の前に立っている。

「何をしに来た、なんて言うつもりはない。目的は理解しているし、だからといってアルアに何かできるとも思っていないのでな」

　貫禄(かんろく)がまるで違う。

　アーレンハイトの中で奔走して、多少なりとも成長したと思っていた自分とは別次元だ。

「貴様は、何も変わっていないな」

　じろじろとアルアの服装を見て、ミラは遠慮なく言い放った。

「そんなことは……それより、どうしてミラが騎士団長の礼服を着ているの？」

　問いかければ、ミラはせせら笑うように言った。

「色々あっただけだ」

　それは、何も知らない部外者への嘲笑だ。

　アルアはむっとして言い返そうとしたが、「冗談だ」と言い足されては黙るしかない。

「聞きたいことも多いだろうが、さっさと戻ろう。特別な馬車を用意したのだ。三日とかけずにリフェリスへと帰れるぞ？」

「なんです？　転移門でも設置したのですか？」

アルアは町の外へ歩いて行くミラの後を追いながら、少し不安になる。

元とはいえ王家の娘だった自分の迎えに、ミラ一人だけなのはどうしてなのかと。

「ねえ、ミラ」

「あれだ」

アルアの言葉を遮って、ミラは門の外に止めていた馬車を指差した。

自然にミラの指の先を視線で追いかけたアルアが見たのは、

「え……？」

当然のように馬車に繋がれた、紅玉の瞳をした青鹿毛の魔物だった。

影のような魔力を全身から立ち昇らせる【穆王駿馬・絶地】は、ミラの姿を見つけるとゆっくり近づいてきて、目の前で止まった。

「どうだ？」

「どうって……魔物じゃないの！　どうしてこんな……いえ、それより貴女が魔物を従えているのはおかしいわ！　一体どういうつもりなの⁉」

聞きたいことが山ほどあるが、多すぎて上手く言葉にできないことがもどかしい。

馬車の台に足をかけて振り向いたミラは、目の奥に妄執の炎を揺らめかせて笑った。

「だから、聞きたいんだろう？　レスティアで起きた全てを」

虎穴に飛び込むような気分だったが、アルアは胸元で揺れる十字のペンダントを強く握りしめて、差し出された手を握って馬車へと乗り込んだ。

リフェリスへ向かう道中に語られた話は、アルアの頭をパンクさせるのに十分な情報量だった。

エステルドバロニアの出現からラドル公国との戦闘。宰相の暴走と魔王軍による策略。

アルアの知っているものは全てが壊し尽くされた。

魔物の国が台頭して、その他の国は事実上の属国となり、もはや王国の権威など地に落ちて無価値なものへと成り下がってしまっている。

聖王国を出る直前に、エレナから「もう昔とは違うはずだから、気をしっかり持ってね」と言われたことを思い出し、それがこの事なのだと理解する。

揺れを殆ど感じない馬車の中で向かい合うミラは、アルアの目の動きでその心の機微を読み取っていた。

「まあ、帰ってくるのは構わんが、あまり城内を知ろうとしないほうが貴様のためだぞ？」

「それはどういう意味？」

「言葉通りの意味だ。もうあの頃のリフェリスは存在しない」

「それだけ、エステルドバロニアに侵食されているのですか」

この魔物の馬をミラが使っているのが何よりの証拠だろう。

しかしミラは頭を振る。

「浅いな。もしそうであったなら、あの国への反感はもっと大きく燃え上がっている。アーレンハイトにも援軍を要請しただろうし、かつての聖戦を再現する規模で全面戦争だっただろう。だが、残念なことに相手は馬鹿の一つ覚えに人間を虐げる国じゃなかった。話が通じてしまった。圧倒的な力を振り翳して脅されなかったせいで、皆不安定な心のバランスを取るために内側に悪者を見出だそうとしたのさ」

それは自業自得だ。

エステルドバロニアが公国との戦争後に武力で支配せず人道的で常識の範囲内に収まる要求をしてきた時点で、戦争に携わった者たちからは多少の支持を集めていた。

それを宰相が蹴飛ばしたうえに魔王軍と結託してエステルドバロニア王を危険な目に遭わせ、解決したと思ったらアルドウィン王が私情を優先して主犯の宰相を匿ってしまった。

エステルドバロニアの王は激昂したが、努めて冷静に交易などで話を収めてくれている。

魔物の国と呼んでいても、どちらに正当性があるかは、ここまでくれば一目瞭然だった。

騎士団の主だった面々は、畏敬と畏怖をもってエステルドバロニアを支持し、これ以上刺激すれば今度こそ滅ぼされる危険性があると認識しているのだ。

「それが相手の策略だと、どうして考えないの？」

魔物に対して差別意識を拭えない者ほど考えるだろう。

王国の状況に便乗して策を弄したと、言おうと思えば言えなくもない。

「なら、滅んだ方がマシだったか？　公国や魔王軍に侵略された方がマシだったと？」

そして、そんな相手ほどこの言葉がよく効くことを、ミラは知っている。

「見ろ。もうすぐ王都だ。馬車からの景色を見ていなかったようだが、人々の暮らしにどれだけ影響を及ぼしたのか分かっているのか？」

言われてアルアは外を見る。

格子窓から見える景色は、いつの間にか王都のすぐ側に変わっていた。

そこにあった民の暮らしと、そこに紛れる魔物が織り成す平穏は、アルアの目には仮初めの幻想にしか映らなかった。

ぎこちなくも言葉を交わし、恐ろしくも付き合うべき隣人のような距離で、行商の魔物が人の世界を闊歩（かっぽ）しているのだ。

馬車は王都の中へと向かう。

懐かしき故郷のはずなのに、アルアは怖いとばかり思っていた。


王城に魔物の姿がないことに安堵できたのは初めのうちだけだった。

「どういうことなのですか！　答えてミラ・サイファー！」

勢いよく開け放たれた騎士団長室の扉。

涼しい顔で仕事をするミラに向かって、城に響くほどの声量でアルアは訴える。

報告に来ていた騎士が驚いているのも構わずミラの胸ぐらを掴んだアルアは、怒りと絶望に顔を歪めて非力な腕で揺さぶった。

花冠を身に着けて愛らしく飾った元王女の激昂を前に狼狽する部下を手で追い払ったミラは、氷の眼光を向けるだけで何も言わない。

それにまたも火がついて、アルアは堰を切ったように王国の実情を羅列した。

「宰相閣下は暗殺されたと聞いたわ！　それに多くの貴族を排除したと。その指示を貴女が出したそうじゃない！」

以前の王国と違うどころの騒ぎじゃなかった。

宰相の暗殺に始まり、宰相を支持していた貴族は軒並み家を潰されている。

こんなものは自浄作用ですらない、ただの独裁ではないか。

そう訴えても、ミラは興味なさげに視線を外すだけだった。

「どうして……貴女がいながらこんなことになっているの！　騎士の誉れとして、この国を守ると誓ったのではないのですか⁉」

「誓ったとも」

烈火の如く激情を燃やすアルアとは対照的に、ミラの声は冷ややかだった。

無抵抗でされるがままだが、目には失望が渦巻いている。

「誓ったからこそ、私は国のために良き道を選んでいる」

「誰が見ても滅びに進んでいるじゃない！　ドグマ団長とヴァレイル先生、多くの兵士と騎士を魔物に奪われた！　何者かにラグロッドの叔父様まで殺されてしまったのですよ？　もう、崩壊しているじゃないですか……！」

変わり果てた故郷の無残な姿に、溢れそうになる涙を強く唇を噛んで堪えるアルア。

項垂れて、ミラを掴む腕だけが彼女を支えていた。

「それに、父上まで……」

アルアの掠れた呟きに、ミラは玉座の間がある方角を見る。

アルドウィンはもう、心の壊れた老人だ。

惰性の末に国を窮地に立たせたうえに、自分の情に負けて重罪人を庇った愚かな王。

大人しく処刑すれば傷も浅く済んだのに、頼りにしていた勇者という枷を失くして自由を履き違えるから、いい、いい、いい、ベッドに首を飾られるのだと、ミラは心の中で嘲笑った。

「それで、どうするのだ？」

ミラは問いかける。

彼女が悪いわけではないと、アルアは僅かな冷静さで手を離し、力なく首を左右に振った。

何も知らないまま、知ったことでしか考えられない。

「無理に決まっているじゃないですか。エステルドバロニアに嫁ぐなんて……」

アルドウィンは、エステルドバロニアに対して大きなトラウマを抱えた。

あの国が現れてから歯車が狂い、大切なものを奪われたと本気で考えている。

今残っているのはリフェリスの王という地位しかなく、それを失えばラグロッドと同じ運命を辿るのではないかと怯(おび)えている。

そうじゃなければ、帰国した娘を差し出そうなど言えるはずがなかった。

夫を亡くしていてもアルアはセレスタ家の妻であり、アーレンハイトの人間となっている。

良い環境ではないにしても、そんな荒唐無稽(こうとうむけい)な願いをアルアが聞けるわけがない。

しかし、死人のようにやつれた顔でアルドウィンが何度も何度も繰り返した言葉は、呪詛(じゅそ)のようにアルアの心を蝕(むしば)んでいた。

「貴様はアーレンハイトの女だ。私としては、長々と逗留(とうりゅう)せず帰ってもらいたいのだがな」

「……」

「リフェリスから出された貴様に何ができる。この時期に帰省する理由は馬鹿でも分かるぞ？　実態は知れたのだから、早く聖王猊下に報告すればいい」

「ミラ……貴女はこの国を見て、何も感じないのですか？」

ここはもう、守りたかった国ではなくなりつつあると。

ただ一人となった王国の勇者は、冷たい瞳に微かな寂寥(せきりょう)を滲(にじ)ませた。

「感じているさ」

無力だったから、こんなことになってしまった。

それくらいの罪悪感はある。

力さえあれば、すべてを黙らせられたのに、あの平凡な男に頼らなければ王国を守ることもできなかった無力さを忘れることはない。

「だが、全ては起こり、進み、過ぎた以上、戻ることはない。私は私にできることを全うするだけだ。それが魔物の国に媚びていると思うなら思えばいい。この王国を存続させるためならどんな手段も選ぶ決意はもう済んでいる」

アルアが何を言ったところで、ミラが自分を曲げることはない。

それを悟ってしまえば、アルアはごちゃまぜになった感情をヒステリックに叫ぶこともできなくなった。

「アルア・セレスタ、貴様がどうしようと勝手だが、私の邪魔だけはするなよ」

それとも、とミラは付け加える。

「カムヒと合同で作っていると噂の剣でも持ち出すか？　花を咲かせるしかできない貴様でも少しは戦えるようになるだろう？」

「……」

「我らの力が及ぶ限り潰えることはない。国とはそういうものだ」

兵も騎士も、たとえ王でも、損なったなら適当に理由を付けて丁度いい代わりを置けばいい。

都合が良ければ血統にすら価値を見出さなくなる。体裁だけ取り繕えればどうとでもなる。

アルドウィン王がいるから王国が存続するわけじゃないし、ドグマやヴァレイルが死んだから終わるわけじゃない。

誰かが滅ぼすから滅びるのだ。

ミラはこれまでの戦いでそれを学んだ。

何も言えなくなったアルアに興味を失ったミラは、胸を掴んでいる手を剝がして、押し出すように部屋の外へとアルアを導いた。

「近々、エステルドバロニアで式典がある。どうするか自分で決めろ」

そう言い残して、団長室の扉は閉められた。

まともに顔を見ることもできず、崩れ落ちるように座り込んだアルアは声を殺して泣いた。

ミラの言うとおり、アーレンハイトの女となった自分にできることなんてない。

ましてや夫を亡くしたことで影響力まで失った自分では。

今のアルアには、この現実を受け入れることが正しいのかさえ判断がつかなくなっていた。

その姿がかつての父に似ているとは、自分では気付けなかった。

◆

夕暮れのサルタンに、一隻の船が入港する。

所属国を表す旗がない代わりにオリジナルの旗を掲げたその船は、いわゆる商船と呼ばれるものである。

旗に描かれたシンボルを悠々と風に揺らして、巨大な木造船は岸壁に体を擦り付けながらゆっくりと動きを止める。

船がぴたりと岸壁に寄り添うと、甲板から船上と岸を繋ぐはしごが投げるように伸ばされた。

そこから獣人の水夫たちが怒声を上げながら慌ただしく仕事に取り掛かり、大量の木箱を下ろしていく。

暫く停滞していた交易が再開されたため、被った損失を埋めようとしているのだろう。

しかし、食い扶持を稼ごうと張り切って働く水夫たちに紛れて船から呑気に降りた者たちは、今のサルタンでは珍しく戦う装いをしていた。

「んん――――!　っはぁ……やっと着いたー」

濃緑の狩人衣装を着た白猫の獣人が四日ぶりの地面の感触を喜んでいると、後続する黒鉄の重装を身に纏った二足歩行の象が、押し退けるように前へと出て地面を踏んだ。

「ここに来たのも三年ぶりか」

「アンタは運ぶのに苦労するからね。積み荷のバランス取らないと傾いて沈んじまうんだから、そう簡単に他所の大陸には行けないに決まってんだろ」

「そうではある、が」

「そんなことより、さっさとご飯でも行こうよ。もうお腹ペコペコー」

「まずは冒険者組合に行かなければならん」

「あそこ美味しくないじゃん！」

「我々は仕事をしに来たのだ」

「それこそ明日からでよくない？　宿だって取らないとさー。組合の施設使うなんて絶対やだからね！」

　職務を優先する象と、自分を優先する猫の言い争いは、水夫たちの鬱陶しそうな視線を気にせずはしごの麓に陣取って交わされる。

　遅れて現れたコート姿の梟が、船から飛び降りると、羽角をツンと上に立てながら二人の間に割り込んで、裾に隠した剣に鉤爪を添えて巨大な瞳に怒りを滲ませた。

「拙らの行動に支障をきたす行動は許容しかねる」

「む……」

「やだなー。ちょっとじゃれてただけだって」

　青黒く輝く刀身をゆっくりと抜いた梟は、そのまま猫の方へと切っ先を向ける。

　猫は相手が本気だと察して、刺のある雰囲気を消してニヘラと笑った。

「悪かったよぉ旦那。あんたにも、あんたのパーティにも喧嘩売るつもりはないさ」

「……分かればいい。拙も卿らも雇われていることを自覚するよう」

「はーい」

象は小さな目に理解を浮かべていたが、猫は飄々(ひょうひょう)としながらも不満を露にしている。

不快と不安を抱きながら剣を収める梟。

そこに、残っていた仲間が現れて声をかけた。

「話は終わったかい？」

夕焼けに照らされたその男は、黄金に輝く勇壮(ゆうそう)な鬣(たてがみ)を靡(なび)かせながら現れた。

長く美しい直毛の鬣は獣王の血を引く証であり、人間の目からも整っていると分かる美貌は選ばれし者の証である。

細くとも鍛えられた体を軽鎧に包んだ獅子人(ライオネル)は、旅の伴たちに甘い笑みを向けた。

「フォルファ。リコットとオーグノルは僕の大切な仲間なんだ。そんなにきつく怒らないでやってくれないかな」

梟のフォルファは眼光を更に鋭くして、安穏(あんのん)としている獅子を睨みつける。

「卿は甘い」

獅子は臆(おく)することなく柔らかな口調で、しかし明確な意思を込めて答えた。

「君は父上の部下だ。そしてお目付役であって、子守をしに来てるわけじゃないんだろ？　だったら尚更僕らに口出ししないでもらいたいな。僕らには僕らのやり方があるんだからさ」

「あぁん、ジルカ様ぁ」

猫撫(ねこな)で声を出して擦り寄ってきた猫のリコットを優しく腕に抱いて頭を撫でる金獅子(きんじし)ジルカ。

王の子として当然と言わんばかりに憚(はばか)らない、次代の王となるにはあまりにも考えなしの振る舞いがひどく目につく。

故に、梟のフォルファはこの王子が好きではなかった。

（第二王子、グラングラッド＝ジルカよ、結果を出さねばならないと理解しているか？）

ヴァーミリアの黄金王グラングラッド＝ザルバは「次代に序列はない」と公言しているが、今最もその地位から遠いのが自分だと気付いているか訝(いぶか)しんでいる。

白虎(びゃっこ)の母から継いだ美貌と父から学んだ尊大さだけで至る地位ではない。

フォルファがちらりと象のオーグノルに目をやる。

大きなヘルムで表情は隠れていても、無関心なのは見て取れた。

ジルカと共に冒険者としてパーティを組んではいるが、そこに忠義があるようには見えない。

リコットも権力に擦り寄っているだけで、王の側近になりたいとは考えていないようである。

「はははっ。ほらリコット、離れてくれないと動けないぞ」

「はぁい」

頼られることが嬉しいのか、ジルカは周囲に自慢気な態度を見せる。

冒険者としては中の中。しかし権力だけは上の上。

（陛下は何を考えているのか……）

アーレンハイトとカランドラの目を欺くには、あまりにも未熟な人選だ。

ただ穏やかに事が進むとは到底思えず、フォルファは監視役として同行したのを心底悔やむくらい不安で仕方がなかった。

「さあ、行こうか。噂の国……の前に、いい宿にね」

キラリと牙を見せて笑う獅子に、梟は胡乱な目を向けるのだった。


商業国家サルタンは、魔王軍による襲撃の影響を微塵も感じさせない熱気に溢れていた。

往来には人間も魔物も当然のように存在していて、誰も疑問を持っていない様子だ。

人語を介するスライムでさえ、店先の人間と談笑している姿がある。

もともと多種族が暮らす国ではあるが、この光景は外から来た者には異常に映るだろう。

だが、サルタンの人々は受け入れている。

それがエステルドバロニアの功績を素直に受け止めて、共存に尽力した商人王ファザールと、その家臣たちの尽力の賜であった。

「よーしご飯たーのもっと！　ジルカ様ぁ、これ頼んでもいいですかぁ？」

「ははは っ、好きなものを頼めばいいよ。オーグノルも遠慮しないでくれ」

「ありがたい」

「じゃあねー……店員さーん！　これとこれと、あとこれとー」

サルタンの様子を見て回ったジルカたちは、宿に併設された酒場で卓を囲みながら、次々に料理を頼んでいく。

数日ぶりのまともな食事に張り切るリコットとオーグノルに呆れた視線を向けていたフォルファは、先に届いた葡萄酒をゆっくりと楽しむジルカに顔を向けた。

何も考えていなそうにニコニコと笑うジルカは、そんな梟の様子に気付いて喉を鳴らす。

「話し相手が欲しくてたまらないって顔だね」

からかわれていると分かっても、フォルファは話がしたかった。

「何が起こっているのだ、この国は」

獣人や亜人も広義の意味では魔物に分類されるが、さすがにスライムやケルピーのように知性レベルの低い魔物は同列に扱われないものだ。

しかし、人語を理解する魔物までも対等に接しているのは、普通ではない。

「なんでも、エステルドバロニアに救われたって国王が流布してるみたいだね」

「それで受け入れられるものではないと思われるが」

「受け入れるだけのことがあったんでしょ？　知りたいなら調べておいでよ。お得意の隠密で」

フォルファの目に苦々しさが浮かぶ。

「余計な真似は極力したくない。いや、それを言うなら卿らはもっと静かに行動すべきだ」

「問題ないよ。父上には『探ってこい』って言われてるけど、所詮ただの観光だからね」

「……カランドラやアーレンハイトが黙っていない」

「黙っているさ。間違いなく似たようなことをしてるだろうから、深く追及なんてできっこないよ」

だからこそ暗黙の了解で動くべきだとフォルファは思うが、ジルカは違うらしい。

美しい鬣を手櫛で梳かしながら、値踏みするような視線を向けるジルカに、フォルファの眉と飾り羽が動く。

「なにか」

「いや、父上が重用する『銀天』のメンバーはさすがだと思ってね」

グラングラッド＝ザルバには懐刀とも呼べる冒険者のパーティが幾つかある。

その内の一つである銀天は諜報に特化しており、主にカランドラで活動しているパーティだ。

個々の戦闘能力も他の冒険者たちにも引けを取らないため、この場にいる中でフォルファは間違いなく遥か格上の実力者だろう。

だが、ジルカは重用しようとはしない。

自分が王の子だからではなく、この梟が父の子飼いだからである。

フォルファに許されている行動は監視と警護で、それ以外のことはしないしできない。

この梟はそういう奴だと知っている。

「まあ、フォルファが父上からどんな命令を受けているのかは知らないけど、僕の邪魔だけはしないでほしいかな。さっきみたいな、ね？」

「……それは拙の落ち度だ。今後はない」

「そうか」

「だが、卿の行動指針は教えていただきたい。拙が従うにも知る必要がある」

「んー……それは僕の目的を口にすることになるからねー」

顎に手を当てて上を向くジルカに、フォルファは王の品格を何も感じられないでいる。

機会は平等に与えるとザルバは語るが、見捨てるのも選択の一つとフォルファは考える。

だが、一族を守るために昇り詰めた男には、息子を見捨てるのは難しいのだろう。

「お」

何か驚いたような声を出したジルカの視線をフォルファが追う。

そこにいたのは、ヴァーミリアでも珍しい種類の獣人だった。

大きな体躯に、カムヒのそれに似た鎧姿の狸が、酒場のカウンター端で一人酒を呷っている。

狼のような鋭い顔立ちには勇が漂い、鍛えられた腕には猛があった。

（できるな）

かなりの手練だ。

国でもなかなかお目にかかれない猛者に、フォルファは警戒を高める。

その奇妙な獣人に、ジルカは突然立ち上がって臆することなく向かっていった。

「卿！」

慌てて止めようとフォルファは立ち上がるがもう遅い。

呑気に眺めている猫と象に目もくれずバタバタと動く梟。

辿り着いた獅子は、暗い目で見つめてくる狸に笑いかけた。

目当ての物を見つけたように、ご機嫌な笑顔だった。

「やあ、ちょっといいかな」

対して、狸は狼のような顔を向けて鋭い牙を剝いた。

目当ての物が釣れたと、ご機嫌な気持ちを覆い隠した暗い顔であった。

◈ 二章 ◈

来賓

「お久しぶりです陛下。またそのご尊顔を拝謁(はいえつ)できる日を夢に見るほど待ち望んでおりましたが、それがようやく叶(かな)ってとても幸福でございます。ひと月以上もお預けをなさるとは、陛下はとても罪な御方(おかた)ですのね。いえ、構わないのです。私は全(すべ)てを捧(ささ)げ、壊(アイ)してもらうために存在する人造の兵器ですもの。乳児のように舐(ねぶ)るのも、幼児のように齧(かじ)るのも、全ては陛下の思いのままでございます。ああ、それとももっと過激なものがお好みでございましたか？　このひと月で陛下も溜(た)まってらっしゃるのかしら。いいえ、お望みとあらばいかなることも喜んでお受けいたしますわ？　最強の勇者と名高き〝天稟(てんぴん)〟の肌に傷をつけられるのは陛下だけの権利ですから。それとも、もっと変わったことが？　それはさすがの私でも勉強が必要となってきますが、リードしていただけるなら今すぐにでもお求めになって構いません。いえ、ですが後ろをご所望ですと準備もありますし……いえいえ、それすらお望みならばいかなる醜態(しゅうたい)も陛下の視界の中で晒(さら)しますわ。でも私から陛下を痛めつける行為だけはしっかりと時間を取って練習してからにしても構いませんでしょうか？　やはり加減は大事ですから、陛下を満足させる手練手管(てれんてくだ)は身につけていても、痛めつける術は力業しか持ち合わせていなくてですね。なのでお時間をいただければそちらにも対応をいたし……どうかなさいましたか？」

ドレスの胸元を握って、どこか遠くを見つめながら演説していたスコラ・アイアンベイルがようやく正気に戻ったのを見て、カロンは別の意味で自分の胸元を握りしめた。

もう十分痛めつけられている。胃を。

式典に先んじて城での生活をする準備ができたとサルタンに手紙を送った翌日に入城し、こうして玉座の間で自重皆無なトークをされては気も滅入るというものだ。

「カロン様。こいつゴロベエと同格やもしれません。殺っときましょう」

ジャキン、と両手に巨大な拳銃を握って構えるルシュカをどうどうと抑える。

カロンは困り眉で口にするべき言葉を探していたが、スコラは先ほどとは打って変わって、ドレスの裾を摘んで深く膝を折り、カロンの前に跪いた。

「少々お遊びが過ぎました。陛下にお会いできた喜びをどうしても表したかったのです。改めて、ニュエル帝国皇帝の末妹、〝天稟〟スコラ・アイアンベイルでございます。どうぞ末永く、陛下の望む物としてお側にお仕えさせてくださいませ」

カロンは頷きでそれを許諾した。

「その刃が我らに仇をなすことがないことを祈るよ」

スコラはくつくつと喉を鳴らして笑う。

「ご安心くださいませ。私は帝国の姫でもなければ勇者でもなく、スコラ・アイアンベイルとして陛下のお側に侍るのです」

どこまで本気かを確かめる方法はないが、裏切る行為を暴く方法はいくらでもある。

魔術による通信や外部との接触などは常に監視下に置けば問題ない。

暴れた場合は後手に回るが、勇者一人の大立ち回りでどうにかなるほどエステルドバロニアの王城は脆弱(ぜいじゃく)ではない自信もある。

帝国本土と連絡を取ることもできず単独でエステルドバロニアに牙を剝(む)いても、カロンを殺さなければ大したメリットを得られないだろうと、カロンとルシュカは考えていた。

獅子(しし)身中の虫というが、それを見極める時間は、スコラがこの国にいる限り続くだろう。

スコラも、承知の上であった。

「ですから、いかようにも、ね?」

そう言って科(しな)を作り、大きく開いたドレスの胸元を探るように指を這(は)わせ、絡みつくような視線を向けて挑発する。

それに反応したのはルシュカだったが、カロンは特に反応を示すことなく何かを考えるような素振りの後、

「では、そうしてもらおう」

と口にした。

表情を華やがせたスコラとは対照的に顔を青くして驚愕(きょうがく)するルシュカ。

待ちに待った時が来た――と確信していたスコラだったが、

「……釈然としませんわ」

今はメイド服を身に纏(まと)って、項垂(うなだ)れながらルシュカの後ろを付いて歩いていた。

「ふふん。カロン様はそんな安い男ではないのだ。残念だったな」

「おかしいですわね。かなり高い女だと自負していたのですけれども。それはそれは、寄ってくる男はいくらでも」

「ならそっちでも摘んでろ」

「嫌ですわルシュカ様。触らせないから高嶺（たかね）なのではありませんか」

城の中を回りながら、ルシュカは各階層の部屋を説明しており、その合間にちょっとした雑談に興じるくらいにはスコラに心を開いていた。

あれだけアプローチしても袖（そで）にされる姿に思うところがあったのかは不明だが、面（おもて）に出さないがスコラはそれをありがたく感じていた。

覚悟していたとはいえ、味方が一人もいないのは存外心細いものだ。

「ですが、そんな高嶺の勇者様がメイドの真似事（まねごと）ですか」

「多少は同情するが、仕方ない面もある。貴様を置物にするのは簡単だが、カロン様も過ごしやすくなるようにと配慮なさったのだろう」

「下働きで評価を上げるなんて、実に稚拙（ちせつ）で効果的ですわね」

「それに、異分子が入り込んだと不安になっている者たちもいる」

それはスコラもひしひしと感じている。

すれ違うメイドや衛兵はルシュカに挨拶をしながら、その背を追うスコラを見てぎょっとしたり、あからさまに距離を取ったりしていた。

「二人目の人間は珍しいでしょう」

「だろうな」

そう応じて、ルシュカは部屋の中へ入っていった。

続いてスコラが入ると、中には整列して待つ魔物たちの姿があった。

「揃っているな」

ルシュカが視線で人数を数える。

「ヴィラーセ、これが新入りだ」

三人のメイドの一人、【ブラフマーディセンダント】の班長に声をかけると、ヴィラーセと呼ばれた四つ腕の美女はスコラに優雅なお辞儀をする。

「よろしくお願いいたします、スコラ様。短い間ですが、しっかりとメイドの職務を果たしていただきますのでお覚悟ください」

スコラの素性を既に聞いていても、メイドの矜持で手加減をするつもりはないようだ。

愛想笑いを浮かべたスコラも礼を返したところで、ルシュカはさっさと部屋を出ようとした。

「監視は常にあることは伝えておく」

「ええ。分かっていますわ」

その言葉を最後にルシュカの姿が見えなくなったところで、改めてスコラの配属された班のメイドたちが側へとやってきて頭を下げた。

「シュシュスラーナと申します」

蛾の触角の生えた少女がそう名乗る。

「フィーリエです。よろしくお願いしますね」

クラゲ帽子の少女が名乗ったところで、スコラも簡潔に自己紹介を済ませた。

「じゃ、掃除していきましょうか」

今度はヴィラーセが先頭となって部屋を出て、所定の持ち場へと向かった。

到着したのは八階にある、王城を横に貫くような大回廊だ。

派手で精巧な彫刻がアーチ状の天井を彩っているのを見て、スコラが感嘆の声を漏らした。

雑巾にモップ、バケツと洗剤を持ったヴィラーセが、心底楽しそうな表情で振り向く。

「今日はここを全部掃除するからねー。高いところは別の班が昨日終わらせてるから、私たちは床と窓、それから調度品を磨いていくからね」

フィーリエとシュシュスラーナの元気な返事が聞こえるが、スコラからはなんの反応もない。

「スコラ様、よろしいですか？」

愛想笑いに不満の混じった顔で、スコラはヴィラーセを見つめる。

「よろしくありませんよ。今日中に全部やるのですか？」

「もちろんですが？」

不思議そうにするヴィラーセが嘘をついている様子はない。

本気でできると思っていて、本当にできるから言っているからだ。

「私、ついて行けないと思うのですが」

「ご安心ください。スコラ様はできる範囲でやってくださって構いませんので」

そして、バケツとモップをずいっと差し出された。

つまりは、戦力として数えられていないのだった。

勇者だともて囃（はや）され、恐れられてきた自分が、まさかの役立たず扱い。

そんな状況だと気付いたスコラは思わず吹き出して声を上げて笑い出した。

「えぇ……？」

どこが面白いのか分からないヴィラーセたちは困惑した顔で見つめ合う。

ひきつけを起こすくらいに笑ったスコラは、「ごめんなさい」と謝り、差し出されていたバケツとモップを受け取った。

「いえ、頑張らせていただきますわ。〝天稟〟の勇者が掃除もまともにできないだなんて知られたら、笑われてしまう気がしてきましたから」

上機嫌になったスコラに、ヴィラーセたちは生返事をする。

よく分からないが、やる気を出してくれたのは幸いだと、大回廊の清掃が開始された。

魔物の掃除は実にワイルドなものだ。

魔術やスキルを駆使して高速で丁寧に端から端まで掃除をこなしていく。

対してスコラは力加減が分からず、高価なものには触れないようにして床をモップで磨いていくが、彼女が一メートル進んだ頃にはメイドたちは十メートルも進んでいた。

最初は面白かったスコラだったが、段々と面倒になってきて動きが緩慢(かんまん)になってきた。

それを見て、フィーリエが側に来てやり方を見せてくれるが、スコラの持つモップがギシギシと悲鳴を上げているのを見て困ったように笑う。

「スコラ様のお立場では、こういったことをなさった経験はありません、よね？」

スコラが頷くと、フィーリエは帽子から伸びる触手で頬を掻(か)きながら、困った顔をした。

「ねえ」

もう掃除は向かないとお互いに確信したところで、スコラが話しかけた。

「はい？」

「貴女たちは毎日この仕事をしているのかしら？」

「もちろんです」

「いつもこれほど丹念に？」

「そうですけど……」

「そう。熱心なのですね」

「それは当然じゃありませんか。カロン様のお住まいを任されているのですから、カロン様に相応(ふさわ)しい城にするためにいるのです」

フィーリエの実直な眼差しから感じる心は本物だ。

しかしスコラにはピンと来ない。

真面目に仕事をする者はいるだろう。

だが、雑務が戦であり、城が戦場だという意気をもって務めている者は見たことがない。

まるで戦地にでも赴いているような気概を、フィーリエだけではなくシュシュスラーナとヴィラーセからも感じている。

「……そうなのかしら？」

と、スコラは首を傾げる。

「まるで戦地にでも赴いているようですわね」

「なにをおっしゃいます。ここが私たちの戦場ではありませんか」

「……？」

「カロン様のお膝元であるこの城で、カロン様に尽くすために我々は従軍しているのです。この戦場にて勤めを果たすのが我々の仕事ですから、戦争で武を振るう者とどう違うのですか？」

言われて、スコラは真剣に考えてみるも、やはり分からない。

雑用でそんなにモチベーションを維持できるものなのか。

しかし、

「全てを捧げるために、第十六軍の王城勤務を志願するのです」

嘘偽りのない言葉に、もう疑う余地はなかった。

魔物はどれも知性はあってもまともな理性を持たず、暴力的で嗜虐的で享楽的な蛮族だと思っていたし、事実スコラが殺してきた魔王軍の兵士はそうであった。

だからルシュカや団長たちが特別なのかと考えていたが、どうやらそうではなかったようだ。

認識を改めなければならない。

カロンが願ったように、スコラは魔物への理解を深めてみたいと興味を抱いた。

それに、やはりメイドの仕事は意外と楽しいと感じてきた。

これまで帝国で過ごしてきた日々を思い出した途端に、あれと比べれば遥かに有意義で充実したものではないだろうかと思えてきた。

スコラはフィーリエをじっと見つめていたが、偏見のない瞳の前にそっとモップを掲げた。

「教えていただけます？　いいお嫁さんになるなら、必要でしょう？」

「それは……どうなんでしょう？　考え方はそれぞれですから。魔物なんて特に」

確かにその通りだと、スコラは生まれて初めて魔物に素顔で微笑んだ。

フィーリエたちとの仕事をどうにか終えたスコラは、意気揚々と食堂に向かっていた。

昼食を終えたら、カロンが手配した魔物たちと目くるめく殺し合いのひと時が待っている。

今日はまだ発作のように衝動が湧き上がってきていないが、やはり一番楽しいのは断然コッチだと、軽い足取りでやってきた。

豪華な扉を開けて中に入ったスコラは、誰もいない広いグレートホールを真っ直ぐ歩いていき、適当な席に腰を下ろす。

継ぎ目のない長大なテーブルに金の燭台。黒壇の飾り壁に飾られた絵画を眺めながら、カロンの趣味の良さを内心で褒め称えるスコラ。

暫く席に座って誰か来るのを待っていたのだが、いつまで経ってもやってこない。

メイド服だからかと考えたが、だとしても食堂として機能するなら給仕のメイドが来なければならないはずだ。

髪を指でいじるのにも飽きたスコラは、席を立って歩き回り、奥の方から香ばしい匂いが流れてくるのに気付いた。

食堂からは見えないように隠されたバックヤードの入り口を見つけて、ゆっくりと侵入する。

そこでは、様々な魔物が一様にシェフの格好をして、エルフのメイドを取り囲んでいた。

エルフの前には大量の料理が並べられている。

スコラも見たことのあるものから、全く見たことのないものまで揃っており、エルフの少女が一人で食べるのは不可能な量だった。

「どう?」

バンシーのコックが尋ねる。

エルフは目を瞑って口を動かし、咀嚼していたものを嚥下してからゆっくり目を開けた。

「美味しいですよ、料理長！」

素直な感想だったが、バンシーは求めていない答えに嘆息した。

「そうじゃないの！　リーレ、ちゃんと確かめて！」

「でも料理長……美味しいです……」

「それは、ありがとう。でも聞きたいのはそこじゃなくって、再現度の方なの！」

バンシーの料理長は、この世界のエルフであるリーレに料理の品評をさせていた。

サルタンやディルアーゼルから情報提供してもらい、この世界の料理を提供できるようにと日夜研究を続けていた料理班が、あと数日後に控えた式典に向けての最終調整をしていた。

そのチェックを頼んだのだが、リーレでは不適切だったようである。

他のコックたちの顔色にも焦りが滲んでいた。

「この料理は以前食べたことがありますけど、ここまで美味しくなかったですし……これはエイラ様から頂いたことがありますけど、こんなに美味しくはなかったような……」

「つまり、似てるの？　似てないの？」

「こんなに美味しいと似てるとかじゃないような……」

「じゃあ不味くしろと!?」

神の鉄槌でも受けたように天を仰いで絶望する料理長。

謎の二律背反に苦しむ料理長の姿を見ながら、リーレは何が悪いのか分からないでいた。

「美味しいからいいんじゃないですか？」

「だめ。ダメよ。確かに料理人として美味しい料理を提供するのは当然のこと。だけど美味しくないのが当然の料理を美味しく提供した場合、その料理が本来の料理からかけ離れすぎている可能性があるじゃない。そうなると元の料理とは呼べないし、この世界の料理ではなくなってしまうじゃないの」

料理料理と言われすぎて頭がおかしくなりそうなリーレだったが、困って助けを求めようと視線を彷徨（さまよ）わせていたところでスコラに気付いた。

「あ、初めましてのメイドさんです」

リーレがぺこりと頭を下げたのに合わせて、スコラも頭を下げる。

コックたちの視線が一斉にスコラに注がれる。そして皆が察する。

彼女こそ適任ではないかと。

「ちょっと。こっち来て。あなた今メイドなんでしょう？　一日体験でもメイドはメイドなんだから、私たちに協力しなさい」

「はぁ」

「安心して。昼食に来たんでしょう？　なら死ぬほどあるからたっぷり食べていってちょうだい。そして感想を教えて」

見るからに戦闘能力のなさそうなバンシーなのに、最強の勇者に臆さず命令してくる。

スコラには新鮮な経験だし、なんだか面白そうなので受けることにした。

「じゃ、二人並んで食べて」

そしてリーレの横に椅子がもう一つ用意されて、スコラはそこに腰掛ける。

「あの、はじめまして。人間の方ですよね？」

「はじめまして。人間ですわ。あなたは……どこのエルフなのかしら？」

「私は神都で暮らしていたんですが、カロン様に救っていただいてからはこの城で働かせてもらっているんです。あなたもですか？」

聞かれて、正直に答えなくてもいいと判断したスコラは「ええ」と適当に答えた。

そんな短いやり取りの間に、リーレとスコラの前に置かれたテーブルには取り分けられた料理がどんどんと並べられていく。

いわゆるレスティア料理と呼ばれるレスティア大陸でよく食べられているものから、エステルドバロニアが日頃から提供しているものまで、本当に様々だった。

スコラはとりあえず食べたことのある魚料理を選んで一口頬張る。

コックたちが固唾(かたず)を呑(の)んで見守る中、飲み込んだスコラの最初の一言は、

「別物ですわね」

というものだった。

コックたちが神の裁きにでもあったように頭を抱えて天を見上げた。

「ただ、勘違いなさらないでくださいい。味付けの再現性はとても高いですから」

じゃあ何が悪いのかとコックたちが視線を戻す。

「多分……食材の質じゃないかしら。使ってる魚から付け合わせの野菜まで、見た目は一緒だけど全体的にこっちの方が美味しいの。それに調味料だって、この大陸のものを参考にして作っているのでしょうけど、それも質が良すぎるんじゃないかしら？」

言われて、コックたちはハッとする。

確かにこの料理に使った野菜も肉も魚も、全てエステルドバロニアに持ち込んでから栽培したもので、神都や王国から購入したものは使用していない。

味を追求すればするほど、行き着く先は繊細な品質管理だ。ただ耕して植えて育った野菜などとは比べ物にならないほど手間をかけて、時間は魔物のスキルで加速させて育てた。

安心安全な食材じゃなければカロンの口に入れたくないと全身全霊で取り組んできた彼らだったが、それがむしろ仇となってしまったらしい。

「確かに、調味料も全部一から作っているわ。それで完成度が高くなったって喜んだけど……」

「この世界のものは、どれもこれも完成度が低かったのですわね」

分量も調理時間も完璧に再現したのにリーレの反応が微妙だった理由が解明できて、コックたちはようやく腑に落ちる。

しかし、彼らの問題は解決したわけじゃない。

「それで、結局これはお出ししてもいいものなの？」

好きに料理を取り分けて食べ続けているスコラに料理長が尋ねる。

「んっ……どうでしょう。私は別にいいと思いますけれどね。でも余計な火種にしたくないのであれば、来客には来客用の質の低いものを提供すればいいのではありませんか？」

「それは料理人としてのプライドが許さないの！　でもそれで別料理になっちゃってるのをお出しするのも間違ってるし……そもそもこの世界は料理に対しての熱意が足りないわ！」

結局、料理長は原因をこの世界に擦り付けた。

「そうかしら？」

「料理は全ての要素を合わせて完成するんだから、食材の品質向上だって料理の一部なの！　なのに、どれもこれも劣悪じゃない！　植えて水あげて育ったものを食べるだけなら野良犬と一緒よ！より良い調理法を開発するなら、より良い食材を収穫して初めて意味があるのに！」

随分な言い草だが、否定するほど的を外しているわけでもなかった。

調理の工程の有無が動物と人との違いだとするなら、確かに犬猫と変わらないだろう。

「食の開拓は心の余裕から来るものですわ。悲しいことに、どの国も問題を抱えていますから、食に注力するだけの余裕はないのでしょう。王国は、それなりに平和だったようですが」

「なら王国はバカね」

吐き捨てるような料理長の言葉に、完全に同意なスコラだった。

「ここまで一国で好循環を完結させてるエステルドバロニアの方がおかしいのでは……」

モッキュモッキュとデザートを食べていたリーレが呟くと、コックたちは鼻で笑う。

エステルドバロニアも初めから精強だったわけではない。

当たり前だが、紆余曲折を経てここまで辿り着いているのだ。

研鑽を重ねて、重ねて、重ねて、だけどカロンが食事を口にすることは一度としてなくて。

それでも彼らは、いつカロンが求めてもいいように、日夜研鑽を重ねてきた。

それが報われたのはこの世界に来てからだが、彼らにとってはそれで十分なのだ。

「色々あったけどね」

そんな万感の思いが、この一言に現れていた。

リーレは、今度この国の歴史を調べさせてもらおうと思いながらジュースを飲む。

「それで、私は帰ってもよろしいのですか？」

スコラもデザートを食べ終えて、ナフキンで口を拭いながら問う。

リーレもだが、魔物に囲まれながらの食事なのにしっかりと食べたいものを食べたい順番で食べている辺り、大分馴染んできているようである。

料理長は腰に手を当てて悩んでいたが、顔を上げると同時に「うん」と呟く。

「不味い飯作るほうが悪いことにしましょ。まあ味付けとか細かい調整はしているけど、ほぼレシピ通りに作ってるんだから」

「そっすねー。逆にエステルドバロニア産の価値を上げてカロン様に貢献できるかもですし」

「オッケ。それでいこう」

決まったらしい。

料理長は半透明の手でリーレとスコラの頭を撫でると、感謝を告げて食堂の外まで送った。

二人は満足げな息を吐きながら、互いに顔を見合わせる。

「ありがとうございました。えっと……」

「困ったわ」

名前を聞こうとしたリーレに被せて、スコラが呟く。

「まさか、陛下より先に魔物に頭を撫でられるなんて思いもしなかったですわ。もっと怯えられるかと思っていたのに、思った以上に距離が近くて、なんだか困ってしまいそう」

素性を知っていて、それで気安く話しかけられるのはどうしてだろう。

同じ人間ですら恐れ慄いて近付こうとしなかったのに、天敵であるはずの魔物たちの方がずっとスコラに寄り添っている気さえする。

そんな違和感に、スコラは撫でられた頭を確認しながら誰にともなく問いかける。

並んでいたリーレはそれを聞いて、少し考えてから答えを出した。

「魔物だからじゃないでしょうか」

「魔物だから？」

「これだけ多種多様な種族が集まって暮らしているんですから、一々そんなことを特別視するほどじゃないように思うんです。ここで暮らすようになってから感じたことなんですけど、皆カロン様が第一で、自分のことがその次で、後は全部下みたいな」

あくまでもリーレが見て聞いたことだ。

だが、納得はできる。

「私も魔物みたいなものですしね。ええ、なるほど。面白い考えです」

それなら、こんなに馴染めるのも当然かと一人で納得するスコラ。

「それでは、これからちょっとストレス発散をしなければなりませんので、ここで失礼させていただきますわ」

リーレは改めて名前を尋ねようとしたが、さっと側を離れられたのでタイミングを逃す。

しかし、スコラは振り向きながら、感謝も込めて「あ、そうそう」と口にした。

「私、スコラ・アイアンベイルといいますの。またお会いしましょう」

お腹(なか)も満たされて気分も良く、これならいい殺し合いができそうだと、食堂に来たときよりも軽い足取りで歩くスコラ。

残されたリーレは暫く聞き覚えのある名前を脳内で反芻(はんすう)し、スコラの背が見えなくなった頃に大絶叫するのだった。

◆

ついに、エステルドバロニアにて式典が執り行われる日が訪れた。

ディルアーゼル、リフェリス、サルタンから要人が続々と王城に到着していく光景を目にして、街に暮らす魔物たちはまた時代の転換期が訪れているような気がしていた。

王城の中は大忙しだ。

メイドやボーイが総出でエステルドバロニアの名に恥じぬ極上の接待を提供する。

少なくともこの大陸のどこへ行っても受けられない徹底した気配りとサービスの数々。

「いやぁ、エステルドバロニアの国力を実感させられますね」

絢爛豪華な客室で、ファザール・ナトラクは上機嫌に呟いた。

彫刻の施されたグラスに注がれた葡萄酒の芳醇な香りを楽しみながら、深く沈むソファに仰け反るように座って座り心地を満喫するファザール。

内心では、これが一人部屋なら、という言葉が付け加えられていた。

「ファザール様。ここは魔物の国です。気を引き締めておかねばいけません」

客室でも騎士の鎧を脱ぐことなく、がっちりと姿勢を正して座ったままのゼンツ・バウムに目を向けて、ファザールは内心の嫌悪感を表の笑顔で覆い隠す。

最低でも、この堅物を追い出してほしいものだった。

客人を同じ部屋に押し込めるのはいかがなものかと思われるだろうが、客室とはいっても中は屋敷を一つ丸々詰めたような部屋だ。

大きなロビーがあり、リビングがあり、そこから繋がる七つの扉の先にそれぞれ個室がある。

浴室などは個室に備え付けられており、その個室だって一人で持て余す広さだ。

嫌なら与えられた部屋に籠もっていればいいだけなのだが、個室はプライベートな空間として扱われるためメイドたちからの接待を受けることができない。

この極上を堪能するにはこのリビングにいるのが一番だから、ファザールはここにいる。

むしろゼンツがリビングにいる方が場違いなのだ。

「ここまで来て、まだなにを警戒しておられるのですか？　まさか暗殺とか？　それならとっくの昔にやってるでしょうし、そんな面倒なことをするならサクッと滅ぼしてくるでしょう」

「それほどに強大で邪悪なのですから、警戒するに越したことはありません」

「そうですか」

話のどこを切り取られたのかは不明だが、ファザールは堅物の相手をするのを諦めた。

「神官長様も、どうして寛いでおられるのですか」

ゼンツの標的がディルアーゼルの神官長に切り替わる。

神官長は酒こそ口にはせずとも、一級品の高価なものだけで構成された客室の部屋の中を興味深げに見て回っていたが、呼び止められて子供のように恥ずかしそうな笑みを浮かべた。

「ああ、申し訳ございませぬ。実に素晴らしい品々ですので、つい」

「それは、確かにそう思いますが……」

「この国は大変に豊かだ。人間などおらずとも困ることがないほどに。それでも温情によって滅ぼすことはせず、権利を奪うこともせなんだ。私のような者が口にすることではないでしょうが、そのように隔意ある振る舞いをすることもありますまい」

ゼンッには耳の痛い言葉だ。

「魔物を許さぬ考えを否定はいたしませぬ。しかし祝宴の場に招かれ、応えたのであれば、それに相応しくあらねば王国の名を貶めるに等しいでしょうな」

ゼンッは、神都を魔物に媚びる国と蔑むことを考えた。

だが、それを口にしてしまえば、以前の劣悪な神都を認めることに繋がってしまう。

なによりアーゼライ教の本来の教義は人間だけではなく魔物であっても信仰の前では平等というものだ。

結局自分の、情けない嫉妬でしかないと、ゼンッは一度深く深呼吸する。

「では神官長様は、この国に隔意を抱いてはおられないと？」

「どこに抱くのでしょうか？」

ファザールの意地悪な問いに、神官長は淀みなく答える。

「例えば、聖地ディエルコルテの丘を占領されているわけですが」

「どうでしょう。聖典において聖地は創造神アーゼライが勇者を降臨させた地であり、今もなおその神聖が残滓として残されている、とされております。我々には再び現れたエステルドバロニアが神より遣わされたか否かを判ずる術がありませぬのでな」

「なるほど。仰る通りだ」

「ディルアーゼルの正しき信仰者たちにとって彼らが救いだったことは確かです」

実感の籠もった声に、似たような経緯を辿ったファザールは強く頷いた。

二人のやり取りに、ゼンツは共感しない。

「では、カロン国王をどう捉えておられるのですか？」

今度はゼンツが二人に問うと、二人は賛否どちらとも言えない表情を作った。

「私は、魔物以上に、信用できないです」

端整な顔を忌々しげに歪めるゼンツから漂う嫉妬の気配に、神官長とファザールは顔を見合わせてゼンツの若さに苦笑を浮かべるのだった。


男だけで纏められた部屋とは別に、女性陣は二部屋に分けられている。

部屋割りは誰が考えたものか不明であるが、各国での交流を行う機会としては非常に有意義な時間だし、それを叶えられる部屋の仕組みであった。

見目麗しいメイドとボーイが供する紅茶やお菓子に誘われて、自然とリビングに人が集まる。接点のあるなしにかかわらず、顔を合わせれば会話を必要とする。

それが、まだ王族としての職務経験が浅いイリシェナにとっては好都合だった。

「イリシェナ・ナトラクと申します」

綺羅びやかに着飾ったイリシェナは、金持ちの姫君に相応しい装いで、この部屋にいる面々と比べればかなり華美である。

しかし、印象には残るだろう。イリシェナは集まる視線から、そう感じ取っていた。

この部屋にはイリシェナの他に、エイラ・クラン・アーゼル、お付きのオルフェア、そしてアルア・セレスタがいる。

立場はエイラが絶対的に上であり、次いでイリシェナ、アルア、最後にオルフェアの順だ。

イリシェナがにわかじこみの礼法でエイラに挨拶をすると、エイラは幼い見た目からは考えられぬほど洗練された所作と気品を、座ったままでも醸し出していた。

「ご丁寧にありがとうございます、イリシェナ様。どうぞエイラとお呼びください」

「いえ、そんなっ。教皇様にそのようなお言葉を使うなど……」

「遠慮なさらないでくださいな。私に気安く接してくれる人が少ないのです。こうして自由に外へと出られるようになると、友人というものが欲しくなってしまうみたいで」

「猊下。そのように仰っては、イリシェナ様も困ってしまわれます」

「そうかしら。でも、色んな話を聴きたいじゃない？　ねえ、アルアもそう思うでしょう？」

　エイラに問われて、借りてきた猫のように部屋の隅で椅子に腰掛けていたアルアの背筋がピンと伸びる。

「は、はい！」

　アルアは緊張が抜けない。

　アーゼライ教の最高位とは、それほどの地位だ。

　かつてはその権威を元老院（げんろういん）が牛耳（ぎゅうじ）っていたが、今はその全てがエイラただ一人のものである。

　アーゼライ教皇の言葉は、リフェリスの国王ですら無視できないだけの力を持っている。

　あの老人たちの、当然のように献金を求める姿や、白く荘厳な神殿の陰で行われていた下劣な気配を知っているアルアにすれば、エイラが腹の底に王国へ復讐心（ふくしゅうしん）を抱いていてもおかしくないと思ってしまう。

　それに、

「ん？　なにー？」

　のんびりとした声で、この部屋にいる誰よりも寛いだ格好でソファを一つ占拠している魔物が、アルアの視線に気付いて体を起こした。

「えっと……護衛、の方でしたよ、ね？」

「うん！」

「こちら、エレミヤさんです」

何故(なぜ)かエイラが代わりに紹介した。

「はぁ……」

「ところで、エレナ猊下はお元気ですか？」

話を戻されて、またアルアが身を凍らせる。

「はい」

「そうですか。お国に戻られた際は、是非またアルマ聖教のお話を聞かせてくださいとエイラが言っていたと、そうお伝えいただけますか？」

にこやかなエイラに薄ら寒いものを感じながら、アルアは張り付いた笑みで頷くしかない。

「それで」

二人のやり取りが一段落した頃合いを見計らって、テーブルに置かれたクッキーを手に取りながらイリシェナがエレミヤを見た。

「シエレはどちらへ？」

一緒に来たはずのもう一人のエルフが同室でないのはおかしなことだ。

それを尋ねると、エレミヤは頭をソファに戻しながら興味なさげに喋(しゃべ)りだした。

「えっとねー、ミラちゃんとおんなじ部屋にしたよー」

それを聞いて、エイラとオルフェアはゾッとした。

ミラ・サイファーのカロンに対する感情は知っている。そしてシエレがカロンへ強い信仰心を抱いていることも。

二人の部屋は隣にある。

「で、メイドにスコラちゃんを付けてみたってルシュカが笑ってたよー」

続いた言葉に、今度は全員が戦慄する。

スコラと言えば一人しかいない。

帝国最強の剣。殺戮(さつりく)の英傑(えいけつ)。デモンスレイヤー。レディ・スカーレット。

ニュエル帝国が魔王軍と対等に渡り合えるのは巨大兵器と十三貴族、そして〝天稟〟によるものだと、誰もが耳にしたことがある。

スコラがエステルドバロニアに滞在していることも驚愕に値するが、そんな危険人物がメイドとは、一体どういう意味なのか。

「帝国最強の勇者が、どうして堂々とエステルドバロニアに……？　それも帝国と敵対しているサルタンと一緒？　え？　戦争が始まるんですか？　いや、それとも策略？」

外の事情に疎(うと)いオルフェアだが、これが異常事態なことはすぐに分かった。

ただでさえディルアーゼルはカランドラから訪れる巡礼者の問題を抱えているのに、ここへ来て帝国までもすでに動いているなど、一体どうすればいいのか。

頭を抱えて胃の痛みに蹲(うずくま)るオルフェアだが、隣のエイラはずっと冷静だった。

「帝国の勇者ですか。それはミラ・サイファーからすれば討つべき敵でしょう」

「エイラ様、そんな呑気なことを仰っている場合ではないのではありませんか？」

「大丈夫よ。カロン様が招かれたのであれば、それは問題ないということじゃないかしら？　それに……私たちは、委ねるしかないの」

それは諦めではなく、献身に近い。

決して裏切らないから、魔物の王が見捨てることはない。

故に、その恩義に報いるだけだと少女は語る。

エイラの言葉に、オルフェアは覚悟したように弱音を飲み込んだ。

「確かに、教皇様の仰るとおりですね」

イリシェナも、褐色の顔に埋められた蜂蜜色の瞳を強く輝かせる。

彼女もエイラたちと同じくエステルドバロニアに救われた身であり、委ねる者である。

捲土重来という目的を抜きにしても、家族のみならず国ごと救われた恩は計り知れない。

「教皇様。私はディルアーゼルなど、人の皮を被った獣が、神の名のもとに神を愚弄する劣悪な国だと思っておりましたが、どうやらそうではなくなったようだ。今のディルアーゼルなら仲良くなれそうです」

「それは良かった。涙を呑んで獣を廃した甲斐がありました」

生来の気の強さが顔を覗かせるイリシェナに、エイラは受け流すように柔らかく微笑んで、お淑やかさとはかけ離れた言葉で返した。

どちらもカロンに命を救われている。

そこにある感情もどこか似ている。

「な、なんだ？　部屋が寒いような……」

ピリピリと、フェレットとハムスターが睨み合うような可愛げのある戦いに、オルフェアとアルアだけが謎の不安を感じていた。

それを見ながら、エレミヤはクッキーをポリポリと食べ続けている。

（こっちはマシな方だけど、あっちは悲惨そうだなー）

ただの人間の、色恋が絡まないライバル関係は見ていて特に何を感じるものではないが、今頃ミラたちに与えられた一室では見るに堪えない醜い争いをしていることだろう。

（んー、エイラちゃんは割と好きだし、このターバンの子も嫌いじゃないけど、あっちはなぁ。王様を困らせる前に帰ってくれるといいけどなー）

クッキーを食べながら、今頃揉めているであろうことを思うと、なんだかカロンが大変になっていくような気がしたエレミヤだった。

エレミヤの考え通り、エイラたちの隣の部屋はスコラに与えられたはずの部屋だった。

が、その中には、おどろおどろしい空気が漂っていた。

微笑を絶やさない、メイド姿のスコラ・アイアンベイル。

仏頂面で睨む、騎士団長の礼服を着たミラ・サイファー。

そして、車椅子の上で余裕の表情を浮かべるシエレ。

恐らくは、今最も組み合わせてはいけない面子にリーチがかかっている。

ここにルシュカが交ざれば、役満になってカロンの胃に幾つも穴が空くのだろうが、幸いなことに、彼女は職務を全うするのに忙しいため、この場にはいない。

「……まさか悪名高い〝天稟〟の勇者様が、メイドの真似事とはな。魔物を狩るしか能のない帝国の狗を招くなんて、カロンも随分男前なことをするじゃないか」

「ふふふ……残念ですが今の私は陛下の剣。あの御方が望むようにしか振るわれませんので。ああ、そういえば、脆弱なくせに嚙み付いて、ゴミ屑同然に殺されかけた挙げ句、命を救われたからと陛下に尻尾を振る恥知らずがいるらしいのですが、ご存じですか？」

「さあ？　私はカロンと親友だが、そんな話は聞いたことがないな。もしいるとしても、歯向かうこともせず、発情したように尻尾を振って媚びる淫売よりはマシだと思うが？」

「愛しい人に、強い男に、愛し愛されたいと思うのは生き物として正しいでしょう？　尻尾を丸めてお情けをもらうなんて、はしたない惨めな雌にはなりたくありませんから」

「対等な関係だから、負けようとも隣に並び立つことが許されるのだよ。後ろで腰を振るしかできないなら剣としての価値もないな。ああ、それでメイドの真似事か？　浅ましいにも程があるな」

「……ぶち殺しますよ」

「こっちの台詞だ」

正に竜虎相搏つ。

漂うオーラも、エイラとイリシェナの比ではない。

誰が見ても分かる最悪の相性だ。

シエレは、外様の縄張り争いに興味はないので、この二人がどうしていようと知ったことじゃない。むしろそのまま争ってくれて潰し合ってくれたらとさえ考えていた。

ミラからすればスコラは帝国の手先であり、人魔共存方針を破壊しかねない不穏分子であり、なによりカロンに最も近い人間という立ち位置を自分と争う敵である。

スコラから見ればミラは敗戦国の残党であり、エステルドバロニアを害する連中を御することもできない能無しであり、そしてやはり立ち位置を争う敵だ。

魔物に協力する勇者をカロンは重宝するだろうが、そこに二人も必要ない。

それは二人の、勝手な認識であった。

「国内のことでお忙しいのなら、遠慮せずお帰りになられてはいかがですか？」

青紫のサイドテールを揺らして、スコラは翳のある微笑みに背筋の凍る迫力を滲ませる。

「あ？　それなら貴様がスパイらしくコソコソ帝国に消えたらどうだ？」

純白の鎧に相応しい清廉さなのに、ミラの氷のような瞳はまるで殺人鬼のそれだ。

これが人に払暁を齎す救世の勇者と誰が思うのか。

(こいつはカロンに近づけるべきじゃないな)

(このメスゴリラは陛下にとって害悪ね)

だが、思考は勇者としての役割から大きく逸脱していた。

「そのように争う事を陛下は望んでおられないでしょうし、もう少し仲良くはできませんか?」

一人余裕綽々な様子に、二人の殺気がシエレに向けられる。

「陛下、というよりルシュカ様の提案でしょうけれど、あの御方は今陛下の代理として仕事をなさっているのです。何か意図がおありでしょう」

「意図ぉ?　それなら貴様が此処にいる意味がない……と……」

勢いに任せて嚙みつこうとしたミラだったが、シエレの目をまっすぐに覗き込んで思わず口を噤んだ。

冷静、とは少し違うシエレの目には光がない。

普段は押し隠している強烈な信仰が、どす黒く彼女の目を覆い尽くして淀んでいた。

生きながら死んでいるかのような、そんな瞳をしている。

「もし私が此処にいる意味があるとすれば、いかに陛下が素晴らしいかをお伝えする語り部だと勝手に考えております。お二方のように分かりやすく役立てるものを持っていませんから、せいぜい油断させてアルア様やイリシェナ様たちの監視や、接触して情報を抜き出すなどで陛下に貢献するくらいしかできません」

「……普通言うか？」

嫌な顔をするミラに、シエレは微笑んだ。

どうせお前もこうなるんだとでも言いたげな笑みだった。

「ああ、そろそろ宴のお時間ですね」

急に興味を失ったように、シエレは時計を見てそう口にする。

「積もる話は、その後といたしましょうか」

ミラも、スコラまでも、この不安定なエルフに軽く戦慄する。

ルシュカがこの部屋にシエレを置いた理由が分かると同時に、自分たちがどう見られているのかも良く分かった。

（面倒くさい人間で纏めたつもりだな）

（厄介者の巣窟扱いするつもりですわね）

知らずルシュカにヘイトが向いた。

やはり、ここにルシュカがいないことだけが幸いなのだった。

◆

「ストレスからくる胃の炎症でございましょうな」

神都に紹介してもらった白髭の医者に言われて、カロンは特に驚くこともなく、はだけた服を直しながら、

「だろう、なぁ」

と、納得した。

使われていなかった客間には、向かい合う医者とカロンしかいない。

白衣の医者が、余計な者たちが部屋から出ていかなければ診察できないと言い張ったからだ。

キメラたちは断固反対だったが、この部屋で交わされた会話を聞かない、聞いても口外しない約束で部屋に同化して警護している。

治療に大事なのは、正直に症状を告白することだと医者は言う。

カロンもそう思う。

なので、今この場はプライベートな空間として扱うと決めて、正直に今の症状を口にした。

結果、案の定であった。

「職業柄とは思いますがね、これ以上酷くなると胃に穴が空いてもおかしくはない。責任感はよろしいですが、背負いすぎは毒となります。まあ、存じておられるでしょうが」

「うむ」

「立場もあるかと思われますが、お悩みを打ち明けられる相手などいらっしゃいますか？」

「……」

浮かび上がる身近な魔物たちと、最近知り合った人間たちの姿。

だが、どれもこれも浮かんでは消えていき、最後に辛うじて残ったのは、ルシュカと梔子姫、ファザールの幻影だった。

「……まあ」

ファザールは自分と同じ国を治める立場にいて、自分よりも王様歴の長い先輩だ。

ただ、まだ信用を構築していないのであまり気が進まない。

梔子姫は親しげなやり取りで落ち着くのだが、ひどい暴走をすると知ってしまったので迂闊に色々話すこともできない。

そうなるとルシュカが残るのだが、彼女とはまだまだ上司と部下の関係が抜けないので自然と気を張ってしまう。

「人に話すことは重要か？」

「人によりけりでしょうが、溜め込んだ負担をご自身で処理しきれぬなら、誰かと共有するのは効果的かと思いますがね。気休めだとしても、気休めにはなりますので」

分厚い瓶底メガネが光を反射してキラリと光る。

医者が言うのならそうなんだろうと、カロンは眉間に皺を寄せて真剣に悩んだ。

「陛下、相談相手は本当にいらっしゃるのですか？」

「……」

「孤独な王とは実に多いものです。猜疑心に取り憑かれていき、心を許せる者がいなくなり、いつしか心が休まる時が失われていく。周囲の目が王であることを求め、応えれば応えるほどに自分を殺していく。言い方は悪いですが、為政者にはよくある話です」

「そうか」

「それで、どうですかね」

じっと品定めするように見つめられても、カロンは険しい顔を作ったままぎこちなく頷くだけで明言はできなかった。

考えるほどに泥沼に嵌まってしまい、綺麗に仕事を忘れていられる時しか心が休まらない体になってしまった。

「仕事のことを考えておられますな？」

「え？」

惚けるカロンに、医者は呆れた目を向けていた。

「顔に出ております。それはもうはっきりと」

「そう、か……」

「まあ、とりあえず薬は出しておきましょう。治療とは呼べぬ手助け程度のものですがね。それでもいくらかは症状を緩和してくれるはずです。しかし病は気からとも申しますから、完治するにはご自身が模索するのがよろしいかと」

大きな黒い鞄から取り出された瓶には赤茶色の粉末が詰められている。

それを四つと、小さな木の匙をテーブルの上に並べて、医者はヨタヨタと立ち上がった。

「朝晩にひと匙、白湯に溶かして飲むとよろしいでしょう。わしも仕事には誇りがあるので毒を混ぜるなんて真似はしませんが、心配なら誰かに毒味させてから使ってくだされ」

「わかった。わざわざ足を運んでもらってすまなかったな」

「……いいえ、ついでにこの国を見ておきたかったので好都合でした。神都は犬になったのかと思っていたが、どうやらそうじゃなかったらしい。エイラ様がよく笑うようになった理由が知れた気がしていますよ」

医者はディルアーゼルから来た人間だ。

「思うところはないのか？」

短い言葉に、医者は苦笑を浮かべた。

「ないとは言えませぬな。わしは免れたが、街の者たちは隷属の呪によって縛られている。しかしそのおかげで薄汚いものを見ずに済んでいる。皮肉な話でございます」

老人はメガネを外して、袖で拭いてからまた掛け直した。

「それでも、時が過ぎていけば変わっていくでしょう。強引な手段でなければ手に負えないほど進行していた病でしたから、病巣を切除して強い薬で安定させ、そこから時間を掛けて回復していくのが、重病の患者に施す処置だと、理解しております」

言葉が自分に宛てたものと知りながら、カロンは素っ気なく「そうか」とだけ告げる。

背が弓のように丸まって、強い矯正がなければまともに世界が見られなくなった老人の医者だが、魔物たちの王が浮かべた悲哀のある微笑みは、しっかりと見えていた。

「養生してくだされ。貴方が現れたから、この大陸は腐敗が止まっているのですから」

下がりようのない頭を下げて、医者は部屋から出ていった。

残されたカロンは、漂うように客室のベッドに腰を下ろし、医者の言葉を反芻した。

「患者に施す処置、か。そういう考えもあるんだな」

含蓄のある言葉は年の功からくる重みを伴った表現だった。

「大陸の病巣の切除がこれで済んだ。だが、世界からエステルドバロニアにとっての病巣を取り除き続けたら、どうなるんだろうな」

その頃に、まだ世界の健康は維持されているのか。

そうじゃないとすれば、自分たちは悪性の腫瘍で、侵食しているだけではないのか。

医者の言葉から思考を広げていくカロンだったが、思考が途切れたところで現実が押し寄せてきて、大きく肩を落とした。

現実逃避は難しい。

「……誰か護衛を」

カロンの指示に、部屋の一部が大きく蠢いて廊下へと向かう。

そのまま静かになった部屋の中で、カロンは背もたれに体を預けて天井を見上げた。

「よくあること、ね。よっぽど肝が据わってないと、こういう仕事はできなそうだよな」

織田信長とか家臣に裏切られまくってたけど、その心の内は一体どうだったのだろう。

積み重なる命の石。崩れた時、きっと自分は押し潰される。

「……いや、お前たちがいるものな」

姿も気配もないが、確かにそこにいる仲間を思う。

人間の感性とは違うからこそ、魔物たちは平気で積み上げた命をそこら中にばら撒いていく。

共に踏み、共に登り、共に生きようと。

「よし」

この数日でだいぶ休めたと、顔を叩いて立ち上がるカロン。

「戻ってかまわん」

部屋に溶け込んでいたキメラたちは一斉に姿を現し、いつにも増して機敏な動作で跪いた。

ここでの会話は他言無用である。

だから、王の呟いた信頼はキメラたちに大きな活力を与えていた。

「ハルドロギア、何名かと伴をしてくれ」

「はい、お父様。どちらへ向かわれますか？」

「スコラ・アイアンベイルに会う」

「承知しました」

各国の重要人物が集まっている中で休み続けるわけにもいかない。

襟を正して、もう一度気持ちを素から王へと切り替えて部屋を出た。

私室から貴賓の宿泊する階層へは転移門を使って移動しなければならない。

自分に備わる転移機能を使って一瞬で目的地に向かってもよかったが、今は城の中を見ながら感覚を取り戻したいと歩くことにした。

侵入制限のあるエリアから下の階へ移動すると、途端に兵士の数が増える。

武器を携えた【リザードベルセルク】が三人一組で通路の警備を行っており、いかにルシュカが力を入れているのかがよく分かる光景だ
「ご苦労」

ふと何か思い出したように、軽く手を上げてカロンが挨拶すると、リザードベルセルクたちはピタリと足を止めてから、揃った動作で武器を脇に抱えて見事な敬礼を返した。

「ご厚情痛み入ります！」

今となっては驚くこともないのだが、カロンは兵士の反応に口の端を緩めた。

「何か問題は起きていないか？」

「っ、はい！　各階層の警備より報告等は上がっておりません！　人間たちも同フロアで互いの部

屋を行き来することはありますが、騒ぎが起こった様子はありません！」

「ふむ……面識はあっても関係性が変わるから、改めて挨拶でもしたのかな」

「ただ……」

「なんだ？」

「西から来た勇者のもとに、ルシュカ様が……」

それは言い難いことだなと、カロンは眉間を押さえながらそれ以上の言葉を手で制した。

屈強なリザードベルセルクたちが尻尾を丸めて申し訳なさそうにする姿は見ていられない。

（多分、色々考えてるんだとは思うけどさぁ）

カロンに向ける忠義ゆえとは思うが、今日までに行った彼女の行動の意図も尋ねなければと思っていたところだ。

覚悟を決めてカロンは先陣を切ってその部屋へと向かう。

その途中で見知らぬ女性に出会い、足を止めた。

たまたま廊下の向こうから歩いてきていた相手も、カロンを見て小さく会釈をしようとして、驚きに硬直した。

「……ああ」

カロンにはコンソールウィンドウがある。

名前を調べるのは容易だった。

「アルア・セレスタ。〝花冠〟の勇者か」

色とりどりの花が咲く白いドレスに、金木犀色(きんもくせいいろ)のシニョンを纏める菫(すみれ)と百合(ゆり)の花飾り。

泣きぼくろのある穏やかな彼女の顔に困惑が浮かんでいると感じながらも、カロンは関心がないように振る舞う。

「貴方、は……」

「人間さ。それで理解できるかと思うが」

「……エステルドバロニア国王、カロン陛下」

名乗りとも呼べぬものから察したアルアは、城の廊下であることも厭(いと)わずドレスの裾を広げて冷たいミスリルの床に膝をついた。

「失礼いたしました。遅ればせながら私、アーレンハイト国セレスタ家の妻、〝花冠〟アルア・セレスタと申します。外様となった女ではありますが、この度は実父アルドウィン・リフェリの名代として参じました」

カロンを見上げる瞳には、どこか哀れみのような感情が見える。

その正体が何かはカロンには分からなかったが、ただどことなくミラが自分に向けるものと似ている気がした。

「そうか」

「このような形で願うは失礼と承知の上ではありますが、叶うならば改めて場を設けて魔王軍の侵攻を阻んでくださった御礼(おれい)をしたく思っております。ですが、お恥ずかしいことにリフェリスはいまだ混乱の最中。お招きしても十分な歓迎が難しい状況です」

「いまさら謝辞は必要ない。貴国……いや、貴様の故郷が我々をどう捉えているのかは十分伝わっているからな」

「……」

「それに、貴様はアーレンハイトの人間であろう」

本当なら。

滅ぼしてしまいたいとまで感じていたのだ。

彼女(ミラ)が信じてくれているから延命させているだけで、これ以上この国を侮辱されるのはカロンには耐え難い屈辱だ。

怒りをもう一度抱くくらいなら、適当にあしらって引き離す方が双方のためだと思っていた。

故に、カロンはミラ以外の王国の人間に心を閉じると決めている。

表情の削(そ)げ落(お)ちた冷たく暗い顔は、なんの力もない人間であっても勇者一人を震えさせるには十分だったらしい。

俯(うつむ)いたアルアからこれ以上の言葉はないと判断したカロンは、見下ろすことなく通り過ぎる。

「あ、あの!」

慌てて振り向き声をかけたアルアに、キメラたちが反応して槍(やり)を構える。

濃密な殺意に一瞬頭が真っ白になったアルアだったが、穏やかさを取り繕って問う。

「お体が優れないと耳にしましたが、その後お加減は……」

「私がここにいる。それが答えだ」

そう答えて、カロンはその場を立ち去った。

「……はぁ」

アルアの姿が見えなくなるまで歩いてから、カロンは疲れたように息を吐く。

もっと気持ちを隠して和やかに話すつもりだったのに、彼女が王国の人間だと考えただけで感情が凍りついてしまった。

為政者ならば上手（うま）くやるべきだ。これじゃあルシュカと変わらないぞ。

最近どうにも感情の制御が利いていない気がして、それも医者に見てもらったほうがいいかもと考えている。

思考を巡らせながら歩けば、いつの間にか目的の部屋の前にまで辿り着いていた。

キメラの一人が扉に近づいて耳をそばだててから、ゆっくりと首を左右に振る。

どうやら最悪の事態にはなっていないようだ。

いや、さすがにそんなことはしないと信じてはいるが、念のため。

カロンの首肯を合図にして、キメラが扉をノックする。

十秒ほど経ってからゆっくり扉を開けたのは、ねっとりした笑みを浮かべたシエレだった。

「ようこそおいでくださいました、陛下」

「おぉう……」

本能が警鐘を鳴らしているのが分かった。

「……ルシュカは来ているか？」

シエレはコクリと頷いて車椅子を操作し、カロンを部屋の中に案内する。

踏み入って数歩でカロンが見たのは、テーブルを挟んで向かい合うスコラとルシュカの姿だった。

スコラは漆黒と真紅のドレスでニコニコとしているが、ルシュカは苦虫を嚙み潰したような顔で震えていた。

「カロン様！」

顔も見ずに声を張り上げたルシュカに驚いてカロンの肩がビクンと跳ねた。

「この女、すごく嫌なんですけど！」

ビシッと指差すルシュカ。

「なぜ？」

「だって……だってこいつ、カロン様のことで話が合うんですもの！」

……それは、いいことではないのだろうか。

題材が自分なのは引っ掛かるが、成り行きを知らないカロンはどうしていいか分からず、混乱した頭を整理しようと天井を仰ぐ。

「偉大で優しくて格好良くて可愛らしいカロン様を理解されるのはすごく気に食わないです！」

だから、それはいいことなのでは？

「私は楽しいひと時でしたわ。陛下の御心を理解なさっている方が近くにおられると知れて」

「ふん！　たった一度だけの邂逅で我らの王を知った気になるな！」

「たった一度で多くを感じ、愛おしく思うことの何がおかしいの？　勇ましくも悲哀のある瞳。心を砕き己を律する凜々しいお顔。傷のない綺麗な手指なのに、多くの傷を背負い隠す御姿……あぁ、一目見ただけで私は全てを捧げたいと、本能が叫んだのです」

「ぐぬぬぬぬぬ……！　カロン様は我々の王だ！　最近ちょっとお茶目なところを見せてくださるようになったのに、そんな可愛い御姿を外様の人間風情に見せたくはない！」

「ええ、構いません。ただそのお話をお聞かせくだされば、私は陛下のお姿を想って楽しませていただきますので」

「むうううう！　なんなんですかこいつ！　初めてのアプローチで困るんですが！　しかも話が合うのがもう、もう！」

カロンは思う。

上手く回りそうだから、来ないほうがよかった。

こんな公開羞恥を味わうなら、あと一日休めばよかったと。

「……珍しいんじゃね？」

「ですねぇ。ルシュカ様、よっぽどこの人間を気に入りたくないんですね」

頭を抱えて髪を振り乱すルシュカを見ながら、ヒソヒソと話すキメラの会話を耳にしたカロンは、確かにと心の中で同意した。

仲間内でもここまで荒れることはあるかもしれないが、それを外から来た人間の、それも勇者に対して見せるのは意外だった。

まさかあの〝冷酷〟〝忠義〟の異形が心を開いてしまう相手がいるとは。

「あー……結局ルシュカは、スコラが城に来ることに賛成なのか？」

「んんっ……カロン様の忠実な僕として述べるなら、否です」

真面目な話題を切り出されて、ようやく落ち着きを取り戻したルシュカは素早く立ち上がってから咳払い（せきばらい）をして、いつものクールな顔でカロンを見つめた。

「たしかに、この人間はどこか他の人間とは違うように感じますが、やはり勇者は勇者。いつ我々にその刃を向けてもおかしくはない。神が作った退魔の兵器をカロン様の近くに置くのは危険です」

「ふむ」

「負けることは有り得ませんが、万が一を考えず浅慮（せんりょ）に走ることはできかねます」

それはカロンとしても同意見である。

仲間の力を自分の力と勘違いする真似はしない。

何度も闘いに勝っていても、カロンはそこらの農民と変わらず脆弱なままだ。

本当ならこうしてフラフラ人前に姿を現すべきじゃないのかもしれないが、それでは何一つ事が進まないし自分も楽しみがなくなって困ることになる。

唯一絶対の安心して歩ける城の中に、魔物を討つ使命を持つ強力な人間を置くのは、やはり危険だと思う。

「申し訳ないのだけれど、私の目的は陛下ただ一人。所有者の傍におられないというのであれば、私はただ一振りの剣であり続けるかも、しれませんわ？」

しかし、スコラの目的はカロンである。

城から離して街に住まわせたとして、帝国最強と謳われる彼女が剣を振るって民に危害が及ぶのもよろしくない。

「ですが」

頭を悩ませていたカロンに向けて、ルシュカは言葉を続けた。

「勇者を我々の側に引き入れたと皆に知らしめるのは良いことでしょう。それが帝国最強の勇者となれば外にも影響力があると考えられますし、カロン様が描く世界の一助になるかと。そこに常時監視の人員を割くことになりますが、そこは私にお任せいただければ」

「……いいのか？」

「カロン様のお考えは理解しております。そこに我々が異論を挟むような真似は致しません。ですが、カロン様の御身に危害が加えられるのであれば総力をもって排除させていただきます。最強を名乗る勇者程度で我が国はビクともしないと証明するにも都合がよさそうですしね」

「あら、それはとても怖いですわね」

言葉とは反対にクスクスと笑うスコラは恐れる様子を見せない。

それは心からの恭順からくるのか、それとも勝てるという自信からか。

カロンの目でも、それは測りきれない。

だから勇者に対して皆が強い警戒を示しているのだ。

「ところで、ミラは何処(どこ)へ？　同室になっていたんじゃないのか？」

「大浴場に行く、と言って出ていったと思いますわ」

「自由すぎるだろ」

だが、今はいないでくれるほうが好都合だった。

ルシュカの傍へと移動したカロンは、ルシュカの譲ったソファに腰を下ろして手を組んだ。

「約束を果たそう。故に約束を果たせ、スコラ・アイアンベイル。ハインケンの代わりにな」

ニコリと、幸せそうにスコラは笑った。

「では、お話しいたしましょう。私が知り得る世界の真理。魔王によって……いいえ、神によって生み出されたルールを」

勇者が世界に認知されたのは、魔物を統率する者が人類の排除を実行に移してからである。

それは魔王と呼ばれ、世界の半分を奪った災厄の化身であった。

「それが一体どのような姿をしていたのかは分かりません。ただ、そう呼ばれる存在がいたのだと、古い文献には記されております。勇者が現れたのは魔王が認知されてから十年後、ディエルコルテの丘に突如現れたそうな」

「ああ、我らの国が踏み潰しているらしいという」

「ルシュカ」

「……申し訳ありません」

「いえ、構いません。私は別にアーゼライ教徒でもないですから。ですので、勇者はその時初めてこの世界に認知されました」

勇者と人の大きな違いは、その身に特質を持っていることにある。

例えば、火を吐く魔物や獣人はいたが、体の構造によって可能なだけで不思議なことはない。

火を吐く魔術もあるが、魔術式によって魔力から構成しているのでこれもおかしくはない。

同じように、火を纏う剣といった武具も魔術によって力を得ている。

勇者は、構造も魔術も必要とせず、その身に宿した力によって様々な事象を起こしたのだ。

「ミラ・サイファーでしたか？　あの王国の騎士がいい例ですね。雷を無から生み出すなんてことが人間にできてしまう。それが勇者たる所以（ゆえん）なのです」

「では、勇者であれば魔術のような力を誰しもが扱えるのか？」

「現代では純血の勇者は存在しませんから、ただ身体能力を上げるスキル……これも厳密には魔術に類するのですけど、それしか使えないのが殆どかと。それでも覚醒したのなら常人を遥かに凌ぐ力ですけれど」

「ふむ……スキルがあるから勇者の血を引いているわけではないのか。では、スコラも」

「それは秘密ですよ、陛下。楽しみはとっておくべきでしょう？　私が語るのはハインケンと交わした約束の範囲だけ。もっと私を知りたいのであれば、閨にて肌を触れ合わせながら、情熱の幕間に寝物語の代わりにでも……」

「そうか。では、その勇者の根幹について話を……なんだ？」

「ふーん。いいですけれどもね」

話を進めたのに不機嫌である。

そりゃ、まだ子供の言葉を本気にして狼狽えたりなんてしないだろう。

チラリと見たルシュカの顔が一瞬ざまあみろと言いたげに見えたのは、恐らくカロンの気のせいである。

「はぁ……。では、その勇者ですけれども……アーゼライが喚んだものではありません」

暗い目で口にしたスコラに、カロンは記憶を漁って繋がる何かを探し、見つけて声に乗せた。

「帝国の目的は、女神ゲルハの討滅とハインケンが言っていたが……」

「では、カロン様が今考えていることが答えです」

「……勇者は、男神ザハナが召喚した？」

スコラはコクリと頷くだけだが、カロンの行き着いた答えはかなりの衝撃であった。

もしここにエイラがいたら卒倒していただろう。

それほど勇者の存在は世界に多大な影響を与えており、宗教のパワーバランスを覆す可能性すらあるのだ。

「魔物を女神ゲルハが生み出しているとも言っていたな。どちらも確証があるのか？」

「前者に関してはあくまで神話を元にした思想ですが、後者は我が国で晩年を送った〝炎帝〟シャロン・ハーロットが遺した言葉です。九人の騎士の一人が自ら語ったことですから、神話よりも信憑性があります」

——これは、太陽と月星の代理戦争だ。

それが、シャロン・ハーロットの語った真実だと帝国の中枢では広まっている。

「ただ、あくまでも偉大な勇者の遺した言葉だからというだけで、その真偽はやはり定かではありません。ただ、そう考えると色々な辻妻も合うように思えるのです」

「魔王に対するカウンターとして、勇者というものが生み出された？　では勇者と魔王は神の手で造られた存在なのか？」

「さあ、そこまでは」

顎に手を添えてカロンは押し黙った。

神の存在証明の中に宇宙論的証明というものがある。

簡単に説明するなら、全ての事象には原因と結果があり、それは宇宙の成り立ちよりも前に遡ってても同じなので、その最初の原因を生み出したのが神だとする考えだ。

この世界において、世界創生の根因となったのはアーゼライとされており、勇者の根因が男神ザハナで、魔王の根因が女神ゲルハなのだろう。

それを口にするのがスコラというのが面白いが、確かに彼女の考えには理屈がある。

(三つの宗教。その形態が全て一つの神話から大きな変更もなく分派している。俺の感覚ではもっと派生してもおかしくないと感じるんだが……)

無知だから覚える違和感なのだろうか。

ただカロンが思うのは、魔術であったり勇者であったり魔王であったり、神の存在を裏付けるようなものが世界に今なお残っているからではないかという事である。

畢竟、それが神の証明か。

散々紗々羅から聞いた話も相俟って、ますます世界の仕組みに興味が深まった。

「なるほど。面白い」

「そう感じていただけたのなら幸いですわ。では、お褒めいただけたので、晩餐会の前にもう一つだけお渡ししておこうと思います」

カロンの関心を引けたことか嬉しかったのか、スコラは上機嫌に一つの爆弾を落とした。

「ディエルコルテの丘に現れた勇者の数、本当は九人じゃなかったというのはご存じですか？」

◆

降りだした雨から身を守るように灰色のフードを深く被った集団が、レスティア大陸の南部で蠢いていた。

血を洗い流してくれる雨に感謝しながら、その者たちは魔力で持ち上げた岩の下に、身ぐるみ剝いだ死体を放り込んで、蓋をするように岩を落とす。

惨たらしく潰れる音がしても気にはせず、平然と奪い取った服に着替えた集団は、自らをカランドラからの使者と名乗った者たちを真似て使い物にならない木の杖を胸の前に掲げた。

「あれは正常に機能しているな？」

「ここまで発見された様子はなかった。効果はあったと断定してよいだろう」

「本国への連絡は」

「既に」

「そうか」

「理論上、探知魔術にも反応しない。魔物の能力でも看破できないそうだ。さすが神の雫よ」

機械で読み上げているのかと思うほど抑揚のない声の応酬は、強まる雨音に紛れて消える。

「なら、死体が見つかることもないか」

「勿体(もったい)ない。貴重な一つを死体になど……」

「おい」

先頭に立つ男の一言で、空気がピリッと引き締まった。

「魔王軍相手に勝利を収めた相手だ。油断はするな」

「も、申し訳ありません。イルム様」

「まだ分かってないようだな」

ただの謝罪に対して、男は殺気を漂わせる。

後ろに並ぶ者たちは見て分かるほど震え上がり、カチカチと歯を鳴らす。

ゆっくりと振り向いた男の顔が、ノイズのように揺らいで曖昧に変化した。

映像のように貼り付けた死者の顔の下に、違う顔が覗いている。

「何度言ったら分かる。今の私は——イークラール・ツェルノア魔導兵長だ」

◈ 三章 ◈

集う演者

ガラガラと、舗装されていない剝き出しの道を車輪が進む。

二頭の老いた馬に、二台のオンボロな幌馬車。

手綱を握るのは、商人とその妻である。

降り止まない小雨に煙る街道が延びる先は、霊峰コルドロン。

これまでレスティア大陸は、聳え立つ岩山に阻まれて大陸の東西を行き交うには海を跨がなければならなかったが、この度新しく拓かれたトンネルによって初めて繫がることとなった。

夫婦二人で新天地を開拓しに行くのは無謀に近いが、そうでもしなければならないほど切迫した状況にある夫婦にとっては、これが最後のチャンスだ。

とはいえ、不安はいくらでも付き纏う。

なにせ魔物の国だ。

罪なき者に仇はなさぬとサルタンのお触れで聞いてはいても、全く違う文化にふらりと足を踏み入れて、生きて帰れるかは実に怪しい。

それに道中で魔物に遭遇でもすれば、賽を振る事もできずに死んでしまう。

そこで商人は、街で偶然出会った冒険者のパーティを護衛に雇うことにしたのである。

「いやぁ、助かりました。今のサルタンは冒険者が殆どいないもので」

「いえいえ、こちらも渡りに船でしたから」

身なりをしっかり整えた、三十手前の商人が馬車の上から話しかけると、並んで歩く獅子人はにこやかに答えた。

ジルカにとっても、この商人から依頼を受けることができたのは渡りに船だった。

特に何も考えずサルタンを出ようとしたところ、現在エステルドバロニアへと続く街道の通行が許可されているのは、サルタンの住民とそれに随行する者だけだと衛兵に言われたのだ。

外から来た者たちが勝手気ままに歩き回れるほどの国交は開けていない。

「商人の護衛とかなら通すが、殆どの奴らは使節団に同行している。今から行きたがる奴は少ないぞ」と言われてしまい、途方に暮れていたのだ。

そこに現れたこの商人夫婦は、間違いなくジルカたちの恩人だった。

「本当なら冒険者の方々で賑わうと思っていたんですが、こんなことになるなんて思わなくて」

「そうでしょうね。ヴァーミリアも新しい国ができたと聞いて大騒ぎですよ。それも魔物の国だなんて」

「魔王とは関係がないと、ファザール王はお触れを出していましたが……」

「へえ？」

「それも信じていいか分かりません。ただ、私は妻のためにも成功しないと」

目尻の皺を深めて手を見つめる夫に、そっと妻が寄り添う。

「それでわざわざ危ないことをしてほしくはないのですけれど」

「だからってお前まで来ることはなかったんだぞ」

「一人残されるくらいなら、危険でもあなたの傍が一番です」

「お前……」

見つめ合ってイチャつく夫婦からさっと離れたジルカは、後方にいる巨漢の狸の隣に並んだ。

「サザラは知ってたのかい？」

散々紗々羅は、「あー」と適当な声を漏らす。

「儂も流れ者だから、浅くしか聞いておらんよ。だとしても眉唾な話だ」

「そうかぁ。僕は本当だと思うけどね」

「おいおい、噂に聞いただけの突拍子もねえ話を、よう本気にできるな」

「商人王は不利益を放置したりしないよ。彼は商才で成り上がった人間だからね」

ファザール・ナトラクは、今でこそ一国の王だが、元はただの商人だ。

大陸を追われて難民同然の暮らしをしていたサルタンの民を纏めて復興を果たした手腕は、黄金王も認めているとジルカは知っている。

清濁併せ吞む商人王が、根拠のない話を自ら広めるはずがないと確信している口ぶりだ。

紗々羅は尖った鼻をフンと鳴らす。

「ま、儂には興味がないんだがな。魔物の国っつうもんが見れりゃあなんでもいいわ」

「そういえば聞き忘れてたけど、君はどこから何をしに来たんだい？」

東の服装。狸の獣人。どれもヴァーミリアでは見ることがない。

「そりゃあ東からに決まっておろうが」

「カムヒはサルタンと交易がないけど？」

「国になくとも民にはあるもんよ。蛇の道は蛇と言うだろう？　その筋にはそれを生業にしてる奴が幾らでも見つかる。まさか、あんたそっちには疎いのかい？」

「聞きかじってる程度だからね。普通に生きてて詳しくなるものじゃないよ」

「随分穏やかなもんだな。どうりで血腥さがないわけだ」

「ははっ。荒事は彼らの仕事だから」

ジルカに倣って紗々羅が後列に視線を向けると、フォルファとリコットが揃って不満気な顔をしているのが見えた。

素性も分からない狸にご執心なのが気に食わないと、はっきり顔に表れている。

オーグノルは、やはり無関心だ。

面白いことに、ジルカを案じている気配はフォルファからしか出ていなかった。

「仲間ってわりには、えらく信頼感がねえな」

ジルカも気付いているようだが、あまり気にした様子のない笑みを浮かべた。

「冒険者なんてそんなものだよ。それでも彼らは、僕を助けてくれる仲間さ」

そうはとても見えないが、ジルカが言うからにはそうなのだろうと紗々羅は納得する。

「それより、カムヒのことを聞かせてくれないかな。ヴァーミリアじゃ珍しいからさ」

「お断りだね。思い出したくない記憶に触れる気はねえよ。そういう兄さんだって、順風満帆な人生を送ってるようには見えねえぜ？」

「そう見えるかい？」

「まともな冒険者は、利害で繋がる奴と長旅はしないんじゃねえのか？」

「それこそ、人それぞれだよ」

探られても、ジルカは何も変わらない。

言葉の抑揚も変わらず、表情に変化もない。

逆に紗々羅のほうが訝しげに口元を歪めた。

「あ、見えてきましたよ！」

商人の男が興奮した様子で指を差した先には、断崖の霊峰に開いた巨大な穴があった。

遙か先に小さく見える光は、確かにコルドロンを一直線に貫いている証である。

左右に建てられた簡素な関所にはサルタンの兵が配備されており、武器を携えて鋭く周囲に目を向けていた。

当然小さな隊商はすぐに見つかり、獣人の冒険者を確認して警戒を高めたのが遠目にも感じ取れる。

ジルカは笑みを絶やさぬまま、長い金の鬣の中に手を入れてカリカリと頭を掻く。

商人は「大丈夫です」と言うが、あまり穏やかには見えなかった。

「止まれ！」

トンネルの前で進路を塞いだ兵士が声を張り上げた。

「通行証、もしくはサルタンでの営業許可証はあるか」

「はい。こちらに」

商人はすぐに懐から厚い紙を取り出して兵士に見せた。

サルタンの国章が押印された紙を、兵士は手にとって検める。

本物であることを確認すると、兵士は周りを囲んでいた部下に下がるよう指示し、ジルカたちを見て僅かに嫌悪を露にした。

「ファザール陛下が許可されているが、とにかく問題は起こすなよ」

「もちろんです」

「……通っていいぞ」

商人の手綱が馬を打ち、馬脚の歩みに合わせて止まっていた車輪は動き出す。

兵士の無遠慮な視線にそれぞれの感情を湧かせながら、一行はトンネルの中へと進んだ。

「感じ悪ー。あいつら、これまで私たち冒険者の世話になってたくせに掌返して冷たい態度って。怒ってもいいんじゃないの？」

巨人もすれ違えそうなほど広い隧道に不満気なリコットの声が響き、フォルファとオーグノルは眉を顰めるが、内心は似たような思いを持っていた。

「それに、ジルカ様はあの狸親父に付きっきりだし……なんであんな怪しいやつ……」

次の声は密やかに呟かれたため、前列の二人には聞こえなかった。

「ねぇ、アンタから言ってよ」

「拙は卿にとって部外者であるが」

「警戒してんでしょ。アンタじゃなくたって見りゃ分かるよ」

「……」

仲良さげに――というより、ジルカが一方的に話しかける様子は、警戒心を感じさせない。

酒場であの時感じた強烈な何かは気のせいじゃないはずだと、フォルファは思っている。

「このタイミングでカムヒから密入国？　そんな都合のいいことあるわけないじゃん。あいつ……絶対アンタみたいな立場のヤツだよ」

それはカムヒの諜報機関、もしくはそれに類する立場の獣人の可能性。

東の列島国カムヒは人間と獣人、亜人が共生していると噂に聞く。

力によって名を揚げるのが冒険者だ。

相応の活躍があれば、異国であろうと取り立てられるのも冒険者である。

練達者の覇気がある狸に、カムヒの息がかかっていないはずがない。

その辺りを考えているのかとジルカに聞いても、はぐらかされてしまうので誰も知らない。

ただ、リコットの言葉が女の情念から湧いていることだけはフォルファには感じ取れていた。

チグハグな一行だったが、それも最初の二日くらいだった。

エステルドバロニアに向かう五日の道程で互いの距離感も摑めるようになっていき、徐々に話をするようになっていった。

初日こそ紗々羅に付きっきりだったジルカだが、他の日は仲間たちと会話をするようになり、夜はリコットとテントの中で色々と勤しんだりもするようになった。

その結果、エステルドバロニアに着く頃には、夜に二つのテントから聞こえてくる微かな嬌声に気まずくなった余り物たちの絆が少しだけ深まり、いつしか会話をするようになっていた。

揉めることはなく、かといって慣れ合いすぎることもない。

ひと時の道連れらしく相応の距離感を弁えたまま、一行はついに魔物の国へと辿り着いたのだった。

「これは……」

フォルファの声には、畏怖と感嘆が入り混じった驚愕が込められており、巨大な外郭の壁を見た皆の気持ちを代弁していた。

豪華さはヴァーミリア、美しさはアーレンハイトと言われてきたが、この国はそのどちらも上回る。

おどろおどろしい魔境を想像していた面々には、純白の輝きがとても眩しく映っていた。

言葉も出ない商人は、無意識に馬車を進めて壁の側を目指す。

キョロキョロと周囲を見回せば、周りの人影は全て魔物だ。

筋骨隆々のハーピーや、バラの咲いたドリアード。羊のような毛の大猿や、蝦蟇口（がまぐち）の巨人と、まるで見たこともない姿の魔物たちが精力的に働いていた。

「いや、これは予想外だ。父上が見たら大興奮間違いなしだね」

「……良い意味でも、悪い意味でも、あの方は喜ぶだろう」

外観を眺めるだけでも分かってしまう。

天に浮かぶ円環を貫く塔の麓（ふもと）を囲む巨大な壁の、その裾（すそ）にある国への献身。

どれ一つを切り取っても、異様さばかりを感じさせられるものだった。

殆ど無意識に壁の側に辿り着いた隊商は、汚れ一つない外郭にまた口が開いてしまう。

近付いて分かったことだが、壁にはヤモリや虫、鳥の姿をした魔物が集まって、一所懸命に磨いている姿がそこかしこに見られた。

魔術で水をかける魔女。足場を組むオーク。ブラシをかけるドワーフとゴブリン。

それを離れて眺めながら指示をする妖狐（ようこ）の獣人が、隊商に気付いてゆっくりと近づいてきた。

視線が紗々羅へと向いた時、狐の顔が僅かに苦々しいものになるが、すぐに笑顔を繕った。

「迷子（まいご）かな？」

狐の獣人は、腕だけが獣の形をした白髪の美女だった。

漆黒の着物を着崩した艶（なま）めかしい格好に男たちは視線を奪われ、商人は妻に脇腹を抓（つね）られてビクンと身体を跳ねさせた。

「そう身構えないでくれよ。ねえ梟さん？　そっちから踏み込んできたのに、そんな態度を取られると僕は悲しくなっちゃうなぁ」

「……それは失敬。卿があまりにも……あまりにも混沌としていたので」

強く雌を意識させる姿に誤魔化されそうだったが、禍々しさの片鱗を微かにでも感じさせる妖狐を警戒しないわけがない。

それは実に冒険者らしいが、自ら虎穴に入って虎に身構えるのはむしろ恥ではないかと、妖狐――梔子姫はせせら笑った。

「まあ、そんな話はいいじゃないか。それで何の用かな？　街の入り口は向こうだけれど？」

「あ、あっ……すみません！　綺麗な城壁だったので、つい見惚れてしまって……」

「そうかい!?」

商人の言葉に、梔子姫は目を爛々と輝かせて身を乗り出し、妖艶な雰囲気をかなぐり捨てて喜色を露にした。

「そうだろう、そうだろう！　なにせ僕たちが毎日綺麗に磨いているからね！　補修も掃除も完璧だから綺麗で当然なのさ！　他の馬鹿な連中はそのありがたみを全然理解しないんだが……人間くん、君はなかなか見どころがある奴だ」

「おいおい……」

仕事を誉められたのが余程嬉しかったようで、行きすぎた干渉に紗々羅が小さく不満を零す。

しかし梔子姫は止まらない。

「城壁をこんなに丁寧に管理しているなんて、とても素晴らしいことだと思いますよ」

「え〜？　そうかぁ〜い？　さすが商人は口が上手くて困るなぁ。よぉし！　それじゃあ僕が街の中まで案内してあげよう。僕が付いていれば面倒な手続きとかもすっ飛ばせられるからね。それで恩返しにさせてもらおうじゃないか。感謝したまえよ人間くん」

「いいんですか⁉　ありがとうございます！」

上機嫌な梔子姫は視線で紗々羅に合図を送ると、そのまま外郭の西門へと歩き出した。

その背を追って進み出した馬車に並ぶジルカは、後ろにいた紗々羅に小声で話しかける。

「城壁をあんなに念入りに清掃するなんて、普通じゃないよね？」

「そういう国なんだろうよ」

「……城壁の保全にこんなに人員を割いてるんだよ？　本来襲撃に備えておくための物を文化財のように扱うなんて、普通じゃないと思うけどなぁ」

「儂らの常識が通じる国じゃねえってのは、あれだけで説明付くぜ？」

尖った鼻先でしゃくるように示した場所では、汚れた作業着姿のビッグフットたちが、蛸の魔獣から差し入れを受け取っていた。

右も左もジルカたちの知識では到底考えの及ばないものならば、その知識が及ばない思考があっても別段不思議ではないだろう。

少し興奮していたことを自覚したジルカは、大きく深呼吸をしてから「そうだね」とぽつりと呟き、弱々しい笑みを浮かべて紗々羅の傍を離れた。

梔子姫が宣言した通り、隊商が巨大な門を潜るのに苦労はなかった。

サルタンの商人である証明書を提示しただけで、門番のガーゴイルと問答することなく道を開けてくれたので、すんなりと城下街に足を踏み入る。

そこに広がっていたのは、魔物の楽園だった。

多種多様な魔物が往来を埋めている光景だけでも目を見張るものがある。

構造こそ様々だが、家々は緻密な計画に基づいて美しく揃えて並べられている。

聳え立つ三本の塔の、外郭の壁よりも美しい輝きに心を奪われる。

これがエステルドバロニア。

この世界に突如現れたという魔物の国。

ただの冒険者であったなら、きっと未知を素直に喜べただろう。

ヴァーミリアの王直属の冒険者であるフォルファの目には、脅威にしか映らなかった。

「わー、すごいすごい！　これが魔物の国なんだ！　ねぇジルカ様ぁ、ちょっと見てきてもいいですかぁ？」

「いいよ。でも満足したらちゃんと戻ってくるようにね」

興奮したリコットは、ジルカの許可を得ると同時に走り去っていき、そのまま往来の中へと姿を消した。

「オーグノルはどうする？　連絡は魔術でできるし、気になるなら君も見てくるといいよ」

「……なら、そうさせてもらう。ここまで来れば問題も起こらないだろうしな」

寡黙なオーグノルもこの街には興味を引かれていたらしく、ドスドスと鈍足で往来の流れの中へと消えていく。

残された商人夫婦とジルカ、フォルファ、紗々羅の五人は、近くにいる梔子姫に目を向けた。

「ありがとうございました。何かお礼でも……」

「君は律儀な人間くんだね。でも必要ないよ。一期一会の縁に拘（こだわ）ろうとするのは分かるけど、僕は君たちに利益を齎（もたら）すことはない。ただの気まぐれをしただけで、二度と会うこともない。だから気にしないでくれたまえ。ああ、換金はもう出来ると思うから、あの城を囲む壁の近くにある大使館を目指すといい」

ひらひらと手を振る梔子姫に背を向けて、何度も会釈しながら商人夫婦の一行は遠ざかっていく。

それを見送った梔子姫が、にんまりと妖しい笑みを浮かべてから外郭の中へと姿を消したのが、紗々羅にはしっかりと見えていた。

「なんというか……まるで夢物語のようだよ。魔物と、亜人と、獣人が、こんな和気藹々（わきあいあい）と共存しているなんて」

「噂に違わぬってやつだな」

「見たこともない魔物が沢山……虫に魚に、言葉にしづらい人もいますね」

商人の妻が見つめる先には、ムカデのように手足が乱雑についた胴を蠢かせる魔物がいた。

眉を顰めたくなる姿をした化け物が平然と往来に交じり、どころか店先で果物を買いながら店員のエルフと談笑をする様子は、この国を表すに最も適した光景だ。

天国と呼ぶにはあまりに禍々しく、地獄と呼ぶには幸福に満ち溢れすぎている。

加えて、工業通りと呼ばれる東の大通り沿いには多くの工房が立ち並んでおり、店先に飾られている見覚えのない武具や調度品の数々は、ヴァーミリアの技術でも作るのが難しそうなものばかりだった。

おっかなびっくり進む馬車は周囲の視線を集めており、商人の妻は自分が獲物になったかのような錯覚に怯えて夫の腕に縋り付いている。

しかし、商人は妻を気遣う余裕もなく、目をぎらつかせて儲けられそうな品を見定めていた。

ジルカも、紗々羅とフォルファに途切れることなく話しかけながら周囲の様子とエステルドバロニアの技術を脳に刻み付けていく。

商品の種類、付けられた値段、知らない文字の羅列、魔物の種類。視界から手に入れた情報を素早く整理しながらも決して素振りに表さない。

会話をしながら自然に視線を巡らせつつ行われるこの術は、期待されない子として生きてきたジルカにとっては朝飯前だ。

そして、情報を手にすればするほど、淀んだ心の奥底から泡のように浮き上がる暗い感情が表層に出ようとして、獣の手で鬣を掻き上げて誤魔化した。

「なあ、兄さんよぉ」

「ん？　どうしたんだい？」

何気ない声色の紗々羅に、ジルカは反射的に問い返す。

背を向ける狸の顔は見えない。

「面倒事は御免だぜ」

それが、何に対して言っているのか一瞬考えてしまう。

しかし、何かに勘付かれたとしても、見られていなくとも、ジルカの表情は変わらない。

美しい黄金の獅子らしく、陽射しのような笑みを浮かべて軽く笑ったままだ。

「もちろんだよ、僕はね」

◆

魔物の楽園を自称するエステルドバロニアは、正しく楽園であるとエイラ・クラン・アーゼルは認識する。

多くの人々は、悪鬼悪霊（あっきあくりょう）や魑魅魍魎（ちみもうりょう）が集って饗宴（きょうえん）を繰り広げているのだと想像しているが、実際は人間と大きな差異のない……いや、人間よりも遥かに賑わった暮らしを送っている。

それは何度も目にした鮮烈な絶望とは程遠い幸せの形。

憶測と空想で作り上げた恐怖の帝国ではなく、確かにここで息をする血の通った営み。

魔物の楽園を、初めて満喫できることに、心が浮き立って止まらなかった。

「わあ……！」

外出の許可が下りてから初めて大通りに立ったエイラは、感動に打ち震えながら、幸福そうな声の響き渡る街の様子に感嘆を漏らした。

空は曇天（どんてん）のままでも、雨足は一先（ひとま）ず落ち着いている。

湿った空気と土の匂いが次に降る予感をさせるが、降ってきてもエイラは街を回るだろう。

両手を胸の前で握って感動していたエイラの後ろに、ぞろぞろと人が集まってきた。

ミラ・サイファー、オルフェア、それにカロンとルシュカの姿もある。

常日頃から教皇であることを求められるエイラが、久々に歳（とし）相応の振る舞いをする姿を見て、オルフェアは嬉しそうに目を細めていた。

この国では、カロンの前では、アーゼライ教の最高指導者という肩書きの価値を求められないからこそ、安心して自分を出せているのだろう。

「ありがとうございます、カロン様。御自ら同行してくださるなんて」

振り返って頭を下げるエイラに、カロンは小さく微笑(ほほえ)む。

「感謝されるようなことはない。ただ外出の許可を出しただけだ。暫(しばら)く軟禁のようになってしまったのを申し訳なく思っているくらいなんだが」

「いいえ、そのようなことは！　我々の安全を確保しようと尽力してくださったのですから、感謝に間違いはありません」

幸せに満ち溢れた笑顔は、神都のエルフを勇気づけてきたのも納得の眩さである。

着飾った白も無垢(むく)な雰囲気にとても似合っており、カロンはなんだか可愛(かわい)い親戚の子を見るような気持ちになった。

「キメラたちが陰から見ていてくれるから問題ないと思うが、あまり離れぬようにな」

「えへへ。気を付けます……」

気持ちを抑えきれないといった様子のエイラの側に寄り添うオルフェア。

外から来た者たちが、大切に育ててきた国をここまで喜んでくれるとカロンも嬉しくなる。

「なかなかの女狐だな。あれは将来女を使って仕留めにくるぞ。まず間違いなくな」

「……」

そんな穏やかな心に、冷や水を浴びせてくるミラが隣にいなければ、もっと良かったのだが。

仏頂面でとても楽しくないことを吐くミラに、カロンの笑顔も凍る。

薬を飲んでいるのに、胃が軋(きし)みを上げているのは気のせいだろうか。

横目でカロンを窺うオルフェアの気遣わしげな視線に、どこか仲間意識を感じてしまうことが少し情けない。

憂鬱になりかけたが、カロンは歩き出すことで気分を切り替えた。

「しかし、他の者はどうしたのか。アルア・セレスタなんてこのために来たようなものだろう」

「なんでも体調が悪いとのことです。スコラ・アイアンベイルは五郎兵衛とお楽しみだとか」

「ああ……」

昨日、訓練場で兵士を相手に大暴れしたと伝え聞いていたが、まさか翌日におかわりするとは思ってもみなかった。

戦わなければ戦闘衝動を制御できなくなるらしいが、今のスコラがある意味で自我を律することができているのか些か疑問であった。

(まぁ、変になってたら五郎兵衛がなんとかしてくれるだろ。やりすぎるとかない……よな?)

「王に媚びる女は死すべし！」と叫びながら刀を振り回す覇王鬼の姿を幻視したが、いくらゴロベエでもそんなことするわけないな、と弱々しい信頼で思い直す。

「アルアは体調不良か。監視は付いていたな?」

「もちろんです。【シャドウシェードウィドー】から同じ報告を受けていますので、恐らく事実かと」

「ふむ……」

幸いにも、呼び寄せた医者がいるので、カロンは後で診察を頼もうと決める。

「では、私の兵に医者の手配を指示しておきます。同時に護衛も付けましょう」

「言わずとも理解するとは、さすがだな」

「うへへ……っんん!! 我が愛しき国王陛下の御心の片鱗を僅かでも察することが叶い、お役に立てる機会が増えていると感じられて大変恐悦至極にございます」

「大袈裟な。休んでいる間に奔走してくれたことを思えば、私がルシュカに感謝しなければならないくらいなのだぞ?」

「いいえ。我々のような存在は粗雑に扱うくらいが丁度いいのです。むしろ忙しくなっていくのは必定ですから、これまで以上に仕事を振り分けていただいても、全く問題ありません」

「ふむ」

上機嫌なルシュカは、お任せあれとでも言うように反らせた胸に手を当てて鼻を鳴らした。

もし自分なら、どれだけ職場の環境が良くても望んで仕事を請け負ったりはしたくないものだが、それほど意気軒昂に尽くすことを望んでくれるくらい大切にされている証だろう。

そう思うと、カロンは面映くなってはにかんだ。

「……カロンは、そんな顔もできるんだな」

二人のやり取りを見ていたミラが、意外そうな声を零した。

「もっと肩肘張らなければ生きていけないんだろうと思っていたんだが」

「まあ、色々あったからな。いや、まだありそうだしな。私も変わっていかなければ、流れに置いて行かれかねん」

「色々をやらかしている国の人間としては耳が痛い話だ」

変わるというキーワードにミラの顔が曇ったが、すぐに普段の機嫌が悪そうな真顔に戻った。

「ところで、サルタンの商人やディルアーゼルの連中との話は済んだのか？　あれだろ、貨幣取引の話だろ？」

ミラの視線が向けられたのは、内郭近くに建てられた領事館の方角である。

他国との交流に際して、カロンが用意した領事館には正式な人員はまだ派遣されていないが、どこか大正ロマンを感じさせるレンガ造りの三階建ては、エステルドバロニアの厚遇が表れている。

三棟並んだ領事館の中で何が行われているのか、わりとなにも考えずにやってきてそうだったミラが言い当てたことにカロンは少し驚いた。

「お前……分かっていたなら、どうしてそれ用の人員を用意していないんだ」

あの場に参加しているのはアルバート、ファザールに神官長、そして王国はゼンツである。

「ディルアーゼルも王国硬貨を使っているんだ。口喧しいリフェリスの大臣を連れてくるより、使えない奴を添えておいて、あとはディルアーゼルに決めさせた方が楽に済むだろ」

「国際問題じゃないか……」

思い出すだけで、カロンの胃がズキズキと痛んでくる。

晩餐会は酷いものだった。

各国の代表が集まって、エステルドバロニアも含めてこれから皆で手を取り合っていこう！　みたいな話をしようとしていたのに、国王の代理でやってきたミラ、の付き添いでやってきたゼンツが、あからさまな不満を述べたのだ。

エステルドバロニアの方針は民主的じゃないとか、対等な立場じゃないのはエゴだとか、更にはリフェリス王国はエステルドバロニアと戦争をしていないので、従う謂れもないなど。

誰もがミラに「なんでこんな奴連れてきたんだ」という視線を向けていたが、ミラは気にした様子もなくニコニコしながら暴走するゼンツの話を聞いていた。

あの場にファザールがいなければ、丸く収められる者はいなかっただろう。

「で、許嫁殿を連れてきた目的はなんだ？」

「まだ掃除が終わってないからな。ゴミを外に出すほうが問題になるが、捨てていいのか悪いのかを決めないといけないだろ？　だから、皆が捨ててもいいと思えるようにしたくてな」

もう聞きたくないと、カロンは耳の穴に指を差し込んで視線を逸らした。

「まったく……それでルシュカ、為替の話は聞いているか？」

「はい。一先ずは形になったそうです」

「一先ず、か」

「まだまだ議論の余地はありますので、我々第十六軍も知識を研鑽しながら人間の価値観を理解していこうかと」

そう言って、ルシュカはエステルドバロニアで流通している金貨と、獅子の彫刻が施されたヴァーミリアの金貨を取り出した。

エステルドバロニアの貨幣は様々な種族が使いやすいようにと大きめに作られているため、一見してヴァーミリアの方が小さいことが分かる。

ルシュカ曰く、この世界では鉱石の質と量である程度貨幣の価値が決まるらしい。

大きな貨幣を作れるのは豊かさの象徴であり、ヴァーミリアが一番大きなものだったらしいが、それをエステルドバロニアは更新したそうな。

必然的に、エステルドバロニアで流通する貨幣は最も高いことになる。

加えてもう一つ、エステルドバロニア国内の物価が高すぎる点が大きく影響していた。

自国で経済が循環している上に、衣食住に対して手厚い支給が行われるため、享楽的な魔物たちにとって金銭を稼ぐことに大きな意義がなく、使うことにも抵抗がない。

そのため、宵越しの銭は持たない精神が魔物たちの間に蔓延しており、稼いだら稼いだだけ財布から吐き出すせいで、簡単に物価が高騰していくのだ。

さすがに生活必需品に関しては価格調整がなされているが、それ以外のものは今の相場でも特に困っていないため、人間からすれば高額な価格帯で売り買いされている。

それでも、他の国からすると生活必需品も高いのだが。

「その辺りを詰めていく必要がある、と人間は言っております。まあ、損をせぬよう必死なのも人間ですので、向こうが勝手に頑張ってくれそうです」

「それは、そうなるよなぁ」

せめてもの救いは、価格に見合う以上の品質があることか。

「カロン。教皇たちが見えなくなるぞ」

話が一段落したところで、ミラがカロンに話しかけた。

指差す方には、左右に立ち並ぶ店先に置かれた商品を見ながら歩き回るエイラとオルフェアが見える。

周りは魑魅魍魎だらけなのに、もはやそんなことは気にならないくらい夢中になっているようで、振り返ることもなく、どんどん先に進んでいた。

カロンは困ったように笑うだけだが、ルシュカの顔はあからさまに不満気なものに変わる。

「カロン様、もう放っておきませんか？　私と二人で行動した方が遙かに有意義かと」

「ゲストを放っておけんだろ。案内を買って出たカロンの株を下げることになるぞ？」

「主人に代わって犬猫の躾を施すのは従者の務めであり、時には捨てるように苦言を呈するのも従者の務めだ。ゲストだなんて思い上がりも甚だしいなぁ」

「従者？　飼い犬の間違いだろう」

「ならば犬の上下関係を教えこむだけです。生かされている分際で調子に乗るなよ、人間」

　よし、こいつらを置いていこうとカロンは心に決める。

　カロンは睨み合いながら啀み合う二人に気付かれないよう、そっと離れてエイラたちの傍へと移動した。

「ねえ、これって何かしら」

「見たことありませんね……果物、でしょうか」

　二人は工業通りに数軒ある八百屋の前で止まり、店先の野菜を神妙な面持ちで見つめていた。

「どうした？」

「あ、カロン様。これなんですけど……」

　指の先にあるのは見慣れた野菜。

「トマトだろ」

「え？」

　鮮やかな赤に熟したみずみずしい野菜を物珍しそうに見ているエイラ。

「……エステルドバロニアの果物なんですか？」

「野菜だが」

「野菜⁉　これが⁉」

「ええ……」

　反応を見るに、何も知らないようだ。

しかし、彼女たちは城内で出される食事で何度も口にしているはずである。

特に疑問を口にすることもなく食べていたはずだ。

むしろカロンからすれば、神都の酒場やリフェリスの城で食べたものの方が謎であった。

カロンはそう考えるが、実は魔物たちが彼女たちに聞かれても一切答えなかったのだ。

情報を開示していいかどうか、配下の魔物では判断がつかない。

たかが食材、されど食材。もしかするとありふれた野菜一つが、他国に対する一種の切り札になる可能性だってある。

外から人を招くとあって、城内はそういった点も徹底しているのであった。

「これは、果物……ですよね？」

「バナナはそうだな。食べた覚えは？」

「えっと、食事の席で飾ってあるのは見てましたが、食べたことはまだ……」

「カロン。こう言ってはなんだが、我々は客だが旅行客とは違う。エステルドバロニアの礼儀作法を知らないのに迂闊(うかつ)なことはできないものだよ。手にしていいのかどうか恐る恐るだったりもする。ましてて食事の席であれやこれやと問いながら行うのはマナーが悪く見えるだろうし」

「テーブルに置かれてる果物くらい好きに食べていいんだが……」

「差し出がましいのですが、エイラ様も、私も含めて果物かどうか半信半疑なものが多くて」

「えぇぇ……」

こんなことでカルチャーショックを受けるとは思ってもみなかったカロン。

一応料理班の配慮で、賓客の食べ慣れた料理を多く提供してはいるが、相互の文化交流の意味合いもあったため、カロンの好きなものも作られていた。

つまりは、自分の好物を未知の物体だと思いながら彼女たちは食べていたことになる。

「ですが！　どれも素晴らしく美味でしたので、これから知っていけばいくほど止められなくなるかもしれません！　ええ！」

「そうか？　そうだといいんだが……」

これほど認識に相違があるようでは、共存や協調はまだまだ遠い話だとカロンは嘆息した。

「カロン様」

そこに、ルシュカが耳打ちする。

「これを機に、我らの国の特産品として扱うのはいかがでしょうか」

何を、と問いかけようとルシュカを見ると、ルシュカは手にトマトを持っていた。

「なるほど。それはいい手だな」

実に名案だとカロンは賛同した。

「では、品種改良に取り掛かるよう植物系の魔物たちに指示しておきます」

続いた言葉には少し首を傾げたが、すぐに頷く。

「任せよう」

「は。必ずやご希望に添うものとなるよう迅速に尽力させます」

張り切った様子のルシュカに、カロンは微笑みを向ける。

ちぐはぐな二人だが、実際会話の内容もちぐはぐだった。

カロンは地域の名産品のようなブランド品を想像しているが、ルシュカの考えはそれだけに留まらなかった。

エステルドバロニア産の野菜や果物を、他の地域では育たないように改良するつもりでいる。

人間とは違う種族だからこそ、品種改良などお手の物だ。植物由来の魔物たちが全力を出せば、二ヶ月もあればルシュカの要望に応えうる物を作り出せるだろう。

他国の一次産業に影響を及ぼさず、最高品質を流通させてエステルドバロニアに依存させる。

見たことがなくて、美味で、希少性を保った品々を唯一提供できる。

おまけでこの世界固有の食材まで高品質で流通させる。

他国にとって、エステルドバロニアは計り知れない価値のある国になるだろう。

笑顔を交わす二人のすれ違いに、お互い全く気付いていない。

この件が後に大きな問題を引き起こすなど、カロンは夢にも思わないのであった。

「では、そういった理解も深めていけるような食事プランを改めて考えておこう。ルシュカ、料理長たちにその辺りは一任しても問題ないか?」

「はい。念のため、私が監督に付いて助言も致します」

「では頼む」

自信たっぷりに鼻を鳴らして敬礼するルシュカに頷いて、カロンは一旦仕事のことを忘れてエイラたちに付き合うことにした。

そこからは、見たことのない物に興奮するエイラとオルフェアに連れ回されながら、高価な武具を見せろとねだるミラと、それを阻止するルシュカを連れて街の中を歩き回った。

大道芸を見たり、ちょっと買い食いしてみたり、子供に手を振ったり、なんだか初めて観光しているような気分にカロンは楽しくなっていく。

子供に合わせているという免罪符(めんざいふ)のような言い訳が、子供っぽく振る舞うことへの自制心を僅かに溶かしたのだろう。

「カロン様、もっと色々と聞かせていただいてもよろしいですか？」

「こんなに魔術を付与しているのに十把一絡(じっぱひとから)げ扱い……？　いくら材料が安いからって、雑に扱っていい代物じゃ……いや、この材質でこの出来になるのはおかしいぞ……」

「カロンが無関心に流通させたりしないことを祈るばかりだな」

「カロン様、昼食はいかがいたしましょうか。よろしければ、工業通りの名店をご用意いたしますが」

「そうしようか。雨も降りそうだから、少し早めに移動して……ん？」

ふと、工業通りの外郭側から走ってくる鷹頭(たかあたま)の【ガルーダヴァンピール】が見えた。

日の光を遮るように大きな傘を持った雌のガルーダは、息を切らして真っ直ぐカロンたちの方へと向かってくる。

何か騒ぎでもあったのかと思ったが、ガルーダはルシュカの前で急停止すると、カロンに向かって最敬礼してからルシュカに耳打ちを始めた。

何度か頷いてガルーダを帰してから、今度はルシュカがカロンの耳に顔を近づけた。

「カランドラからの使者が、正門通り前の外門に来たと報告が」

穏やかだったカロンの表情がきゅっと引き締まる。

「どういうことだ。カランドラの兵が上陸したのは知っているが、その後の動向はどこからも報告が上がっていなかったぞ。現態勢に穴があったということか？」

「あのガルーダが言うには、突然魔術を解いて姿を見せたそうです。探知にも反応はなく……」

「我々の目から逃れる技術が、この世界にはあるというわけだな」

ヒリつくようなカロンの怒気にルシュカは凍りつき、すぐに跪こうとした。

「っ！　申し訳――」

「謝るな。お前たちだけの責任じゃない。私にも責任はある」

それを冷たい声でカロンが止める。

この世界を甘く見ていた自分と、真っ向から挑発してきたカランドラに対しての怒りだ。

ポツリと、カロンの肩に雨粒が落ちた。

一つ、二つと数を増やす雨粒が、滑り落ちながら染み込んで重くなる黒いコートは、カロンの心と共に更に暗く色を変えていく。

次第に強まっていく雨足から守るように、前髪から雫(しずく)を滴らせたルシュカが、そっとカロンの上に傘を差した。

声をかけていいか分からず、じっと前を見たまま動きを止めたカロンを、ルシュカは見つめることしかできない。

（この大陸のレベルが低かったのか、それとも我々を欺ける特殊な技術を他の国は持っているのか、俺の知らない強力なアイテムか……）

コンソールを開いてマップを確認し、外郭正門前にいたカランドラの使者を確認する。

レベルはどれもが40台。この世界の人間としては恐らくはそこそこ強い部類だが、それで魑魅魍魎の蔓延るレスティア大陸を探知にかからず横断できるとは思えない。

覚醒勇者を除いて、高位の魔術やスキルを覚えるには練度が必要となるのが法則なはずだ。

徐々に強まる雨足の音も聞こえず、カロンはマップの情報を注視し続ける。

（イルム・マキシル、種族は人間で、元素魔術師。レベル42……勇者特性の記載はないし、特殊なスキルが発動している形跡もない。となると疑わしいのは……待て。カランドラの使者と言ったか？）

コンソールウィンドウで表示する情報は、プレイヤーがゲームを攻略するうえで必要なものが一通り揃えられている。

しっかりと自身にステータス開示を拒否するための隠匿魔術を使用しない限り、カロンの目には洗いざらい文字となって表示される。

縦に並んだ情報を何度も読み返してから、カロンは得心したように口の端を持ち上げた。

「カロン様？」

「ああ、すまなかった。ミラたちを連れて城に戻ろうか。それと、あの連中は城に招き入れて構わん」

「よろしいので？」

「ただ、奴らの歓待はそれなりにしておけ。もし仮に、正式な使者かどうかの確認が取れたとしても、向こうが何をするつもりかは想像がつく。そのための、用意を、しておくように」

カロンの強い口調に、ルシュカは頷く。

「承知しました」

「我々も、その方が安全だろう」

踵を返しながら、カロンは妙なことを口にする。

「あと、それとなくアルア・セレスタと引き合わせろ。しっかりと盗聴の用意をしてな」

不思議そうな顔をしたルシュカだが、疑問を持つことはなかった。

「何かお考えがあるのですね。仰せの通りに」

キメラたちに合図をして、離れてしまったエイラたちに城へ戻るようにと伝言する。

ザラザラと鳴る傘を見ながら、カロンは重い息を吐いた。

「……嵐が来るな」

冗談めかして笑ったカロンの中で入り交じる敵意と哀愁に、ルシュカは言葉をかけることができず、深く頭を下げるしかなかった。

◆

エステルドバロニアを訪れたサルタンの商人一行は、大きな壁にぶち当たっていた。

商売が盛んに行われている商業通りのお洒落(しゃれ)な喫茶店の店先で、商人は項垂(うなだ)れている。

店に横付けした馬車を気にしながら励ます商人の妻を見ながら、ジルカは紗々羅へと苦笑交じりに話しかけた。

「高いねぇ、物」

紗々羅は適当に頷きながら、先程までのことを思い出す。

リコットとオーグノルの二人と別れてから、まず向かったのはサルタン大使館だった。

どこか陰気で人の気配がないリフェリス大使館の側に建てられたサルタン大使館は、港町で見慣れた石積みの大きな建物で、リフェリスとは対照的に賑やかだった。

中に入ると、名だたる商家の人間やサルタンの外務官などが、新築の匂いがする建物の中を走り回っており、雰囲気の慌ただしさに戸惑う一行。

そこに通りかかった外務官が商人に気付いて話しかけ、そのまま換金の案内をしてくれた。

簡単に結果だけ言えば、商人の用意していた金貨の量が半分以下になった上に、予想よりも物価が高くて容易に手出しができないので、彼は頭を悩ませることになったのだ。

「すみません。夫に付き合わせてしまって……」

「気にしなさんな。好きに行動してるだけだ」

申し訳なさそうに頭を下げる商人の妻に、紗々羅は牙を見せて笑いかける。

とはいえ、かれこれ一時間はこうしているので、そろそろ動き出してほしいとは内心で考えていた。

酒のおかわりは四周目に入っており、さすがの店主である【オールドドリアード】の老人も心配そうにしている。

「そういや、あんたの仲間は金どうしてんだ?」

「自分で換金くらいするんじゃないかな」

「ならいいけどよ」

「ただ、こうも色々高いと気軽に買い物なんてできないけどね」

「まあな」

道すがら様々な店を流し見していたが、無言を貫いていたフォルファですら驚きに声を漏らしてしまうほどの値段だ。

エステルドバロニアで野菜を一つ買うくらいなら、サルタンで袋詰め野菜を買った方がマシなくらい高価では当然の反応だろう。

ジルカは優雅に、美しい金色の獅子人(ライオネル)らしい仕草で腕を組み、「けど」と言葉を繋げた。

「武器は一つくらい買っておきたいね。あんなに質の良いエンチャント品は、他じゃなかなかお目にかかれない逸品だ。それが沢山あるなんて、僕みたいな冒険者にはたまらないよ」

商業通りに点在する武器屋の店先で見た剣や斧(おの)、槍(やり)の数々は、ジルカたちの目から見ると金額相応の価値があった。

ありふれた鉄製の剣でも、良質な魔術付与が施されていれば途端に価値が跳ね上がる。

そんな物を大量に買い揃えられるというのはかなり魅力的だ。

「この国じゃ、それが十把一絡げの投げ売り品なのは問題だけどな」

「そうなんだよねぇ……国宝みたいなのが普通に飾ってあったら怖いから、店の中に入りたくなかったよ」

冗談めかして笑うジルカに、フォルファは激しく首を縦に振って強く同意を示した。

拳銃が流通する世界に、突然核弾頭(かくだんとう)を一般販売する国が現れたら、どれだけ友好的でも危険視するものだ。

ジルカに与えられた仕事はエステルドバロニアを探ることだが、さすがに核弾頭が売ってるかどうかまで調べるのは荷が重すぎると、その時ばかりは役目を放棄した。

「転売すりゃ金にはなるだろうよ」

「稼いでも護衛を雇う分で消えるんじゃないかな。あんなのを大々的に売り始めたら色んな所から目を付けられると思う。そうまでして大金持ちになる気概があるなら止めないけど」

含み笑いをしながら放たれたジルカの言葉に、商人は更に深く項垂れてしまった。

見たことのない珍妙な食材を高い金額で買うよりも手早く確実に稼げるだろうが、ジルカが言うとおり命の危険を冒してまで勝負する気概まではなかった。

となれば、やはりこの国の特産品をいち早く扱って利益を出す方向性が無難だ。

もしくはもっと便利で、この国でしか作られないようなものがあれば、あるいは。

「……大手の商会なら武具とかで稼ぐだろうさ。誰が見たって目玉だからな」

「そう、ですね。身の丈にあった商売をしようと思います……」

ようやく諦めた商人が力なく笑った顔を見て、「あんた、あんまり向いてないな」と紗々羅が言うと、商人はテーブルに頭を打ち付ける勢いで落ち込むのだった。

目的も決まったからと、一行は改めて買い付けをするために街の探索に向かった。

エステルドバロニアを区切る四つの大通りを歩いていれば必要なものは全て揃うと、住民に教えてもらい、商人は正門通りから見ることに決めた。

一度内郭まで移動してから、巨大な壁に沿うように反時計回り（とけいまわ）に正門通りへと移り、彼らはまた感嘆に息を漏らした。

国の玄関口として正門通りを彩る道沿いの店は高級感のある佇（たたず）まいをしており、いかに国が裕福であるかを示しているようだ。

獣人たちは物珍しさにきょろきょろしながら先を進む商人の馬車を追い、警戒を保ちながら護衛に専念する。

「ところで、サザラはこの国で何をしたいの？」

「カムヒよりいい暮らしができりゃなんでもいい。そういうあんたはどうなんだい？　大事な何かがあるんだろう？」

「そう見えるかい？」

「ああ。その梟を見てりゃあな」

紗々羅が尖った顎をしゃくった方向に、どんよりとした雰囲気を漂わせながらジルカを睨むフォルファが見える。

いつまで遊んでいるのかと言いたげだが、ジルカはすぐに視線を外して肩を竦（すく）めてみせた。

「まあ、僕じゃなくて父上の使ってる冒険者だから」

「なんだ？　おつかいの見守りを用意してもらわんといかんのか？」

「そんなとこかな。これでもお金持ちなんだ」

挑発に乗らず飄々と流すジルカに、紗々羅は違和感ばかり覚えてしまう。

この美しい黄金の獅子が何者なのかはとうに知っている。

甘やかされてきただけならそのうちボロを出すだろうと思っていた。

だが、そんなあからさまな振る舞いは、意外にも冷静そうな護衛のフォルファがしている。

紗々羅は正直、このヴァーミリアから来た獣人たちの誰に対しても理解を深められなかった。

明確な目的も見えなければ行動の理由も分からない。

恵まれた環境で絶対の忠誠を捧げて生きてきたから分からないのだろうかと本気で悩む。

ただ、国に利を生み出しそうにないとは見繕っていたが。

「あれ……？　カランドラの魔導兵団だ」

商人が、外郭の方から人波を割って歩いてくる人間たちを見て自然と言葉にした。

そこで紗々羅の思考も途切れる。

エステルドバロニアの兵士に案内されながら歩いてくる灰色のフードを被った怪しい集団の姿は、
商人たちよりも人目を集めていた。

いつ見ても気味が悪い集団だと、関わらないように別の道に向かおうとした商人だったが、彼の意思に反して、ジルカは何を思ったのか真っ直ぐカランドラの一行の方へ歩いていってしまった。

「あ、ジルカさん！」

慌てて止めようとするが既に遅く、フォルファが連れ戻そうとするよりも先にジルカが声を上げた。

「やあ！　久しぶりだね！」

親し気な言葉に、魔導兵団の足が止まった。

近づいてくるジルカを見て、先頭に立つ男がぼそりと呟く。

「……どちら様、かな？」

「やだなぁ。この間ヴァーミリアで会ったばかりじゃないか。まさか本当に忘れてるのかい？」

フードの下で訝しむ男に、ジルカは矢継ぎ早に問いかけていく。

「イークラール殿ともあろう御方が私を忘れてしまうなんて……」

名を呼ばれて、男は唇に小さな笑みを作った。

「……いやいや、思い出したよ。すまないね、最近忙しいものだから」

「ああ、そうか。こんな国が突然現れたとなれば誰だって忙しいか。私も似たようなものだし」

薄く愛想笑いを浮かべるイークラールに、ジルカは美しい黄金のような笑みを浮かべた。

「では、急ぐので」

「あっ、ごめんごめん！　久しぶりに会えたからつい嬉しくてね。うん、じゃあまた」

他愛のない話だけをして、魔導兵団は再び城へと向かっていく。

その背を見送っていたジルカだったが、横から伸びてきた羽毛の手に腕を掴まれて苦笑を漏らす。

見れば、目を充血させて怒りと焦りに震えるフォルファの姿があった。

「卿は何を考えている！　レスティアに来てから好き放題にしすぎではないか！　我々がどんな目的でこの国を訪れているのか忘れたわけではあるまい！」

「大きい声出さないでよフォルファ。前も言ったけど、僕には僕の目的があるんだ。君は君の仕事を全うすればいいだけで、僕に役目を果たさせようとするのは別だろう？」

「何を……何を馬鹿なことを言っている！　卿が大役を仰せつかっているのは温情でしかないと分かっていて、それでもそんな世迷い事を吐くのか！」

フォルファの力が強くなっていき、金毛で隠された非力な腕に走る痛みでジルカの顔が僅かに引き攣る。

「卿は……卿は……！」

「そこまでにしときな」

自分でも止まらなくなりだしていると察して、紗々羅の巨体が二人の間に割って入った。

部外者が、と叫びそうになったフォルファだったが、憐れむような紗々羅の視線に冷静さを取り戻し、カチカチと嘴を鳴らして乱暴にジルカの腕を離した。

「……すまない。暫く、別で行動させていただく。夜には戻るゆえ」

「分かったよ」

何もなかった。

そんなジルカの態度に、フォルファは強く拳を握りしめてその場を離れていく。

乱れた長い鬣を手櫛で直していたジルカは、これまでで一番訝しんだ顔をする紗々羅にニコリと笑いかけた。

「何も聞かないのかい？」

「……はっ、意味不明な行動の理由は聞いておきたいもんだな」

「へぇ、そっちなんだ。まあ、いいけどさ」

ジルカは商人たちと距離があることを確認してから、笑顔を崩さないまま剣呑な口調で語りだす。

「あれはカランドラの魔導兵団じゃないね」

「確証あるのか？」

「彼らは親しげに話しかけられたから適当に合わせたんだろうけど、それは大きな間違いだね」

なぜなら、ジルカは本物の彼らとは面識がないからだ。

「あんたは知ってんのかい？」

「カランドラはヴァーミリアとそれなりに交流があったからね。ウーンネーラ・ツェルノアの三男だったかな？　詳しくは覚えてないけれど、一方的に顔は知っているよ」

「てことはなにか？　違うと思って接触したのか、あんた」

「まあね。カランドラは良くも悪くも歴史や伝統を大事にするから、新興国に勅使を送ったりはしないはずなんだ。イークラール本人だったら、神都に行ってエステルドバロニアを探ろうとするくらいしかしないと思うよ。ウーンネーラ翁だと分からないこともあるけど」

つまり、イークラールを名乗る男は偽物だと自分で確認したということだろう。

だが、それにしてはおかしな点が多い。

偽物だと分かっていたとしても、ジルカが魔術国に堂々と近づく意味がないはずだ。

加えて会話の内容は上辺だけのもので、魔術国の行動の意図を探ろうとする素振りもなかった。

「何が目的だ」

考えても無駄だと、紗々羅は隣に立つジルカに直球勝負を挑む。

ジルカは、それを有耶無耶(うやむや)にせず正面から受けて立った。

「少し恩を売っておこうと思ってね」

「エステルドバロニアにか？」

「それはそうだけど、それよりももっと重要な相手さ」

紗々羅が問い返そうとするよりも早く、ジルカは紗々羅の顔を見上げて、初めて愛想を崩した顔を向ける。

貪欲な獣のようであり、臆病な負け犬のような、仄暗(ほのぐら)い光の灯(とも)る金の瞳だった。

「君にだよ、サザラ」

縋りつくような金の瞳から投げられたその直球の言葉を、紗々羅は尖った鼻を鳴らすだけで、受け取ることはなかった。

◆

エステルドバロニアの王城へと招かれたカランドラの魔導兵団は、全てがミスリルで作られた城の姿や、美しく荘厳な内装に触れることなく、ただ黙々と先導する魔物の後に続いていた。

彼らの目に、この国の発展は一つも映っていない。

全ては悪しき存在が生み出した劣悪な文化であると一顧だにしない。

彼らにとって、このエステルドバロニアは悪魔の捏ねた泥の作品でしかなかった。

言葉数少なく、何を考えているか分からない集団の奇怪な視線を感じながら、彼らの案内を命じられている兵士も無言で職務を全うする。

静かな城内の廊下に敷かれたレッドカーペットを踏みながら向かうのは、十八階に存在する謁見の間だ。

エステルドバロニアの王と会うのに城の奥へと案内されていくが、彼らの顔色に変化はない。

後ろを振り返って確認したリザードマンの兵士には、彼らの表情が死地に向かう特攻兵に似ているように思えた。

「……あ」

静寂の中に足音だけが響いていたが、ふと聞こえた微かな声に自然と足が止まる。

全員の視線の先には、美しい花で彩られながらやつれている〝花冠〟の勇者が、驚いた様子で横の廊下で立ち止まっていた。

魔導兵団だと気付いた勇者アルア・セレスタは、慌てて身だしなみを整えてから先頭に立つイークラールに向けて深く頭を下げる。

それはおかしなことではない。魔術国の王の息子に対して、アーレンハイトの貴族が礼をするのは真っ当な振る舞いだ。

それを見て灰のローブたちはくつくつと喉を鳴らし始め、ついには声を上げて笑い出した。

驚くアルア。案内役の兵士も異常な光景に目を見開いている。

一通り笑ったところで、イークラールが手を上げると声はピタリと止んだ。

その様子に、アルアは本能的に彼らが魔導兵団ではないと察する。

この整然とした雰囲気、気味の悪い統率、そして信仰に曇った眼差し。

ゆっくりと近づいてきたイークラールが、怯えるアルアの耳に顔を寄せて、本来の声でそっと囁く。

「聖女様は、悪を滅することを望まれた」

アルアの全身に怖気が走った。

「儀式は近いうちに完成を迎える。その時が偉大なるアルマの威光を世に知らしめる時である。哀れな勇者よ、過たず剣を振るい給え……エレナ様からの言伝である」

蒼白になったアルアの目には、離れていくイークラールの顔の裏から覗く別の顔が見えた。

魔導兵団は再びひと塊となって兵士の案内で城の奥へと進んでいく。

取り残されたアルアは、動揺を押し隠そうとして胸を押さえるが、どうしようもない震えに立っていることもままならず、壁に寄り掛かって胸を押さえる。

自分の知らないところで何かが行われているのに、アルアはいつだって知ることができない。

エレナの目に留まっていることだけが幸運だった。

いかにカムヒより強力な武器を得ていたとしても、勇者の力に目覚めていても、アルアはアーレンハイトにとって置物でしかない。

聖女エレナが気にかけてくれていることだけが、唯一アルアに価値をくれていた。

だが。

彼女はどれだけエレナと時間を共にしていても、裏で巨大な計画が動いている程度のことしか知らされてこなかった。

どのような計画で、いつ行われるのか、何も知らない。

結局、アルアは王国から出ても、蝶よ花よと愛でられるだけなのだ。

それが皆に向けられる、あの嘲笑の理由だった。

「は……は……」

今回エレナから依頼をされた時、可愛い友人の願いを聞き届けるのと同時に、自分の地位を回復させる機会を得たと思っていた。

しかし、そうではなかったらしい。

エレナは初めからアルアを使い捨てるつもりだったのだ。

エステルドバロニア王に対する、衝動のような感情の整理も付かぬうちに告げられた自害の宣告は、この上なくアルアの心を壊していく。

頭を抱えて声を押し殺し、溢れる涙と共にこれまでの弱さを捨て去っていく。

次に立ち上がった時、アルアは握りしめていた胸のロザリオを引き千切ってその場を去る。


「……救いましょう」

そう呟いた言葉だけが、白銀の廊下に木霊した。


「――さて、どうするのですか?」

テーブルの上に置かれた装置に映し出されるアルアを見て、椅子の上で真紅のドレスを揺らしながら、スコラ・アイアンベイルはルシュカとシエレ、ミラ・サイファーに問う。

戦慄の激重三人組の部屋に来たルシュカは、球状の投影機を操作して、監視していたアルアのことを他の者に見せていた。

ある意味で正しき道を選んだアルアの様子は一種の踏み絵のようなものだ。

ルシュカが一番怪しいスコラに視線を投げると、スコラは可笑(おか)しそうに喉を鳴らした。

「そんなお顔をなさらないでくださいな。私はカロン陛下の物になったのですから。なんて、冗談は置いておきまして……貰っても構わないのですか？」

指を差すのは映像の中で消えたアルアの背中。

ルシュカはまだ憮然としていたが、上機嫌なスコラの言葉の真意を確かめようと睨みつける。

「飼うのか？　なかなか面白そうだが、やるなら他所でやってくれ。明らかな害虫を国内に飼う気はない」

「まさかそのようなことは。そろそろ、誰の目にも明らかになるほどに、私の忠誠をはっきり示したいと思っているのです。害虫駆除の仕事でも、陛下はお褒めくださるでしょう？」

スコラにとってアルアはその程度の認識であり、それを処理するだけでエステルドバロニアに認められるなら喜んでやってみせるつもりであった。

ルシュカとしても同族同士で争ってくれるのは実に愉快だし、この世界最強と謳われる勇者の実力を測るにも都合がいい。

残るミラもアルアに関心は示さず、それよりも魔導兵団を名乗る者たちを気にしていた。

「カロン曰く、あれはカランドラの使者じゃないらしいな」

「そう聞いている」

「それに、エステルドバロニアに辿り着くまでの間、誰にも発見されていないとか」

「さすがカロン様だ。我々が看破できぬことを容易に見抜いておられるのだから」

「ええ、ええ。本当に陛下は素晴らしい御方ですわ」

カロンを持ち上げ始めた三人に、シエレが小さく手を上げて水を差す。

「いや、そうじゃなくて……なんでそんなに暢気にしていられるのですか。この国で陛下だけが看破できたということは、相手がその気なら私たちの前から姿を消して、陰から刺すことだってできてしまうのでは」

「あら、シエレ様は怖いのですか？」

「そうではなくて……」

スコラの返答に、話が噛み合わないとシエレは額を押さえる。

「相手の手札が判明していないのに、城に招いたりしていいのかという話だ」

ミラが補足すると、スコラは「ああ」と呟いて指をピンと立てた。

「それなら想像は付きますわ」

「……なに？」

「大方、アルマ聖教の聖遺物でしょうね。男神ザハナが人間に賜ったモノか、その残飯か。そうじゃなければ説明がつきませんもの。勇者でもない人間が、勇者よりも人知の外にある理を扱えるだなんて」

スコラは常識だと言わんばかりの口振りで話すが、ミラからすれば眉唾ものだった。

ミラの知識として、神の介入を世界が認知しているのは、人魔戦争で遣わされた勇者たちが最後だったはずだ。

それが今も行われているとは、些か受け入れがたいものがある。

対してルシュカは、スコラの言葉に疑問も持たず同意を示した。

「神も所詮魔物と変わらん。神という仰々しい種族名が付いているだけで、別段珍しいものではない。我々にとっては実に身近なものだからな。アレらは、とにかく善意という名の迷惑を押し付けてくる。奴らの持つアイテムもその類いだろう」

「では、ルシュカ様は既に対策を講じておられるのですか？」

「無論だとも。神だの皇だのと幾千も戦い、勝利してきた我々が、異界の神風情（かみふぜい）に後れなど取るわけがない。今ハルドロギアたちに宝物庫内の捜索が指示されているし、カロン様も神殺しの手立ては用意なさっているだろう」

「話の早さに付いていけないのは、私が馬鹿だからか……？」

「ご安心ください。私もです」

ミラとシエレがそう思ってしまうのも無理はない。

神の力を前提として話が進められているのだから、そこを理解できなければ二人の会話に加わるのは難しい。

ただ、自分が何をすべきかは明確に理解できていた。

「私は、エイラの側にいます」

シエレは戦う人ではない。言い換えれば、警戒に値する人間ではない。

彼女がエステルドバロニアに返すのは、課報によるものだ。

ルシュカもそれは理解している。

「そうだな。貴様はそれが役目だろう。しかしミラ・サイファー。貴様にできるか？」

目的語のないルシュカの問いかけに、ミラは僅かな沈黙の後に寂しげな声色で言う。

「やるさ。それが私の業で、リフェリスの業である以上は、やらねばならん」

「……そうか。せいぜい励めばいい。明日には全てが動き、終わるだろう」

ルシュカは、空色の髪を靡かせて退室した。

ミラとスコラは、両極端な気分でその時を待つ。

二人にとっての踏み絵は、まだ終わっていないのだ。

◈ 四章 ◈

天の使い

「よく来たな、カランドラの魔術師諸君。私が、エステルドバロニア国王カロン様の補佐を務めるルシュカだ」

黒と赤と黄金が煌(きら)めく豪勢な一室に招かれた魔導兵団を待ち構えていたのは、人間と遜色ない姿形をした美しい女の魔物だった。

空色の髪をかきあげて笑うルシュカは、背もたれの大きな玉座の脇に立ってイークラールと名乗る男を睥睨(へいげい)している。

この怪しい集団が魔物に憎悪(ぞうお)以外の感情を抱かないのと同様に、ルシュカもぽっと出の人間に向ける感情を持ってはいない。

警戒し合っているのに互いを見ていないような奇妙な緊迫感の中で、主導権を握るルシュカは事務的に告げた。

「王は多忙な身であるため、諸君らの対応は私が一任されている。用件があるなら、さっさと口にして早々に引き取ってもらいたい」

一団を代表して、イークラールを名乗る男も事務的に言葉を並べた。

「急な訪問となったこと、誠に申し訳なく思う。しかし我らカランドラは貴国との交流を求めており、是非ともエステルドバロニアの王にお目通り願いたい」

「必要はない。今この場で目的は果たせるではないか」

「やはり此処(ここ)は魔物の巣窟である。北の地にて魔王が復活したとの噂(うわさ)も聞いている中で、魔物を信用するのは難しいことだと理解していただきたい」

「それは、我々が魔王とやらの手下だと疑っていると言いたいのか？」

「その通りだ」

捉え方によってはエステルドバロニアへの敵対に聞こえるが、ルシュカは冷静にイークラールの口にした疑惑を否定せず受け入れる。

エステルドバロニアが魔王軍を殲滅したのは事実だが、その一連の流れが計画されたものである可能性は十分考えられる。

ただ、人間を滅ぼそうとするのにこんな迂遠な方法をする必要がないので、言いがかりのようなものでしかない。

ただ、

「我々以下の存在が上に立つことを許すほど甘くはないのだがな」

「……人間に従えられているのにかね」

「くひっ……矮小な物差しでしか判断できん愚か者め。この世界の人間は揃いも揃って馬鹿しかいないのか？　だから我々の敵にも値せんのだよ。この国を見たか？　貴様らが束になってもエステルドバロニアの影すら踏めやしない。神如きを信奉するから頭が弱いのだ」

関心を持たぬまま話し続けるかと思われたが、神を侮辱するルシュカの発言にイークラールたちの雰囲気が変わった。

それを見て、ルシュカも面白そうに頬を緩ませる。

かつて相対してきた勇者や英雄、それに連なる者たちは、もっと迫力があり、鋭気があり、覇気があった。

信仰する神の名を、守るべき命の価値を、心を支える大切な言葉を、大言壮語にしないだけの力があった。

その全てを破壊してきたのが、このエステルドバロニアだ。

負ける道理があろうはずもない。

美しく暗い笑みを浮かべて取り繕うことをやめたルシュカは、下等生物への憐れみを露にした。

「用が済んだら消えろ、劣悪種。その程度の無礼は、王より下知された一度の温情で見逃してやる。男神に媚びる犬どもに戦の用意を進言することだな」

イークラールたちはなんの事かと互いの顔を見合わせるが、すぐに正体を看破されていると察して狼狽えた。

これまで完璧に事を運んでいると考えていたが、正体が暴かれているとすれば入れ替わった対象の末路も知られている可能性がある。

もしカランドラに知らされでもしたら聖王猊下のお考えに瑕疵をつけることになってしまうと、表情を隠そうとも動揺は仕草に表れていた。

彼らの軟弱具合に、「こんなのを送り込むのも、ある意味舐められているわけか」と呆れるルシユカだったが、部下たちを律するようなイークラールの声に動きを止めた。

「ならば、我々は貴国に祝砲を捧げよう」

「……なに？」

踵を返して立ち去ろうとしていたルシュカが振り向くと同時に、眩い黄金の魔力光がイークラールたちを包み込んだ。

ルシュカが咄嗟に武器を構えるよりも早く、彼女の眼前には光から飛び出したナニカが迫る。

鼻先五センチ。

そこには、石膏で作った型のように、陥没した顔があった。

燃えるような赤い翼を生やし、脈動する血管を陶器の皮膚に這わせた異形。

鉄と金で固められた天使の彫像を頭頂部に突き刺した不気味な人型は、キリキリと歯車の音を立てながら天使の彫像をクルクルと回していた。

まさしく神がイタズラで作り上げた機械仕掛けの天使。

ルシュカも知らない聖なる怪物【ク・ダン・クル・ガラーダ】は、ただ象られただけの顔でルシュカを見つめながら奏でるように叫んだ。

「～～～～～♪」

音階のついた悲鳴のような奇声を面の裏から鳴らしながら、天使は握られていた巨大な錫杖に似た大斧を横一閃に振るう。

男神に与えられた神聖が籠められた攻撃は、轟々と唸りながら風と共にルシュカを勢いよく吹き飛ばした。

声もなく、目にも留まらぬ速さで吹き飛んだルシュカが玉座の脇を通り抜けて壁に衝突し、破砕音を上げて砕けた瓦礫の下に埋まる。

薄暗い謁見の間に立ち込める土煙の中で、イークラールは喉を震わせて歓喜の笑声を零した。

ランク8の天使種。

それを呼び出したのは、イークラールの手の中で強く輝く魔力の琥珀による力であった。

聖王エレナより賜った神の奇跡の一片には、彼らの想像を遥かに超えた強大な力が満たされており、おおよそ人間が持つには不相応なほど鮮やかな神聖を迸らせている。

荘厳な謁見の間に立ち込める土煙を浴びながら、イークラールは抑えきれない興奮をくつくつと喉から溢れさせた。

「くくっ……さすがは神の雫だ。神の尖兵をこれほど容易に召喚し、あまつさえ使役もできるとは……！」

橙色の灯りを浴びながら宙に浮く、兵器の姿をした神々しい天使を見ながら、イークラールは感動に全身を震わせる。

魔王の補佐を一撃で葬れる力を自在に操れる快楽は、神の洗礼を受けた時以上のものだった。

振り向けば同胞たちも同じ想いに打ち震えているのが分かり、イークラールはまるで凱旋を歌うような芝居がかった動きで命令する。

「さあ！　この邪悪な世界を我々の手で浄化しようぞ！　偉大なる男神ザハナの使徒として、魔物を屠ろうではないか！」

呼応して、部下たちは各々の手の中にあった神の雫に魔力を注ぎ込んだ。

詠唱もなく、琥珀は魔力を貪るように取り込んで強烈な光を放ち、機械天使を召喚した。

エステルドバロニアの中枢を支配していく実感は、まるで英雄にでもなった気分だ。

血走って大きく見開かれた目には、もはや人間とそれ以外を選別する機能しかない。

「いくぞ！　聖神ザハナの名のもとに、悪神ゲルハの獣に天誅を下せ！」

意気揚々とローブを脱ぎ捨てた、カランドラを詐称する者たち。

王城の中へと進軍する彼らは、自信と信仰を胸に城内へと散らばっていくのだった。

魔王討伐の栄誉に酔いしれながら城の中を練り歩くイークラールたち。

――いや、聖王国アーレンハイトの聖旗軍工作部隊の隊長イルム・マキシルとその部下たちは、豪勢な城内を荒らして悦に入っていた。

占拠し、制圧し、奪取し、破壊する。

魔物などなにするものぞと、聖なる機械天使を連れて歩く快感は日常で得るものとは比べ物にならない。

鼻歌交じりに勝手を繰り返していた工作部隊の面々だったが、ワンフロアを巡り終えた辺りで違和感を覚え、イルムが手を上げて制止した。

「……おかしいな」

「どうされましたか？」

「静かすぎる。それに、魔物に出くわさない」

イルムたちは、ただ同じ階層を回りながら荒らしただけで、成果は女型の魔物一体しかない。

本拠地だというのに警備もいなければ駆けつける者もなく、異様な静けさが王城の中を満たしている。

まだ連絡が行き届いていないのか。それにしては常駐しているべき兵士の姿を城に入ってから目にしていない。

案内役だった魔物もいなくなっており、意図的に孤立させられているとイルムは考えた。

しかし、城で敵を自由にする理由はどこにあるのか。

国の要で無法者を野放しにするなど、外聞も悪いし愚策でしかない。

よほどの愚策か、相当な奇策か。

「逃げ出したんでしょうか」

「悪しき異物ではあるが、物を考える力がないわけではなかろう。本丸に侵入されて傍観するなど愚の骨頂であるがな」

「隊長、転移の魔法陣が見つかりました」

周囲を探索していた部下に案内されると、城の中心部に当たる円形の広間に、等間隔で配置された魔法陣を確認する。

どれも正常に機能しているらしく、コンコンと音をたてて魔力の粒子を不規則に放っていた。

この階層に来た時は螺旋階段(らせんかいだん)を上ってきたのだが、それは封鎖されたのか来た道を戻っても見つけることはできず、代わりに発見したこのフロアには罠(わな)の匂いが漂っている。

「術式の解読はしたか？」

「それが……我々の普段使うものとは違う方式で組まれているようで。ただ、改変した形跡は見つからないので、城外に放り出すような細工はされていないかと」

部下の話を聞きながらイルムも解析を行ってみるが、同じようなことしか分からない。

ただ、部下よりも明確に、この転移魔術に緊急措置がとられていないことは読み取った。

恐らく、本来は階段ではなくこの部屋が各階層への移動手段だろうと推察できる。

「どれがどこに繋(つな)がっているかまでは分からんか……よし、部隊を四つに分ける。狙うは人の王の首だ。忘れるな。我らは悪しき存在を討ち滅ぼすために志願したことを。生きて帰るなど、許されぬことを」

浮かれていた面々の顔に再び使命感と、殉(じゅん)じる覚悟が強く灯った。

一時の快楽に身を委(ゆだ)ねて目的を疎(おろそ)かにしては、ここに来た意味がない。

これは宣戦布告である。

過激に、苛烈に、人類に魔物に抗う勇気を奮い立たせるため、聖王猊下の名のもとに血の鉄槌を下す尖兵として、ここにいるのだ。

かつて英雄たちが目指した安息は、決して魔物などと共生するような妥協ではなかったはずであると。

「よいな。努々忘れるでないぞ。この矮小な命は殉じてアルマ様とエレナ猊下に捧げるためにあることを」

「……申し訳ありませんでした」

「よい。これからはその信仰心に身を委ねるがいい」

自然と部隊は九人ずつ四組に分かれた。

幾つも並んだ魔法陣の行き先は誰も知らないが、隊員たちは躊躇うことなくその上に立ち、目配せをしてから魔力を魔法陣に流し込んだ。

これよりは死地へ赴く彼らは、どのような目に遭おうとも、背を向けることはしない覚悟だ。

煌めく泡に飲まれるように、アーレンハイト聖旗軍はそれぞれの行き先へ転移していった。


「……」

アーレンハイトの者たちが部屋を出ていってから、無音だった謁見の間に重い音が響く。

崩れた瓦礫が蠢き、埋もれていたルシュカが瓦礫を押し退けながら力任せに立ち上がった。

埃を払ってから、ルシュカは冷たい表情で壊れた壁を見て、素早く手を掲げて指を鳴らす。

すると、時間が巻き戻るように壁は元通りに直り、イークラールたちの痕跡は綺麗さっぱり消え去った。

通路に配置されていた【意志持つ鎧】も、緊急事態だというのに微動だにせず置物に徹しており、発生した事態の大きさには不釣り合いな落ち着きを感じさせた。

「まったく損な役回りだな……いや、それもまたカロン様に最も近いが故と思えば悪くもないか。まったく、有能すぎるのも罪なものだ……っと」

僅かに苛立ちを見せたルシュカだが、これも仕事だと割り切り、天使に斬られた腹を擦る。

「ううむ、アレでいいのだろうか……まあ、あれくらいが丁度いいといえばいいのか……？」

撫でていた手を退けると、そこに擦過の跡もない。

ただ後方に吹き飛ばされて壁に衝突しただけでは、指の先が逆剝けになることすらない。

それが、ルシュカとしては不満であった。

手を後ろに組んで謁見の間が完璧に復元されているのを確かめてから、ルシュカは転移の魔術を行使して階層を移動する。

転移先は、執務室やカロンの私室がある階層だ。

王城は、カロンの生活圏であるこの階だけは特別な手段でしか立ち入ることができない仕組みになっている。普段出入りしている団長たちも、気軽に階段を上ってくるような方法でやってくることはない。

体に埃が付いていないかを確かめてから歩き出したルシュカは、執務室の前で立ち止まりノックする。

返事はなかったが、「失礼します」と断って入室する。

室内にはカロンだけが、執務机の前に座っている。正面をじっと見つめているが、目の焦点はルシュカに向けられていないのを見て、ルシュカはカロンが秘術を用いていると理解した。

「カロン様、ただいま戻りました」

改めてルシュカが声をかけると、薄暗いオレンジの光がカロンの黒い瞳の中で揺れた。

「ああ。すまない」

「何をご覧になっていたのですか?」

静かにカロンの隣へと並んだルシュカに目を向けず、カロンは前を見たまま答える。

「あの者たちの動向と、賓客(ひんきゃく)の様子をな」

ルシュカの目には何も映らないが、カロンの目の前にはコンソールウィンドウによる映像が視界を埋めている、

「彼らの避難は済んでいるか?」

「出番のない脇役たちのことでしたら、既に気付かれぬよう客室ごと別階層に転移を済ませております。第十六軍も最低限の警備だけを残して退避が済んでおりますので、問題ありません」

複数の画面に映し出された光景を見て語られるカロンの言葉に、ルシュカは通信魔術で届けられる情報で応えていく。

「転移フロアの魔術に改竄の形跡がなければ、連中は喜々として使うだろうとアルバートが言っていたが……本当に使うとはな」

声に交じる呆れの色に、ルシュカも同じ呆れを込めて同意を示す。

「実に愚かしいことです。ただ、まさか部屋ごと別階層に転移しているとは思わないでしょう」

各国の軋轢を生むために、ファザールやエイラなども見つけ次第殺そうと思っているのだろうが、その浅知恵に対してカロンは魔物たちによる力業で対処している。

「ゼンツとかいう男がずっと部屋から出たいと文句を言っていますが、グラドラを置くことで黙らせています。ああ、部屋が別階層に移されたことには気付いていない様子ですので」

「そうか。なら、今後同様のことが起きた際には効果的だな」

そう言って、カロンは手元の用紙にメモをしていく。

敵が侵入し、王城の中で暴れようとしているのに、カロンにもルシュカにも危機感がない。

「ではルシュカ、号令を」

足を組んで高みの見物を決め込んだカロンに一礼して、ルシュカは耳元に指を添え、通信魔術を立ち上げて軍全体に告げた。

「これより作戦を開始する。カロン様に、この王城が侵入者の殲滅にどれだけ適しているかを披露してみせろ」

◆

聖旗軍工作部隊副隊長レッコー・バノンは、光と魔力の奔流から解放されたのを感じてすぐに警戒態勢を取った。

自分の周りに同じ分隊になった部下と、それと同じ数の天使がいることを確認して、転移魔術は正常に作動したのだと判断した。

「ジル、アード、全員揃っているな？」

「はい。天使も無事です」

「ところで、ここはいったい何処なのでしょうか」

転移の魔法陣から光が薄れるにつれて、辺りは異様なまでに暗くなっていく。

完全に魔力を使い切って魔法陣が落ち着いたときには、互いの顔が薄ぼんやりとしか確認できないほどに暗くなった。

殆ど使われていないのか、ほんの少し足を動かしただけで積もっていた埃が舞い上がる。

そこは細い通路になっているようで、遠くの方で淡い緑の灯りだけが彼らを導く標となっていた。

「何処であろうと我らがすべきことに変わりはない。悪を討ち滅ぼすことだけを考えよ」

　レッコーが指で合図すれば、天使が音を立てずに宙を進んで奥の光へと進んでいく。

　もし魔物を発見すれば埋め込まれた理念に従って殺戮を行うのだが、天使はただ浮遊するだけで行動する様子はなかった。

「やはり隠れているのか。臆病にしては無策だ。ク・ダン・クル・ガラーダが想定外だったのやもしれんか」

「偉大なザハナ様が拵えた天使ですから、それに恐れをなしたんでしょう」

「しかしこれでは目的が果たせないな」

「なに、ここは悪鬼悪霊の巣窟だ。行きずりに見つけ次第殺す機会もあるだろう」

　天使に絶対の信頼を置く彼らは、神の使いに護衛をさせながら光の方へと向かった。

「これは……書庫か？」

　通路の先に広がっていたのは、巨大な円柱状の部屋だった。

　緑の微光を放つ魔法陣が描かれた円卓を中心にして、大量の本棚が聳えていた。

　よく目を凝らしてみれば、天井が見えないほど高い書庫の壁には全て本が埋め込まれており、点々と燭台が配置された螺旋の階段が闇の向こうにまで伸びている。

　ここが城の中か、また別の場所なのかは分からないが、ハズレを引いてしまったと思うレッコーたち。

　円卓の側へ向かうが何も気配を感じない。ただ円卓に描かれた魔法陣から漂う魔力だけがこの部屋にあった。

部下が天使とともに周辺を警戒している中、レッコーは近くの本棚に入った書物を手に取り、パラパラと適当に捲ってから、それを放り投げた。

突然、天使が大斧を構えた。

「…………〜〜〜♪」

微かに、輪唱のように天使たちが歌い出す。

男神ザハナを讃えるその賛美歌は、魔を誅する者たちが捧げる神への祈りそのものだ。

聖典にも、ク・ダン・クル・ガラーダの歌は魔を滅ぼす福音とされている。

「……警戒しろ」

魔物が隠れているのは確かだった。

レッコーたちも神の雫を手にして周囲を見回す。

「スケルトンか」

壁や天井から這い出すように現れてくる骸骨の兵士たちが、書庫の地面に落ちてきた。

ガラガラと骨を鳴らして登場した【スケルトンリーパー】たちは眼窩に紫の光を灯し、大きな鎌を携えてゆっくりと天使たちに近づいてくる。

表情もなければ声もないのに、何故か怒っていると感じられる。

「征け！」

レッコーの合図で天使が動くのと、スケルトンが飛びかかるのは同時だった。

ク・ダン・クル・ガラーダは錫杖のような大斧を軽々と振り回す。

スケルトンたちは機敏な動作で襲いかかるが、空を舞う天使めがけて飛んでいるところに攻撃を受けて簡単に吹き飛ばされていった。

レッコーにも襲いかかるが、神聖属性の防護壁と天使の攻撃で鎌を振ることもできずに破壊されていく。

天使に頼ってはいるが、レッコーらはアーレンハイトの精鋭であり、カランドラの魔術師にも劣らぬ技量を持っている。

神の雫によって増幅された魔術であれば、どれだけ強大な魔物であろうと一撃で葬ってきた。

吹き飛ばされてもまた形を取り戻して襲ってくるスケルトンは思いの外頑丈だが、それもいずれ動かなくなるだろう。

浄化の白い光はいかなる邪悪も打ち払うのだと、レッコーたちは信じて疑わなかった。

しかし、突然骸骨たちが怯えたように書庫の暗闇に逃げていったことで再び静寂が訪れる。

逃げたかと初めは思ったレッコーだが、部下の従える一体の天使が突如あらぬ方向に動き出したことで警戒を強めた。

飢えた狼のように、感じた気配を辿って駆動音を鳴らしながら飛翔する天使が、壁際の本棚の陰に向かって直上から襲いかかっていくのが見える。

他の天使に反応はなく、一体だけが暴走でもしたかのような行動だったが、それを使役する部下は自分との魔力の繋がりに変化がないため、ただただ奇妙に思えた。

ク・ダン・クル・ガラーダが消えた暗闇から音はなく、再び姿を現す様子もない。

「どうだ」

レッコーが使役者に問う。

「いえ、わかりません。少しお待ちを……あれ？」

糸が千切れたような、自分と天使を繋ぐ魔力のパスが分断されたような感覚に部下は思わず疑問を漏らす。

だが、皆の視線の先にはゆっくりと頭を現したク・ダン・クル・ガラーダが見えていた。

陶磁器のような顔は、ゆっくり不自然に揺れていたかと思うと、徐々に上へと浮かんでいく。

機械の体は首の下に存在せず、代わりに首を持ち上げているのは、長い白骨の腕だった。

それは人間の骨のようだが、明らかに長さが異常で、二メートルは持ち上げられているのに首を持つ手の本体は本棚から見えていなかった。

「っ、やれぇ！」

恐ろしく不気味な光景に呆然としていたが、すぐにレッコーが声を発し、それに合わせて皆が揃って神聖魔術を射出した。

神の雫によって詠唱を必要とせずに解き放たれた高位の神聖魔術は、いかなる死霊も塵へと変える力がある。

マジックスキル・聖《イン・ハの浄炎》
神の下僕、処女天使イン・ハの力を降ろした銀の炎は本棚に隠れた異形目掛けて迸る。

鮮やかに煌めく浄化の銀炎は擲槍のように鋭角な形状となって衝突し、激しい爆風を伴って周辺へと飛散した。

「征け！　神の尖兵よ！」

立ち込める煙が晴れるよりも早く、レッコーが自分の使役する天使を差し向ける。

天使は奇声のような音階のついた叫び声を上げながら大斧を振りかぶって突撃していく。

黒を白へと塗り替えるような眩い神聖を付与された天使の斧を退けられる魔物は存在しない。

全てが魔物を狩るための機能となっている天使が、

「〰〰♪　〰〰♪　……グゲッ」

容易く長い腕に囚われて、赤子の手を捻るように首をへし折られるなど、あるわけがない。

故に、レッコーたちはその光景が信じられなかった。

「………ギ、ギギ、ガ、グギギギギギ」

突然響き渡る、喉を引き裂かれた人間の苦悶にも似た声。

銀の炎に照らされて、怪物は本棚を守るように漆黒のマントを広げ、天使をゆっくり握り潰しながら起き上がった。

首が二つ。

一つは骸。一つは少女。

ボロボロの黒いマントに吊るされた宝石たちが銀光を浴びてギラギラと光っている。

見えている下半身は、本数の多い肋骨と尾のような長い脊髄しかない。

マントの裾から伸びる腕は関節が二つほど多く、頭二つ分以上の骨によって構成されていた。

「なん……だ……」

「♪……♪……」

心臓が止まりそうなほどの恐怖が、生物から思考を奪う。

神をも恐れぬ所業の傑作に、天使でさえも慄く。

それはかつて人であった。

それは呪いであった。

それは果てしない刻を経て、顕現した死の権化となった双子だった。

【エタニティカース】。

地下図書館の主。

バロニアの十七柱、その九を預かる死霊バハラルカが、壊れたような雑音と共に叫んだ。

「ギ、ににに、ににににんげんがあああギャギャギャギャギャギャギャギャ!! 触ったな! 捨てたな! 私の! 私の本をヲヲヲッヲぐぎぎギギ! ゲゲゲゲゲ!!」

バハラルカの歓喜と共に吹き出した死の瘴気(しょうき)が聖なる炎を全て掻き消す。

図書館に反響する、人の心を蝕む嘲笑の合唱は、天使の歌さえ飲み込んで恐怖を振(ふ)り撒(ま)いた。

「な、なんだよこれ……なんなんだ！」

「あ、ああああああああ‼」

人間に耐えられる恐怖ではなかった。

死への恐怖すら生温(なまぬる)い、根源から脅かす災禍(さいか)の結晶を視認して天使までも混乱に陥っていく。

個体保有スキル《バチカル・オブ・サタン》
個体保有スキル《アィーアツブス・オブ・リリス》
神に挑んだ愚かな研究者が生み出した神の冒瀆(ぼうとく)は、遙か開闢(かいびゃく)の時より古き呪いへと至った。

あらゆるものを怨念で焼き尽くし、神であろうとも蝕(むしば)み喰(く)らう。

それゆえに、バハラルカだけが持つ個体保有スキル《バチカル・オブ・サタン》はあらゆる属性を無へと変える。

神聖でも、邪悪でも、なんであろうと、全てがバハラルカにとっては死の対象なのだ。

それは原始的であるがゆえに、ク・ダン・クル・ガラーダと似た、歌による魔力の操作であった。

「いざ来たれ、砂硝子(すなガラス)の揺り籠！　魂の座にて須(すべから)く煌めく永劫(えいごう)の祈りは地に堕(お)ちた！　我は死である！　生死の区別なく死を齎(もたら)す！　死は常闇であり銷魂(しょうこん)である！　ああ、偉大なる父へと捧げん！　これこそが命に肥えた絶望の沃土(よくど)！」

意味不明な文字の羅列は、少女の顔から朗々と歌い上げられた。

《アィーアッブス・オブ・リリス》によって、恐怖より上位の状態異常である失心が付与されたレッコーたちは、逃げも隠れもできない。

呼吸も忘れて瞼を縫い付けられたように見開き、これから起こる一部始終を硬直したまま見ていることしかできなかった。

神の雫を手にしながら、聖王国の尖兵にあるまじき姿だろう。

だが、定命の者が死を避けられないのと同じように、この死は避けることを許さないのだ。

「グアギギギギごご……！　開け！　冥府の底、《アルカウンラムル》!!」

骸骨がその魔術の名を口にすると、変化は足元から現れた。

無数の目と無数の指が生えた、銀河のように光る暗黒の泥が、床の隙間から溢れるように書庫を埋め尽くしていく。

不揃いの指は不揃いのまま手のような物体になると、レッコーたちの体を摑んで泥の中へと招き入れる。

ズブズブと、抵抗もできずバハラルカを見上げていたレッコーだったが、脳内だけは正常に動いてしまっていた。

この目が、指が、全て死霊によって飲み込まれた命の末路だとしたら、この泥に飲み込まれていく自分たちもその仲間になるのではないだろうか。

失心の効果は永続ではなく、恐怖よりも短い時間しか敵を拘束することはできない。

だが、その効果が切れる頃には、彼らは混沌の汚泥の底に沈んでいるだろう。

意思を持って盛り上がった泥が機械仕掛けの天使を取り込み、歯車の隙間に潜り込みながら煩い口に指を詰め込んでいくのが視界の端に見える。

飲み込まれていくほど、全身を這い回る指の感触を味わいながら、レッコーはただただ思う。

——こんな最期なんて嫌だ。

死霊の叫びが落ち着くと、亡霊の住む図書館に静けさが戻った。

円卓の魔法陣が僅かな起動音を鳴らし、冷気の揺らぎが微かな風となって本棚を軋ませる音だけが聞こえている。

敵の姿は泥に沈んで消え、図書館の主はゆらゆらと宙に浮いて辺りを見回していた。

長い腕が、レッコーに放り投げられて、戦闘中に踏まれてしまった本を手に取る。

スケルトンたちの尽力で被害を抑えたものの、それでも幾つかの本棚が壊れて、大切に保管されていた歴史書が落ちてしまっていた。

ゆらゆらと現れた幽霊たちが修復のために本を集める姿を見ながら、バハラルカは優しく骨の指で表紙を撫でて汚れを落としていく。

この暗く深い本の世界を守るように命じられているバハラルカにとって、これがカロンと自分を強く結びつけてくれる宝物だ。

「ごめんね」

少女の口から、本へと向けられた健常な意思から出た言葉だった。

綺麗になった本を胸に抱きしめてからそっと棚に戻し、宝石の煌めく漆黒のマントを翻すと、バハラルカは再び闇の中へと姿を消すのであった。

◆

オルトー・エスタ率いる聖旗軍工作部隊の分隊が、魔法陣によって辿り着いたのは、奇妙な空間だった。

彼らは最初、城ではない別のどこかに飛ばされたと考えたが、解析した魔法陣の座標から同じ城の内部であることは間違いない。

だが、それでもまだ疑念が拭えなかった。

「なんだこれは……。こんなものが城の中にあるだと？　冗談だろ」

その空間は、まるで鬱蒼と生い茂る密林に隠された迷宮のようだった。

蔓の這う石積みの壁で複雑に道を遮られたこの空間は、光源が見つからないのに昼のように明るく照らされている。

鳥の囀りや虫の羽音がしたなら、北東のリオン大陸にあるとされる森林大迷宮を想像させるほどに、この空間はあまりにも広く、広く、ただ広く、とにかく広い。

どれだけ歩いてもゴールの見えない迷路の中を、オルトーは脳内で記録しながら計算するが、少し見ただけの城の内部より五倍は広い。

空間を拡張しているのか、それとも転移の最中に体の縮尺を変えられでもしたのか。

どちらにせよ、こんな場所で右往左往しているのは時間の無駄でしかなく、その苛立ちは付き従う者たちにも伝播(でんぱ)しているが、今の彼らにできることなど殆どなかった。

「せめてもの救いは魔術が使えることか」

「オルトー様、探索が終わったようです」

「……そうか。天使に被害は？」

「ありませんでした。トラップなども確認できなかったようで、見つけたのはどうやら別の転移魔紋のようです」

オルトーたちの手にも【神の雫】は握られており、機械天使は召喚者に代わってこの迷宮を隅々まで調べ回っていた。

安全を確保するにはピッタリな役回りで、いざとなれば神聖で魔を断つ刃にもなる便利な神からの贈り物。

しかし、そんな上等な玩具を持ちながら存分に振るう場面が訪れないため、臆病な魔物だと罵りながらも苛立ちを募らせていた。

「いかが致しますか？　戻るという選択肢も」

「馬鹿者が。それは進むことを恐れた軟弱者のすることだ。我々は不退転である。だからここにいる。違うか？」

部下は、オルトーの言葉にはっと目を見開き、まだ臆病風に吹かれていたことを恥じて深く頭を下げた。

周りで聞いていた者たちも、この危機を感じられない状況に緩んでいた気持ちを引き締める。

オルトーは自分の天使が帰ってきたと同時に、先陣を切って迷宮の奥深くへと歩いて行く。

凛々しく作った表情には気高い信仰心が浮かんでいる。

だが、胸の奥には強い功名心が渦巻いていた。

聖旗軍は聖王国の軍ではあるが、望めば誰もが就ける。

勇者候補で構成された竜冠軍や、聖女直轄の聖剣部隊とは扱いに雲泥の差がある。

隊長のイルムは工作部隊程度で満足しているようだが、オルトーは違う。

(ここで誰よりも成果を上げて帰還すれば、中隊長や大隊長……いや、聖剣部隊に抜擢されることだって……)

無尽蔵に魔力を生み出す神の雫と、かつて魔物の群れを一体で浄化したと言われるク・ダン・クル・ガラーダがあれば、それも夢じゃない。

これは選抜だ。

この艱難を越えた者には栄光が約束されている。されているとオルトーは信じている。

だから平民から成り上がろうと野心を燃やすこの男は、この作戦に参加したのだ。

（せいぜい、俺の役に立てよカスども。俺が聖女様の寵愛を手にするんだ）

病で死んだ父も、盗人に殺された母も、「お前は幸せになる」と言っていた。

だから、そうなるとオルトーは信じて疑わない。

転移した先の景色が同じような迷宮で、同じように調べて、同じように進んで、同じような迷宮が延々と続いても。

もう二十回は転移しただろうか。

迷宮のルートだけが変わるばかりで、他に視覚的変化はなく、登っているのか下っているのかも定かじゃない。

魔力は手にした神の雫のおかげで消耗しないが、体力は歩くほどに自然と削られていく。

もう時間の感覚もなくなっていて、色々なことが疑わしくなっていった。

会話もなくなり、天使の歌声だけが聞こえる。

これでは道に迷ったのと同じだ。

時間だけを消費して、心身ともに疲弊して、何一つ成果を上げられず終わる可能性があった。

皆オルトーの顔色を窺って何も言わないが、不満と不審は募るばかり。

何より、それを角ばった顔にありありと浮かべているのが、他でもないオルトーであった。

（なんなのだ、これはぁ……！）

当然だ。

侵入者を放置しているのもさることながら、この訳がわからない構造の城を作っているのも常軌を逸しているのだから。

城とは国の中枢である。

ここまで侵攻されぬように周囲を整え、最終ラインを越えられた時に備えて構えるべきものだというのに、これではわざと誘い込むことを想定しているようではないか。

（くそっ！　いつまで続くんだ……！）

更に二十階は進んだだろうか。

オルトーたちは知る由もないが、この城の上層は最上階まで全て迷宮になっており、キメラたちが屋内戦最強の防衛兵器として王を守る本当の最終ラインだ。

地形を変え、地形ごと喰らい、地形ごと塞ぐ。

そうして侵入者を蹂躙するのだが、今回はその機能を停止している。

理由は、オルトーたちが最後の転移魔法を通過した先にあった。

気の緩んだ彼らは、この転移魔法の行き先が本来の宝物庫とは別の場所に設定されていたことに気付かない。

魔力の揺らぎが晴れた先の景色は――星海だった。

「……」

絶句するほど鮮やかな星々の煌めきが、黒き群青の彼方を雄弁に彩っている。

突然空の彼方の果てに飛んでしまったような、星の渦に放り込まれてしまったような、あまりに幻想的で現実感のない世界の光景に誰もが言葉を失った。

エステルドバロニアの天上に浮かぶ巨大な白い連環――の形をした隠蔽装置によって秘匿された欺瞞の宇宙は、俗世に決して馴染めない者たちを隔離するための空間。

そして、そこに満ちる吐き気を催すほどの神聖が、機械仕掛けの天使に異常を齎していた。

「……～♪　～♪　……～……♪」

突然、何かを振り払うように大斧を振り回して、ク・ダン・クル・ガラーダは陶器の顔の裏で歯車の軋む音を鳴らしながら飛び回りだした。

それが引き金となってオルトーたちは正気を取り戻す。

いや、ただ思考することを思い出せただけで、正常な判断ができるようになったわけではなかった。

「天使を止めろ！」

「くそっ！　なんで命令を聞かないんだ！」

「ええい、黙らせてくれ！」

神の雫を通して命令しても、ク・ダン・クル・ガラーダは見えない何かと戦い続ける。

天使にとっても、この暴力的な神聖は認められない力だ。

これほど濃密な聖なる魔力はアーレンハイトでも感じることはない。神の使いである天使ですら、男神ザハナをこれほど近く感じたことはない。

「ふざけるなよ……ふざけるなよ！　魔物が……なんで魔物の国に、こんな……っ！」

動揺を隠せないオルトーの疑問に、粛々と穏やかな声が答えた。

「神も仏も、邪神も悪魔も、あの御方にとっては等しいのですよ、人の子」

声を聞いて、オルトーたちは魔術も構えず周囲を見回す。

思考も鈍った彼らの前にゆっくりと降り立ったのは、猛る焰を纏った白い神の使いであった。

一対は目を覆い、一対は背ではためき、一対は足を隠す燃える翼を持つ、純白の法衣を着た美しい女は、只人の目を焼くほどの眩さを抑え、常人の魂を焦がすほどの尊さを潜めて現れた。

「偉大なる創造主様は、とても良いサンプルを運んでくださいました。これがあればそれなりのデータは確保できそうです。煩わしい干渉も多少は抑制できるでしょう。創造主様のご希望に沿った防御プログラムを急いで構築しないと」

「あ……ああ……」

独り言を言い始めた魔物を見ながら、オルトーたちは感情まで掻き乱されて滂沱の涙を流した。

抑えていても、潜めていても、その女から滲む存在感は、信仰心が強ければ強いほど感動を与える。

嫌でも感動させられてしまう。どう足掻（あが）いても涙してしまう。

認めたくなくても、強引に理解させられる。

何度この女を魔物だと思い込もうとしても、聖なる魔力が上書きしてくる。

これは、遙かに崇高な神の眷属（けんぞく）であると。

「創造主様は実に素晴らしい思考をなさいます。神々が心酔するのも無理からぬこと。いいえ、天（てん）魔（ま）波旬（はじゅん）を従えるのが最も似合われます。なんと恐ろしい。なんと美しい。ああ、我らの祈りではあの御方の慰撫（いぶ）にすらならないのでしょうか」

あれほど素晴らしいと思っていたク・ダン・クル・ガラーダがみすぼらしい紛（まが）い物（もの）に見えてしまうことに、オルトーは愕然（がくぜん）としていた。

同時に、自分の輝かしい未来が暗黒に収束していくのも感じていた。

神聖は更に強まる。神聖の数が増えていく。神話に語られる天界の様を彷彿（ほうふつ）とさせる。

空から舞い降りる翼を持つ者たちは、一から十に、十から百に。

それだけではなく、脳が壊されそうになる存在感を放つ巨大なナニカも舞い降りてきた。

戦うなどと思い上がった考えは、オルトーたちからとっくに消えていた。

美しい天使の無邪気な笑い声と共に聞こえる、四肢（しし）を引き千切り、中身を抉（えぐ）り出（だ）される音と、機械の悲鳴も届かない。

「祈りましょう。偉大なる創造主様のお役に立てる喜びを」

「祈りたもう」

「祈りたもう」

「祈りたもう」

祈れ。祈れ。祈れ。祈れ。

祈れ祈れ祈れ祈れ祈れ祈れ祈れ祈れ祈れ祈れ祈れ祈れ祈れ祈れ祈れ祈れ祈れ祈れ。

清廉潔白な邪悪が、砂粒の命に降りかかる。

天使と悪魔は表裏一体ではない。聖神も邪神も対極ではない。

広義では同一なのだ。

善意の強制も、悪意の贈答も、大きな差などない。

彼らはエステルドバロニアにおいて、ただの魔物でしかなかった。

オルトーがどれだけ崇めていた存在だとしても、どれだけ世界の創世に権能を振るっていたとしても、この者らは魔物でしかないのである。

「ようこそ、招かれし材料諸君。貴方(あなた)たちはこの天空連環で、偉大なる創造主様のために矮小な火を灯し続ける栄誉を与えられました。終わらない絶望を燃料にして、絶え間ない苦痛に負けない強い心を携えて、異星の神の所在地を探る装置となり、永劫尽くしてくださいませ」

セラフィムは天使の笑顔を、オルトーたちに向ける。

妖(あや)しく美しいその顔を見ながら、オルトーは自分の体が翼の生えた幼児の【キューピッド】たちが手に持つハート形の矢尻で解体されていくのを、焼き焦がすような激痛とともに感じていた。

脳の機能が急速に衰えていき、脳と眼球になった彼はいつまでも幻を見つめ続ける。

彼らは、死ぬことを許されぬままに死ぬほどの痛みをいつまでも感じながら願う。

——我らの神は、魔物より神聖な存在であってほしいと。

脳と眼球、それと背骨だけになった人間の残骸に、セラフィムは満足げに頷いた。

信仰は力である。

それは人間が神に捧げることで、神から気まぐれな返礼を得るためにも必須だ。

銀の筒に納められた脳は、これで異星の神を思うだけとなり、信仰を利用して逆探知する絶好の装置となった。

「ああ、いけません。なんと恐ろしい。なんと素晴らしい。いと高きところにおわす創造主様らしい。これで異星の神は永久の煩わしさに頭を抱えることでしょう。そのまま雪崩れ込むのも面白そうですが……いえいえ、創造主様のお考えですもの。私如きが口出しすべきではありませんね。しかし、【ミ＝ゴ】とやらの技術は醜悪ですが便利ですね。【ガタノソア】を彼から借りるほうが楽ですが……それも、私如きが口にすべきではありませんか」

翼で覆われた顔は、上ずった声とは対照的な無表情だ。

「つまらないのは嫌いな御方ですもの。何事も辛き道を選び、均衡を崩すことを喜ばれる御方ですもの」

故に、世界の終焉はカロンの死とともに訪れるだろう。

神など魔物と変わらない。

所詮は光から生じた影でしかないのだから、光を失えば影も消える。

光なき世界に残るのは闇だけだ。

影が闇になるのではない。影が闇を生むのだ。

照らされない世界に見るべきものはなく、ただ盲目の中を彷徨うくらいなら、いっそ何も見なければいい。

それが、世界の終わりなのだろう。

セラフィムは両の手を組んで、無窮を漂う天使らしく、浮世離れした意思を口ずさむ。

「祈りましょう。私たちの光が失われぬことを。世界に、安寧の闇が齎されんことを」

その光は、誰にとっての何を指すのか。

オルトーたちにとって、それは男神だったのではないか。

天空連環の住人には知ったことではないが、もしそうであったなら、きっと彼らの末路は、決して消えぬ光を思い続ける惨痛なことだろう。

◆

イルム・マキシルは、アーレンハイトの聖旗軍工作部隊の隊長を務めている。

彼ら工作部隊の役割は多岐に渡るが、要人の暗殺に駆り出されるのは大戦後初であった。

ヴァーミリアとカランドラは今尚敵対が続いているが、お互い牽制程度の小競り合いを繰り返すばかりで長い時を重ねてきた。

その歴史が今再び己が手によって動いている実感は、イルムの信仰心を強く沸き立たせるに十分なものだ。

イルムたちの足に、他の隊のような迷いはない。

為すべきを為すだけなのだから、思い悩むことはない。ただ殺せばいいのだ。

清潔な白い回廊に並ぶ美しい調度品に目もくれず、イルムたちは標的を探して練り歩く。

天使は待ちきれないように、歯車の音をけたたましく鳴らしながら浮遊していたが、何かを感じ取ってピタリと動きを止めた。

「何かいたか？」

そこに、脇道からふらりと姿を現す、真紅のドレス。

「あら、これは当たりでしょうか？　それともハズレ？　私としては〝花冠〟が来てくれた方が良かったのですが……仕方ありませんわね」

「……スコラ……アイアン、ベイルだと……？」

名を呼ばれて、スコラは頬を押さえてはにかんだ。

血のような口紅が弧月を描く。

「御機嫌よう。アーレンハイト聖旗軍の皆様。身なりから推察するに、工作部隊でしょうか？　あらあら、そう警戒なさらなくても。ふふ、ふふふふ」

上品な仕草に美しい振る舞い。

どこを切り取っても完成された何かを感じてしまうほどに、スコラは皇帝の血を感じさせる。

イルムは手に神の雫を握り、部下たちの壁の後ろで天使を追加で呼び出す。

スコラの前に浮かぶ天使は十二体となったが、彼女は変わらず優雅に体を揺らすだけだった。

「それがエレナ猊下の賜り物……いえ、払い下げ品ですか。聖典に記された機械仕掛けの天使ク・ダン・クル・ガラーダ。なるほど、聖典に描かれた通りの見た目ですわね」

「なぜ、此処にいる」

スコラがこの城に滞在しているという情報をイルムは摑んでいたため、そこに驚きはない。

問題は、この場に現れた理由だ。

イルムは、スコラが皇帝から命令を受けて滞在していると考えていた。

魔物に辛酸を舐めさせられているニュエルが、魔物の国と友好関係を築くわけがない。

だからスコラはこちら側だと思っていたのに、優雅に立ち塞がる姿は明らかな敵対行動だ。

「答えろ！　スコラ・アイアンベイル！　なぜ貴様が我らの邪魔をする！」

焦りと怒りから発せられたイルムの怒鳴り声で、ようやくスコラは動きを止めた。

「聞いて、どうします？」

噴き上がる殺気が風のように迫り、イルムたちの背筋をじっとりと汗で滲ませた。

逃げる選択肢はなく、逃がす選択肢もないが、帝国最強と謳われる対魔物の殺戮兵器が相手となれば色々と話が変わる。

コッ、とヒールが鳴ると同時に、スコラの足元に黒紫の魔法陣が広がった。

世界を救う人類の希望には相応しくない獰猛な色の魔力。

その魔法陣から浮かんできたのは、複雑な機構を備えた両手剣だった。

機械の集合体は、帝国の技術の粋を尽くして完成させたスコラ・アイアンベイルのための剣。

【八式魔導断絶機】。

剣にあるまじき仰々しい名称が付けられたそれを片手で翳しながら、〝天稟〟の勇者は笑った。

「死出の餞でよろしいなら、お答えいたしますわ」

「っ！　天使よ！」

三体のク・ダン・クル・ガラーダがスコラに殺到する。

種族依存スキル《男神の祝福Ⅶ》

種族依存スキル《神の尖兵》
個体保有スキル《神聖駆動》
スタンススキル《ホーリーストレングス》
スタンススキル《ディバインガード》
基礎能力上昇二つ、移動速度上昇、攻撃力上昇、防御力上昇と重ねて発動したスキルが、ク・ダン・クル・ガラーダをさらに強固なものにする。
陶器のような胴の隙間から覗く機構部が白煙を上げて激しく回転し、掲げられた錫杖のような大斧をスコラへと振り下ろした。
直撃すれば叩き斬られるだけでは済まず、四肢が吹き飛ぶだろう。少なくともイルムたちはそうなる確信がある。
首、胸、腰を狙った三体の連携攻撃。
常人では認識するよりも早く肉片に変えられるそれを、スコラは高速のバックステップで軽々と躱した。
そこから一体目の追撃を避けて、二体目の追撃を受け流すように払い、三体目の追撃は両手で握った剣で受け止めてみせた。
武器が交差した瞬間、あまりの威力に衝撃波が発生する。
その光景に、イルムはぎしりと歯を鳴らした。

帝国最強を甘く見積もってはいなかったし、機械天使を過信していたつもりもなかった。

だが、人造の勇者が神造の天使に届くとは思いもよらなかった。

どれだけの罪を経て生み出されたのか、想像するだけで反吐が出そうだった。

ギシギシと鍔迫り合いするスコラと天使だったが、突然スコラの持つ不気味な剣が唸りを上げた。

轟々と何かを吸い込むような音を立てたかと思えば、何かを射出するような弾ける音が響く。

地面に甲高い音を鳴らして転がったのは、黒銀の筒だった。

それはまるで薬莢のようだ。

「あら、もう満タンになりましたか。さすが、ク・ダン・クル・ガラーダですね」

スコラは一歩前に踏み出しながら、その細腕からは想像もつかない怪力で天使を押し飛ばし、地面に転がった筒を拾い上げてドレスのベルトに吊り下げた。

新しい筒を空間から取り出し、剣の柄に差し込んでいるのがイルムには見えた。

(帝国お得意のからくり玩具か)

どのような効果があるのかは不明だが、それを警戒して攻めを緩めるという判断はない。

イルムが目で合図を出すと、部下たちも神の雫に念を送って命令を下して参戦させた。

一対十二の構図。

天使の単純明快な暴力を前に、スコラは危うげなく回避を繰り返していく。

時折、黒銀の筒が派手な音を立てて剣から外れ、それを拾っては新しい筒を取り付けていた。

広い廊下を活用して上下左右から襲う天使だが、スコラを捕まえることができずにいる。イルムたちが加勢するのも手ではあるが、全自動で戦う十二体の天使の合間を縫ってスコラを狙うのは難しい。

勇者と比べれば、彼らは強力な召喚アイテムを手にしただけの人間でしかないのだ。

「スコラ・アイアンベイル！　貴様にとって魔物は敵であろう！　ガルナ皇帝の命令か!?」

「兄上は関係ありません。これは私の意思ですから」

「世迷い言を！　それが人を守護すべき勇者の選択か！」

「神の傀儡として生きるより遙かに幸せな選択ですわ」

「愚かなことだ。ザハナ様の寵愛を受けながら不義を働くなど！」

「神が人間なんかを大切にしているわけありませんのに。無知とは罪ですわね」

「っ……殺せ！　殺せぇ！」

スコラの目的も聞けず、ただ逆上するイルムは自分の魔力を石に注ぎ込んだ。

無尽蔵に魔力を燃やす炉に油を注ぐように、異物を取り込んだ神の雫は輝きを増し、ク・ダン・クル・ガラーダの能力を強引に引き上げる。

個体保有スキル《ギアドミネーション》
頭部に刺さった鉄と金で固められた天使の彫像が金色に輝き、更に激しく駆動音を鳴らしてスコラに襲いかかる。

移動速度も攻撃の威力も一段階以上強化されたことで、十二体の天使は激流のように苛烈な攻撃を繰り返す。
もう工作部隊の兵の目では追いかけられない速さだが、そんな中で真紅のドレスはまだ舞い続けていた。
天使の大斧は、彼女の服にも届いていない。
「では、そろそろ私も働きましょうか」
目の前に現れた一体を素手で殴り飛ばしたスコラがこれまでで一番の速さで距離を取ると、腰に提げていた筒を一つ、歪な剣の柄にあるプラグに差してみせた。
「ごらんあそばせ?」
スタンススキル《勇者Ⅸ》
スタンススキル《??の末裔》
スタンススキル《天稟Ⅹ》
スタンススキル《ニトロブラッド》
スタンススキル《エピゴーネンヘルトⅠ》
スタンススキル《星の要塞Ⅱ》
スタンススキル《ブレイドダンサーⅧ》
スタンススキル《故も知らぬ遺伝》

スタンススキル《グラットンソウルⅢ》
スタンススキル《イフリートストレングスⅨ》
スタンススキル《ウンディーネディフェンスⅧ》
スタンススキル《ヴォルトマジックストレングスⅤ》
スタンススキル《シルフマジックディフェンスⅦ》
スタンススキル《シェイドアジリティーⅣ》
スタンススキル《ランクアップスキルパッシブⅤ》
スタンススキル《神のギフト》
スタンススキル《ブレイブハートⅢ》
ウェポンスキル・銃剣《アイソレーションスラッグショット》
炸裂音(さくれつおん)。
破砕音。
閃光(せんこう)。
硝煙(しょうえん)。
引き金の内蔵された柄を握ったスコラが剣を振ると同時に、ばら撒かれた散弾のように黒い超新星が廊下に広がった。
切っ先を追うように放たれた幾つもの星は、その延長線上に存在する物体に接触して超高密度の魔力爆発を起こしたのだ。

　不幸中の幸いか、スコラと隔てるように天使がいたおかげでイルムたちには届かなかったが、強靭なミスリルの城を一部破壊する威力の攻撃は、七体の天使を葬っていた。

　カロンであれば、何が起きたのかを詳細に把握できただろう。

　ランク8レベル52の機械天使が、ステータスをレベル90相当にまで引き上げたレベル47の勇者が使った範囲スキルで死んだ、と。

　もっと簡単に言ってしまうなら、レベルを無視してステータスでぶん殴られたのだ。

　それが当たり前の世界を知っているし、ミラで一度経験しているカロンなら、忌々しく思えども驚きはしないだろう。

　だが、イルムたちにとっては信じられない現象だった。

　神より賜ったものが、人間とこれほどの力の差があるなど、誰が信じられるのか。

　せいぜいが善戦だと思っていたのに、鎧袖一触の様相を呈するのは――

「確かに、所詮は魔物ですね。半信半疑でしたが、こうして戦ってみて良く分かりますわ。鍛え方が足りていませんことよ？　いえ、貴方たちの怠慢でしょうか？」

　手を開閉して力を確かめながら、天使の中から漏れ出た銀に濡れたスコラが独り言を呟く。

　エステルドバロニアに来てから何度も相手にしてきた魔物たちのほうが、遙かに満たされる感覚があったことを確かめるように。

「……は。はっは！　この程度と思ったか？」

イルムは動揺を隠すように笑いながら、再び神の雫に魔力を流しこむ。

すると、今しがた殺された天使が復活するように、今度は七体のク・ダン・クル・ガラーダが何もない空間から浮かび上がるように姿を見せる。

復活ではなく、新しい個体を召喚したのだ。

この無尽蔵な魔力と神の力があれば、何度も天使を呼び出して使役できる。

だからこそ、この神の雫はアーレンハイトの至宝なのだ。

「……それ、本物ですか？」

興味関心を失いかけていたスコラに、再び戦いの熱が灯った。

「なんだと？」

「いえ。天使としては下級のものしか呼び出せないのは、本当に噂に聞く神の雫なのかな、と」

「少し手応えがあったくらいで調子に乗るなよ。男神ザハナの力をとくと味わえ！」

いつの間にか、イルムと同じように部下が召喚した天使が周囲を浮遊しており、数は初戦を越える二十八体になっていた。

それでも、スコラは馬鹿馬鹿しそうに鼻で笑ってから、炎の魔術《ヴァンフレイム》を自身に放った。

轟々と燃える炎はスコラを包み、付着していた銀のオイルを全て焼き払う。

横に斬り払った炎の中から歩み出たスコラは、美しい赤のドレス姿に戻っていた。

「では、確かめてみましょうか。これも愛する陛下のため。本物なら献上して、偽物なら……いりませんよね？」

黒銀の薬莢を剣の柄に装塡して、スコラは蕩ける笑みで愛を謳う。

「見ていてください、愛しい陛下、愛しいお姫様。私の愛が真実であることを、ここで証明いたしますわ」

その声は、天使の歌う不協和音よりも不気味な響きを持っていた。

エステルドバロニアを訪れたアーレンハイト聖王国の聖旗軍工作部隊。

彼らの目的はカロンの殺害と、魔物の駆除だ。

そのためにカランドラの使者と入れ替わって国に侵入し、謁見の場にて行動を開始した。

【神の雫】と、それによって召喚される機械天使【ク・ダン・クル・ガラーダ】が、人間の世の平和を取り戻すために戦った。

だが、そもそもの疑問がある。

本気でエステルドバロニアを、この数で制圧できると思って工作部隊を送ってきたのかだ。

まがりなりにも一つの国として機能しているエステルドバロニアを、有象無象の集いと断定して甘く見るのは作戦として杜撰が過ぎる。

確かにク・ダン・クル・ガラーダはこの世界の基準からすればかなり強い。街一つ滅ぼせるというのも大言壮語ではないだろう。

だとすると、そんな強大な天使を無限に召喚できるという強力なアイテムを複数個持たせて遠征させれば、奪われる危険性が伴うのに、アーレンハイトがそれを良しとしたのはなぜか。

もし、イルムたちに期待していないとするなら。

失っても問題ないアイテムを持たせて、エステルドバロニアの力を測ろうとしているなら、話の筋は通るとスコラには思えた。

「確かに、天使の力は中々のものですわね。街一つ分の無抵抗な人間を殺すには十分な力です」

ガコン、と鈍い射出音をたてて空になった黒銀の筒が落ちる。

数体の天使を巻き込んだ斬撃は勢いを落とさぬまま飛翔し、王城の壁に巨大な一文字の傷跡を刻んだ。

ウェポンスキル・銃剣《アストラルスカー》
【八式魔導断絶機】に再び筒を装填して大振りに振るえば、銃剣は彼女に応えるように斬撃を放出する。

本来の銃剣が備えている射撃機能を排除した代わりに、魔力を吸収し放出する機構を組み込まれたことで、接触した魔力をカートリッジに取り込むことで無効化し、ウェポンスキルの威力を数段引き上げて放出できる仕組みだ。

ロングソードと同じ長さでバスタードソードよりも重い剣を軽々と扱えるのは、〝天秤(てんびん)〟の名に恥じぬ膂力である。

それ以上に、鎧袖一触で天使が斬り捨てられる光景のほうが、遙かに最強の勇者に相応しい力だろう。

「その余裕、いつまで続くかな⁉」

更に魔力を込めれば、神の雫は濁流のような魔力に反応して五体、七体、十体と一度に召喚する天使の数を増やしていく。

もはや通路にひしめき合う天使の群れがスコラ一人を狙うような状況だ。

荒れ狂う斧の嵐が周囲を巻き込みながら襲いかかる。

それでも、スコラはたおやかな笑みを浮かべたまま嵐の中に身を投じた。

刃の風がどれだけ殺到しても、小柄な淑女は舞踏会の主役のように華麗に舞い踊り、武闘会の主役のように一撃必殺の一閃を放つ。

天使の不協和音な合唱は増えるたびに減り、減るたびに増え、ドレス姿で踊るスコラを引き立てるだけにしかならず、一度も傷を負わせることができずにいた。

いくら無限に生み出せるといえど、いつまでも勇者一人に大量の天使をけしかけて成果がなければイルムたちにも焦りは生まれてくる。

神の雫を握る手の力は増し、注ぐ魔力の量も増える。

忌々しげにスコラを睨みつける彼らは、握りしめた石の光が淀んでいくことに気付きもしなかった。

ウェポンスキル・銃剣《スカーレットクロウ》

ウェポンスキル・銃剣《ティアバレット》

ウェポンスキル・銃剣《ベフライエン》

「天使といっても所詮は烏合の衆。力が強いだけの赤子が相手ではなかなか滾らないですわね」

三体をまとめて斬り捨ててから、飛び下がるようにして大斧の嵐から逃れたスコラは、耳障りな歌声に隠れて独りごちる。

考察に思考を割いている最中でも、天使たちの攻撃は止んでいないし、ウェポンスキルによって数体を破壊していた。

ク・ダン・クル・ガラーダは召喚時点でレベル52だが、レベルに応じたステータスを持っているだけで、成長に伴うスキル習得などが一つも行われていない。

それは大斧をただ振り回すだけの単調な攻撃にも表れている。

反応速度も遅い。判断の間違いが多い。防御の有無を選択できない。

これがドグマ・ゼルディクトであったなら、有無を言わせぬ物量に飲まれて死んだだろう。

ヴァレイル・オーダーであったなら、詠唱する間を作れずズタズタにされていただろう。

イルムたちも、それを期待していただろう。

「んんふふふ……！　天稟を甘く見すぎですわ！」

天使に突き刺した銃剣の引き金を引きながら扇状に振るだけで、放たれた斬撃が襲うことしか考えていない天使たちの無防備な胴を両断した。

有象無象の勇者と同じに見られているなんて、スコラには冒瀆以外の何物でもない。

天然の勇者など所詮は代を重ねて劣化した出来損ないだ。

対して自分は人造なれども偉大な英雄たちに劣らない。

私は本物の勇者だ。

他の誰よりも本物の勇者だ。

「だから……だからぁ！」

だから、姫の側に相応しい勇者は、自分だけだ。

「この程度で！　躓くような女では！　認めてもらえません！　だからもっと来てください！　私を聖なる炎で燃やし尽くすくらい！　この五臓六腑を引き裂くくらい！　こんなの、帝国の最前線にも及びませんわ！」

スコラの挑発は、ついにイルムの怒りを臨界に到達させた。

「スコラ・アイアンベイルゥゥゥ!!」

絶叫とともに石は強く輝き、ついに同時十四体の召喚を行った。

スコラの視界を埋め尽くすク・ダン・クル・ガラーダは五十四体。

これまでに倒した数を含めると二百にも及ぶが、十四体増えたところでスコラにはなんの苦でもない。

ウェポンスキル・銃剣《エルドレーダー》
ウェポンスキル・銃剣《ドライブビボルダー》
近距離広範囲スキルが装塡した魔力で強化されて放たれるたびに、天使は断末魔の悲鳴を破砕音にかき消されながら壊されていく。

目の前に広がる困難を越える姿に漂う煌めきは、紛うことなき勇者の姿だ。

瞳に灯り始めた黄金の輝きは、天使を殺すたびに増している。

まるでここからが本領発揮だとでも言いたげなその光に向かって、いい加減に死ねと願うイルムは尚も魔力を注ぎ込み、神の雫をひたすらに酷使しようとする。

「……なんだ？」

そこで、天使の召喚はぱたりと止んだ。

握る神の雫を見れば、それは初めて見たときの美しさを失い、まるでそこいらに転がる石ころのような鈍い灰色へと変化していた。

「ど、どういうことだ！」

それはイルムだけではなく、その部下たちも同様なようで、容赦なく天使を殺すスコラに立ち向かうためにと魔力を注いでも石は反応を示さない。

慌てふためくイルムたちを尻目に、スコラは優雅でのびのびとした殺戮を続けていき、いつしか残ったのは一体となっていた。

息を切らすことなく、横薙ぎに剣を振るってから踊るように剣を回したスコラは、膝をついたイルムたちに優しく笑いかけた。

「どうやら終わりのようですわね」

最後の天使が崩れ落ちるようにして、死骸の上に積もった。

床に散らばった部品の絨毯を踏みながらゆっくりと迫るスコラにイルムは神の雫を向けるが、輝きを失って暗く淀んだ石のように変貌した神の雫は、流し込まれた魔力に応えることはない。

たとえ死ぬとしても、最後まで信仰が側にあると感じていた彼らにとって、奇跡の喪失は想定外のものだ。

「馬鹿な……そんなはずは……」

召喚に使いすぎたせいで魔力が枯渇寸前のイルムは、信じられないといったふうに神の雫を見る。

無尽蔵な魔力が内包されている至宝が枯れるなど、信じられなかった。

「無限の力が……天使を呼びつづけると、猊下は……」

「使い切ったのが、貴方たちが初めてというだけでは？　もしくは、こうなるのを聖女様は見越していたとか。それとも贋作や失敗作を持たされました？　なんにせよ、この結末はカロン陛下も、恐らくエレナ猊下も、予測済みですわ」

「なにを……」

「格の違いを見定められない人間は、どうしてこうも同じようなリアクションなのでしょう。あのですね？　貴方がたの作戦の成功いかんにかかわらず、敵地に貴重なアイテムを持ち出す許可を普通下すと思いますか？」

【八式魔導断絶機】の駆動部を、点検するように可変させるスコラの言葉を、イルムの脳は処理できない。

「その信仰心で突っ走るところ、本当に聖王国らしいですわね。いえ、それは私も似たようなものですか……誰も彼もが神の遊びの延長線上を生きている。遊びは続いている。だからこそ、あの御方は……」

「くっ！《ブライトアロー》！」

苦し紛れに放たれた光の矢は、断絶機によって軽々と弾かれる。

ク・ダン・クル・ガラーダの攻撃と比べれば砂粒のようなものだ。同等以上の攻撃でなければスコラに届くはずもない。

そして、そんな力は彼らに残されていない。

「大したアイテムもない。さして強くもない。おまけに何も知らないのでは、いよいよもって生かす価値が見当たらないですわね。諦めて首を差し出していただけます？　それともザハナ様の加護でも求めてみますか？　さすがの男神でも、ここまで使い道のない人間に手を差し伸べるとは思えませんが」

「ふ、っ……我らの正義を神は見ておられる。我らは大いなる聖戦の尖兵として、この悪しき魔王の地を――」

「人の世界に取り戻す、なんて仰るつもりですか？　この国のほうが、人間よりも遥かに穏やかな暮らしをしていますのに」

こんな話を続けても押し問答にしかならない。

命乞いをしない潔さは認めるが、無知蒙昧(むちもうまい)な台詞(せりふ)を並べ立てられるのは鬱陶(うっとう)しいものがある。

スコラにとって戦いこそが心の慰撫だ。

質の悪いものを量で誤魔化されて満足するような安い女ではない。命の限りを尽くしたメインディッシュでなければ、こんなデザートでは心も満たされない。

一軍を用意して勝てるかどうかという天使を殺し尽くしていながら、傷一つ付かずにいるのは常軌を逸している。

これが〝天稟〟。

この世界で最も強いとされる勇者の力は、神の眷属如きでは及ばぬほどに完成されていた。

「ただ、聖王国がどんな隠し玉を用意しているのか知れたことには感謝いたしますわね。ああ、自分の強さが嫌になってしまいます。せっかくお褒めいただける働きができたというのに、それがこんなにも簡単な内容では胸を張ることもできません。これなら勇者の一人くらい殺したかったですわ」

頰に手を添えて心底悲しそうに溜(た)め息(いき)を零すスコラが剣を僅かに動かすだけで、工作部隊の隊員たちはビクビクと怯える。

主戦力を失ったイルムたちはまな板の上の鯉(こい)のように、体をくねらせる抵抗しかできない。

スコラが薬莢を装塡した剣の引き金を引けば、ふざけた威力の閃光が防御術式も容易く貫いてイルムたちを消し炭にするだろう。

それなのに、スコラはイルムたちに剣を振るうことをしなかった。

その剣の意識は廊下の向こう、イルムたちの後ろから近付くヒールの音に標的を定めていた。

ゆっくりと、幽鬼のように体を引(ひ)き摺(ず)りながら、胸のロザリオを握り締めた勇者が、スコラを目指してやってくる。

色とりどりの花が咲く白のドレス。金木犀色(きんもくせいいろ)のシニョンを纏める菫(すみれ)と百合(ゆり)の花飾り。

泣きぼくろのある穏やかな顔には妄執(もうしゅう)が浮かんでおり、こうしている間も制御できない心の波に苛まれているようだった。

スコラは、憐憫(れんびん)を込めて彼女を呼ぶ。

「随分とみっともなくなりましたわね、アルア・セレスタ」

その名を聞いて、イルムの表情が歓喜に満ちる。

「アルア……アルア・セレスタ！　いいところに来た！　天稟が人間の敵となった！　奴(やつ)を殺さねば世界は終わりになるぞ！」

しかし、二人の声が聞こえていないのか、アルアは俯(うつむ)いたままだ。

可憐(かれん)な花を思わせる明るく穏やかな雰囲気は失われている。

今の彼女は黒薔薇(くろばら)のようで、イルムには見えていないようだが、スコラには彼女が一歩踏み出すたびに小さな花びらが足元を漂っているのが見えた。

アルアはイルムたちを通り過ぎ、スコラの前で立ち止まると、淀んだ目で睨みつけた。

「スコラ・アイアンベイル。貴女は間違っている」

強く断ずる言葉だが、スコラは惚(とぼ)けるように首を傾(かし)げた。

「……はあ」

「魔物は人とは交わらない。神々の時代から連綿と続く真理です。〝天稟〟の勇者である貴女が、それを分からないはずありませんよね？」

「私が人類のために戦ったことは一度もありませんので、それを真理と言われる方が物を知らないと返したくなるのですが……そんな瑣末(さまつ)な問いかけをされても困りますわよ？」

「堕落したようですね。最強の勇者といえども、カロン陛下の呪いに侵されましたか」

「ちょっと、何を言っているのかよく分かりませんわ。おかしくなってしまったのかしら？」

「それは、勇者ではない。ただの咎人(とがにん)です。正当な力を継げなかった半端者ですが、偉大なる騎士の末裔として、〝花冠〟が引導(いんどう)を渡しましょう」

そう言って、アルアは首に下げていたロザリオの鎖を引き千切る。

「応えて、私の剣。【ガーベラクロイツ】！」

真紅の花弁が、アルアの足元から焔とともに舞い上がる。

彼女の瞳に紅い魔力が灯ると同時に、握られていたロザリオは巨大化し、錫杖のような十字槍へと姿を変えた。

隕鉄から造られた特殊な槍は、列島国カムヒの技術が用いられており、アルアの持つ力以上の魔力を放っていた。

勇者の魂を鋼に宿らせることで、選ばれた者が超人的な権能を扱えるようになるカムヒの秘伝。それを悪用した末に生まれた命の冒瀆。

魔導鋼の十字から血のような紅が滴る。大気の魔力を濃縮して液体化させる機能の表れだが、まるで永劫の檻に囚われた苦痛の涙のようでもあった。

アルアを彩る花々は、色とりどりに鮮やかに、供花のように咲き乱れている。

それが、不吉なほどに紅いロザリオの槍を際立たせていた。

「魂魄鍛造術……なんでも、カムヒの精鋭は祖先の霊に魂の一部を借り受けて、それを武器に宿らせることができるそうですけど。聖王国の闇ですわね。死人に口なしですか？」

「……これは私の力。貴女にどう思われようと、非力な私が務めを果たすには必要なものよ」

アルアを飾っていた花が、全て真紅の薔薇へと変わる。

覚醒しても非力なアルアの能力を補うように、十字槍は強く明滅していた。

数少ない王国出身の勇者の中で、最も弱いとされているアルア・セレスタとは思えない気迫に食指が動きそうになるスコラだったが、構えを解いてアルアに背を向けた。

「逃げるのですか？　最強の勇者が聞いて呆れますね」

「勘違いなさらないでほしいですわ。この場は侵入者を殺すための場ではありません。これは、恭順と実力を示すだけの催しなのですから。そして、貴女に相応しい相手もいますわよ？」

青紫の髪を靡かせて笑うスコラの意味深長な言葉に眉を顰めるアルアだったが、新たな足音を聞いて理解した。

「つまり、そういうことだ。カロンは、我々勇者という存在を推し量るために一席設けてくれた、というわけだ。だから、楽しく殺し合おうじゃないか」

青白い雷光を身に纏い、霧を抜けるように不可視の魔術から抜け出した女騎士は、掌に集めた雷を握り、剣を抜く動作をする。

激しい雷鳴を響かせながら、雷はロングソードを象っていく。

銀色の髪の合間から覗く氷の瞳は、刺すような殺意に満ちていた。

「アルア・セレスタ。王国騎士団の団長として、リファエリスに害を齎そうとする貴様を排除させてもらう」

「それはリファエリスの総意ではなく、貴女の独断でしょう？　魔物に与するというなら、貴女も堕落した人類の敵です。アーレンハイトの勇者として、リファエリス王家の末裔として、私は貴女も断罪します」

「覚醒する前から私は貴様に辛酸を舐めさせた記憶しかないぞ？　玩具を持ったくらいで随分と強気になれるものだ。いい歳なんだから、ごっこ遊びはそろそろ卒業したらどうだ？」

「ミラ。貴女の口の悪さは昔から反吐が出そうなほど嫌いでした。公爵の道具でしかないくせに他人には反抗的な貴女が、その運命を退けたことでますます傲慢に拍車がかかっている姿は見るに堪えません」

「アーレンハイトで随分揉まれたようだな。未亡人になってのけ者にされて、誹謗中傷に鍛えられていい性格になったか。そっちのほうが私は好きだぞ？」

アルアの怒りが薔薇の花びらとなって舞い上がる。

廊下を吹き抜ける真紅の花びらは、ミラの頰を掠めると小さな切り傷を作った。

睨み合う王国の勇者と、元王国の勇者。

それを壁に背を預けた姿勢で眺めながら、身動きの取れないイルムたちに睨みをきかせるスコラは、魔物の国で啀み合う人間たちに欲の業を見る。

「醜い世界を濃縮したような縮図ですわね。ああ恐ろしい」

他人事のように、わざとらしく口元を隠して呟くスコラが誰よりも欲望に忠実な生き方をしているのだが、それを突っ込める者はここにはいなかった。

◆

ミラ・サイファー。

リフェリス王国騎士団に所属する〝天雷〟の勇者で、レベルは補正込みでおよそ69。

かつて〝雷霆(らいてい)〟の二つ名で讃えられた勇者の力を色濃く受け継いでおり、オリジナルに近い雷の力は、雷霆の再来と囁(ささや)かれるほど強力なものだ。

対して、アルア・セレスタ。

国王アルドウィン・リフェリの娘であり、王家に流れる〝霊樹(れいじゅ)〟の力に目覚めた〝花冠〟の勇者は、補正込みでレベル60。

彼女の能力は、ミラと比べればあまりにも非力である。

勇者として覚醒してはいるが、それは霊樹の勇者とは似つかないほど弱く、薄くなっていく血を現したようなものでしかなかった。

単純な力量であれば、戦闘の才能も高いミラが優位に見える。

しかし、属性の相性ではアルアに軍配が上がる。

雷の力は木の力に対して大幅に威力が減衰してしまうからだ。

そして、アルアがミラに勝つ可能性を生む不確定要素が一つある。

それは、列島国カムヒの秘術を悪用して造られた謎の武器の存在。

それは、エステルドバロニアも知らないものであった。

「っしぃ！」

固有ウェポンスキル《千里烈光》
「舞って！」

固有ウェポンスキル《クリムゾンカローラ》
弾丸のように放たれた雷光が、十字槍から生み出された花びらの嵐に衝突する。

雷は花びらに行く手を阻まれて、周囲に分散して威力を奪われた。

梔子姫に傷をつけた攻撃と同等の威力をもつ攻撃だったが、アルアには届かない。

固有ウェポンスキル《ローゼンシュトローム》
今度はアルアが攻める。

紅い花びらの嵐は意思を持ったように大きくうねり、一枚一枚が刃となってミラに殺到した。

雷の剣を振るって迎撃するミラだが、電撃で燃え尽きない謎の強度を持つ花びらは、波のように剣をくぐり抜けて彼女の体を切り裂いていく。

浅く肌を切りつける微弱な痛みは苛立ちとなり、ミラは床を踏んで後方に大きく飛び退いた。

花びらを呼び戻して、アルアは余裕たっぷりに槍を構える。

「いかがですか？　私の薔薇は」

「……ふん、毒か」

剣を握る手に僅かな虚脱感。裂けた皮膚の痺れ。微かな目眩。

即効性のあるものではなさそうだし、かする程度では効果も薄いようだが、数で襲われれば蓄積する効果も高くなる。

余計な傷は負いたくないが、無傷で突破するのはミラには不可能だ。

範囲攻撃に見えて、その実は状態異常に特化した単体攻撃なのだとミラは推測した。

昔のアルアであったなら花で防ぐくらいが関の山だったが、どうやらあの忌まわしい武器は思っていた以上に使用者を強化するらしい。

「それが人世救済を謳うアルマ聖教のやることかね」

十字槍に向けられたミラの言葉に、アルアはぐっと喉を鳴らして押し黙る。

これがいかなる外法によって造られているかを知っている素振りであった。

ミラは雷剣を消すと、腰に帯びていた実剣を素早く抜き放ち、そのまま投擲する。

咄嗟の判断が遅れるアルアだが、舞う花びらは彼女の意思より早く吹き上がって自動で防御を行うも、物理的な強度では鉄に劣る花びらは、幾十も割れて剣の軌道を逸らすに留まった。

キン、と鋭い金属音をたてて剣が天井に突き刺さる。

「タネが分かればなんてことはない。が、それでは私の気が済まないし、カロンに見せるには不甲斐ない」

再び両手を腰に添えて、蒼光迸る雷剣を二振り抜く。

まだ目覚めたばかりの力だが、それでも自在に扱い、戦えることを証明する必要がある。

ミラ・サイファーが王国の剣であるがゆえに、カロンの友であるがゆえに、そんな言い訳を成立させるために、価値を示さねばならないのだ。

「っ……容赦は致しませんよ」

「まだ容赦できると思っていたのか？　慢心が過ぎるなぁ⁉」

吼(ほ)えると同時に投げられた剣を薔薇の花びらが防ぐも、雷剣はただの雷へと変わり、青白い閃光がアルアの視界を覆った。

「くっ！」

アルアが反射的に目を瞑(つぶ)って手で顔を覆った瞬間に、ミラは壁を蹴って背後に回り込んだ。

着地した位置に剣を一つ突き刺して、流れるようにアルアに飛びかかるミラは、自動で追撃してくる花びらを翻弄(ほんろう)しながら距離を詰めていく。

軌道に光の帯を残して自在に疾走するミラの背を真紅の嵐が追いかけるが、風より速く走る稲妻を捉えるには遅すぎた。

アルアは頭に上った血を落ち着けて、すぐに面で制圧する戦法に切り替える。

切れば毒が回る。蓄積すれば自由が奪える。一撃の威力に価値はなく、ただ手当たり次第に傷つけられればいいのだから。

「ガーベラクロイツ！」

「頼りっきりだな！　今の貴様にぴったりな戦い方だ！」

「黙りなさい！」

煽り立てながら、群れる花びらを払って進むミラ。

嵐から逃げられていても、周囲を常に漂うものまでは避けきれないため、素肌には徐々に浅い傷が増え、巡りだした毒で血管が赤紫に変色し始めていた。

じわじわと動きが鈍るのをスキルで強引に捻じ伏せて、ミラは周囲に剣を突き刺しながらアルアに何度も特攻をかける。

時間をかけるほどミラが不利になっていく。

しかし今のままでは分厚い花びらの結界を抜くことは不可能だ。

それをミラも、アルアも感じている。

「じゃあ、これならどうだ？」

スタンススキル《雷霆の末裔》
スタンススキル《疾風迅雷Ⅵ》
再三の突撃。

だが、アルアの目では追えず、花びらが辛うじて反応するも、雷光を放ちながら疾走するミラを追うことができず右往左往していた。

パチン、と静電気の爆ぜるような音が背後に聞こえて、アルアは振り向くよりも早くガーベラクロイツを盾のように構えた。

腕が痺れる衝撃が伝わってから、ミラが背後から攻撃してきたのだと頭が理解した。

「ちっ」

「くぅっ！」

花びらが動くよりも早くミラが廻廊（かいろう）の奥まで飛び退いたため、アルアは攻められない。

戦闘の余波で廻廊の照明は全て消えており、暗い中で青白い雷だけが不気味に光っていた。

ミラの想像以上の速さに、アルアの額に汗が伝う。

戦闘スタイルは昔と変わっていないが、その速さは雷を継ぐ者に相応しい成長を遂げている。幸いなのはスキル相性でミラの雷がアルアに通りづらいことと、あの細い体から繰り出される攻撃が軽いことだった。

「なら」

ミラが姿勢を落とすと同時に、アルアはローゼンクロイツの石突き（いしづき）を床へと叩きつける。

すると、足元に魔法陣が現れて、そこから太い茨が幾本も伸びてきた。

腐食の茨《インサニア》は、水平方向に迸る雷のように屈折しながら迫るミラから、アルアを守るように包み込んだ。

雷の属性を受け付けないこの茨を、剣を捨てたミラでは突破することができない。

二振りの雷剣は茨を切り裂こうとするが、雷剣は茨に触れた瞬間、力を失って掻き消えた。

「特攻魔術か！」

口惜しげに叫んだ。

離脱を試みるミラだったが、ほんの一瞬でも足を止めた隙を彼らは見逃さなかった。

「《フリーズバインド》！」

「《グランドウォール》！　《テラジェイル》！」

「っ」

壁を蹴った瞬間、ミラの体勢が不自然に傾いて床へと落下した。

スキルでは誤魔化せないほど毒が回ってきたようで、みっともなく転がったところをイルムたちは見逃さなかった。

「でかしたぞ、アルアよ！」

虎視眈々と機会を窺っていたのだろう、ミラを魔術の檻に捕らえた途端生き生きと話し出すイルムに、アルアは一瞬歯を剝いたが、それが本来の役割だと深呼吸で気持ちを落ち着かせる。

「まあ！　無粋ですわねぇ。それが聖王国のやり口なのですか？」

黙っていられなかったのはスコラの方だった。

役立たずになって舞台から退場した役者が荒らしに来たようなものだ。

ブーイングを飛ばすスコラを、イルムたちは気にした様子もない。

彼らにとってこれは舞台ではなく、任務を遂行するための潜入先なのだから。

「アルア！　貴様はスコラ・アイアンベイルを狙え！」

イルムの声に、アルアは躊躇うことなくスコラへと向かった。

この場の勝利はミラを殺しただけでは得られない。帝国最強の勇者も仕留める必要がある。

アルアはガーベラクロイツを高く掲げてスコラへと振り下ろす。

両手で全体重をかけた渾身の一撃は、片手で掲げられた八式魔導断絶機で受け止められた。

「あら」

「花よ！」

アルアの体から吹き出すように薔薇の花びらが宙を舞い、スコラを飲み込んだ。

飛び下がったアルアは追撃の構えを取る。

ウェポンスキル・槍《クロムスティンガー》
十字槍の先端から放たれる黒い閃光が、花の嵐に包まれたスコラを貫いた。

確かな手応えを感じたアルアだったが、ガチンと引き金を引く音とともに嵐の中心が爆発したのを見て、槍を握る手に力を込める。

「終わりかしら？」

爆風で見えない中から、余裕のある声がした。

アルアが追撃を仕掛けるよりも早く動いたのはイルムたちだった。

神の雫に残された僅かな魔力は、天使を召喚できなくても魔術には使えるようで、彼らの実力よりも遙かに強力な神聖魔術を解き放ち、廊下一帯を吹き飛ばした。

二度の爆炎で視界が塞がれても、イルムたちの魔術は止めどなく放たれる。

天使を蹂躙したスコラを近付かせれば間違いなく負けると踏んでの行動だが、これでは怯えて闇雲に攻撃しているだけで、有効とは言い難い。

事実、皆がスコラの姿を視認していなかった。

「くっ！　舞って！」

アルアは花びらを使って風を起こし、煙を払っていく。

開けた視界の先に、スコラはいなかった。

「往生際が悪いですわよ？」

どこへ行った、と誰かが叫ぶ前に、スコラの呆れ声がミラを捕らえた魔術の檻の上から聞こえてきた。

岩と氷で作られた檻に立つ彼女は、あれだけの猛攻を受けても傷一つない。

確かにアルアは手応えを感じていたし、イルムたちも直撃させた自信があった。

それでも、スコラ・アイアンベイルには届いていなかった。

自分の能力を強化するスタンススキルだけで、あの猛攻を防ぐ必要もないほど強化されている彼女は、紛うことなく帝国の誇る最強の勇者であることを知らしめてみせた。

スコラが檻に向けて剣を振ると、魔術が急速に剣へと吸収されて薬莢が排出される。

強固だった檻は斬ることもなく消滅し、苦い顔のミラが首を回しながら舌打ちをした。

「不覚を取りましたか？」

「興が乗った。最低なミスだ」

「相性の悪さを覆してこその勇者なのですから、精進なさってくださいな？」

上品にクスクスと笑うスコラに、ミラの眉間の皺が深くなる。

「では、アルアは私が戴きますわね？　そっちはもう飽きてしまいましたので」

「仕方ない。譲ってやるよ」

互いを認めてはいないが、利害だけは一致している二人は背中を合わせて剣を構える。

アルアたちは勇者二人を相手にしながら、魔物にも警戒していなければならない。

降参の二文字も浮かぶこの状況。

だが、イルムたちはここで引くことなどできはしない。

そんな生温い決意でこの場に来ているわけではないのだから。

その思いに反応したのか、ただの石ころとなっていた神の雫に再び光が灯り出す。

手の中で輝きを増していく光景に、皆が神の力を垣間見た。

「ミラ」

嫌な予感がする。

スコラの予感はミラも感じ取れていた。

「とっておきは格好良く決められるタイミングで使いたいんだがな」

「捕まった時点で台無しですわ」

「やれやれ、仕方ないっ」

腰を低く落として居合のような構えを取ったミラの手の中で青い雷光が凝縮されていく。

抜刀の動作で雷光は四つに分かれて、神の雫に身を委ねるイルムたちを囲むように壁へと突き刺さると、戦闘中も投擲していた剣と繋がるように雷が伸びていった。

ミラは一瞬でイルムに接近して両手を切り落とすと、胸ぐらを掴み上げて後方へ飛び退く。

「時間切れだ」

パチン、とミラが指を鳴らす。

その音に共鳴して、石に魅入られたイルムの部下たちの体から蒸気が立ち昇り始めた。

「ぎゃああああああああああ‼」

神々しい光を見る目玉は真っ先に溶け落ちて、次に体表が業火で焼かれたかのように焦げていく。

体内の水分をわずか数秒で急速に加熱させる出力のマイクロ波が、仕掛けておいた雷の剣と、仕上げに投げた雷球から空間へと放たれていた。

固有ウェポンスキル《マイクロウェーブイグニッション》
神経を焼き、皮膚から順に炭化していく。タンパク質が硬化して骨が折れる音がする。

プラズマが発生して、体の脂に引火していくのを見ながら、ミラは能力を止めなかった。

「これはなかなかに効率的だな。閉所でしか使えないのが難点か」

数分で辺りに焦げた肉の匂いが充満し、最後の一人が崩れたのを見て、ミラは雷を収めた。

「これで問題ありませんわね」

「あのリーダー格は残しておきたかったが仕方がない。カロンには謝罪しておこう」

「そうですか。では後はこちらの……あら？」

八式魔導断絶機を構えたスコラがアルアを見る。

槍を構えてはいるが、あまりの凄惨な光景を前にして小刻みに震えていた。

おおよそ人間のすることじゃない。心まで地獄に落ちていなければできない所業だ。

「貴女たちは……悪魔です！」

悲痛な叫びに、ミラとスコラは顔を見合わせて苦笑した。

「中途半端に殺して、石が悪さをするほうが問題だろう。それとも、その方が良かったのか？」

「何を根拠に！　だとしても、あのような残虐な殺し方を平然と行っておきながら、なんの感情も湧かないのですか⁉」

やれやれ、といった風にスコラが肩を上げた。

「本当に、世界を知らなすぎますわ。あの程度、帝国では日常茶飯事ですのに」

スコラが剣を向けて、嘲笑する。

「来なさい、世間知らずの偽善者さん。ここは貴女が主役を張る舞台ではないんですのよ」

怒りと恐怖に震えながら、アルアは床に槍を突き立てる。

「私だって」

茨は先端の狙いをスコラへ合わせると、ミサイルのように飛び出して一斉に襲いかかった。

無秩序に迫る茨は、タクトのように軽く振り回される剣によって切り落とされていきながらも、
アルアに残る魔力を糧にして絶え間なく攻撃し続ける。

「私だって！」

スコラが一歩、一歩と前に進んでくるのを茨は止められない。

ステップを踏むように、ダンスを踊るように、規則的なヒールの音がアルアへと近づく。

「勇者なんだ‼」

目の前に躍り出たスコラ目掛けて、全身全霊の突きが放たれた。

ウェポンスキル・槍《ディアボロスティング》
魔力を石突きから噴出させて推進力を加えた電光石火の一撃を、近距離からお見舞いする。

突くという単純な動作でありながら、ガーベラクロイツの穿(うが)った大気は衝撃波となって廻廊を突き抜けていった。

勇者に相応しい威力。

アルア・セレスタの生涯で最高の技。

だが、

「夢から醒めましたか？」

下へと落ちていく視界に映るスコラの嘲笑が、アルアの技が無価値に終わったことを告げていた。

「〰〰〰〰〰っ!!」

四肢から奔る灼熱にも似た激痛に、声にならない悲鳴が細い喉から吐き出される。

喘ぐように息をしながら体を捩れば、ガーベラクロイツを握った手と、真っ赤に濡れた脚が無造作に転がっているのが見えた。

涙を零しながら敗北と屈辱から叫んでいたアルアの前で、乱暴に腕が蹴り飛ばされた。

「五月蝿いですわよ」

そして、アルアの顔面につま先が突き刺さり、鮮血を撒き散らしながらアルアの体が廻廊を舞う。

地面に落下して止まった頃には、彼女の意識はもうなかった。

「おい、あれ死んだだろ」

「まさか。あの程度で死ぬわけないじゃありませんか。それに、エステルドバロニアの医療はなかなかの物ですわよ？　手足を生やすくらいはできるそうですから」

「……カロンに使われないことを願うよ」

ようやく全部終わったのを確認して、ミラはパンパンと手を払って腰に手を当てる。

立っているのもやっとなくらいに毒が回っていて、さっさと治したいと思っていた。

スコラはひどいことになった廻廊を見る。

あの魔物たちはきっと、破損したり汚れたりと掃除したときの面影がないほど凄惨な状態になったこの場所が、元通りになるまで働くのだろう。

そう思うと、少しだけ尊敬という感情が生まれた。

「それよりミラ、貴女こそどうかと思いますわ」

「はあ？」

「アルアが悪魔と呼ぶのも納得な殺り方じゃありませんか。さすがに魔物たちに感化されすぎているのではありませんか？」

「別に、どうってことないだろ。効率的に殺せるに越したことはない」

「……かなりキテると思っていましたが、まさか陛下に入れ込みすぎて思考回路に執着詰まらせていらっしゃるとは」

「自国に敵対してる貴様が何言ってるんだ」

「明確に反抗しているだけ、暗躍して正義を騙るよりマシですわ」

睨み合う二人だったが、すぐに状況を思い出して視線を切る。

この場には二人の他に、死にかけの女と死にかけの男がいるのだから。

騒ぎを起こそうと躍起になっていたのに、結果がこれではみっともない結末と言えた。

「く……」

呻き声が聞こえて、二人は声の方向を見る。

「くくっ……」

手を切り落とされたイルムが、肘を突いて起き上がろうとしていた。

呻き声と思われた音は次第にくつくつと鳴り、血を吐くような笑い声へと変化していく。

「これで……終わったと思うか……？　我々、が……それで終わると……？　は、ははっ……げほっ……よく見ておけ、化け物どもが、天罰によって惨めに死んでいくところをなぁ！　人類の裏切り者どもめ！　貴様たちにも必ずや神の鉄槌が下されるぞ！　はは、は、ははははは……」

ごっ、と鈍い音がして、イルムは黙った。

上から頭を踏みつけたミラは、どうしたものかと頭を掻く。

「すぐカロンに連絡しないと」

「そうですわね。でも、心配ないとは思いますけれども」

スコラが窓の外を見て呟いた。

「あの街の住人たちが、天使より脆弱だなんて有り得ませんもの」

◆

イルムたちが制圧されたと同時刻。

　エステルドバロニアの街に、天使が現れた。

　空に浮かんで魔物を睥睨する機械仕掛けの天使は十六体。

　街の人々は、最初は何かの催し物かと考えたが、厳重に管理されているはずの天使がいることにまず違和感を覚え、あんな天使は見たことないと誰かが騒ぎ出す。

「敵だ！　敵が出たぞー！」

　誰かの叫びは波紋のように伝搬して混乱は一気に広がりを見せる。

　錫杖のような大斧を高く掲げて神聖魔術を行使しようとする天使たちを誰もが見上げた。

　そして起こったのは――

「殺せぇぇぇえええ！」

「敵だー！　獲物だー！　狙え狙えー！」

　軍が動くよりも早く天使に立ち向かっていく、魔物たちによるターゲット争奪戦であった。

　子供は真っ先に避難し、腕っぷしに自信のある者たちが空に浮かぶ天使に向かって容赦のない魔術やスキルでの攻撃を開始した。

　予定ではエステルドバロニア軍が街の避難から対象の撃破までを行い、どれだけ被害を少なく抑えて任務を実行できるのかを示す予定だった。

　だが、数多(あまた)の戦争を経験してきたのは軍だけではない。市井の民もすぐ目の前まで迫った脅威に立ち向かってきた経験のある者たちなのだ。

天使程度で臆するものか。過去には破壊神が街の外郭まで侵攻してきたことだってあるぞ。それと比べれば恐れるものなどあるわけがない。

そんな気概が見えるほど意気軒昂……と言うより血気盛んな民は、攻撃命令を受けて飛来した天使が、神聖を付与された大斧で地面を砕こうと怯むことはなかった。

街を守るために内郭の詰め所から颯爽と駆けつけた第十三軍は、大通りで始まったお祭り騒ぎを前にして困惑していた。

これは、どっちを止めるべきなのかと。

「おい！　人間がいたぞ！」

「はぁ？　そりゃどっちの人間だ！　敵か？　味方か⁉」

「区別つかんでごわす！」

「敵なら殺せ！　敵じゃないなら半殺せ！」

「うおぉぉおおお‼」

彼らのレベルは決して高いわけではない。

ただ街で暮らしているだけの民が勢いで突っ走っているだけであったなら、軍も即座に民を守ろうと動くことができた。

天使の数は徐々にだが増えている。三十体近い数のク・ダン・クル・ガラーダが各所で戦闘を行っており、それに群がる魔物の数は三倍以上はいるだろう。

問題なのは、その民に混じって退役軍人がいることだった。

工業通りに現れた七体の天使は見渡す限りの邪悪を屠ろうと聖なる力を翳していた。

黙っていても勝手に向かってくる獲物を殺して回れるのは、機械でも愉悦を感じる誉れだ。

しかし、遠くから蚊に刺されるくらいの攻撃ばかりしてくる集団とは違って、堂々と真正面から向かってくる練度の高い魔物が現れたことで状況が一変する。

巨大な二台のチェーンソーを持つ、ファンシーなエプロンドレスの少女が、牽制で放つ《ホーリーバレット》を鬱陶しげに弾き飛ばしながら、狼（アンバー）の目を見開いて大股で迫っていった。

「来た。来た。来た来た来た、来たぁ！」

アクセルを握ってエンジン音と刃の回転音を奏でながら、〝アリス〟はク・ダン・クル・ガラーダが感じていた以上の愉悦をもって殺しに来た。

「最高じゃねえかよぉ。ええ？　やはりカロン様は我々をよく存じておらっしゃる……楽しいことは皆で共有しねえとだよなあ！」

駆け出したアリスは、放たれる聖なる弾丸を掻い潜りながら接近し、チェーンソーを同時に振るった。

ク・ダン・クル・ガラーダは大斧で応戦するが、斧の刃は回転する鋸（のこぎり）によってガリガリと削られて、そのまま斧と腕をズタズタに切り裂かれた。

「〰〰っ♪　〰〰♪」

ルシュカのもとで副団長まで務めた〝ぶつ斬り〟の異名をもつ可愛らしい少女の獰猛な狩りは、圧倒的な力の差を誇示する弱肉強食の掟そのものである。

天使の顔を足蹴にして、腹にチェーンソーを突き刺してブンブンとエンジンを回す。

痙攣するように暴れながら歌う天使の腹から歯車や液体が飛び散るのを見て、アリスは快感に震えながら目を閉じて聞き惚れていた。

「いい声で鳴くじゃねえか。おら、もっと聞かせろや！　この国に喧嘩売っといて、そう簡単にくたばれると思ってんじゃねえぞ！」

甚振るようにチェーンソーをねじ込むアリスを見ていた魔物たちから、さっきまでの威勢が失われていく。

「関わらんとこ」

誰かがそう言ったのを合図に、第十三軍が制圧に動くと同時に住民たちも避難を開始した。

動かなくなった天使に飽きて次の獲物へと襲いかかるアリスには極力触れないようにして。

商業通りでも、退役軍人が猛威を振るっていた。

自分たちの店が壊されそうになったことで、天使が店主たちの逆鱗に触れてしまったのが大きな原因だった。

鳥の手を持つ【ハーピー】や【フリアエ】、人の体に獅子の頭と鳥の翼を持つ【パズズ】、鷲の頭と翼を持つ【ガルーダ】が、空から魔術を放つ天使を拘束の魔術や実力行使で地面に引きずり下ろすと、そこから集団の憤りが手加減なしに振るわれた。

「おら、死ね！」

「店焦がしてんじゃねえよ！」

「陶芸品みてえな面しやがって！」

「その凹んだ面の中で生地練ってやろうか！」

曲がりなりにもこの世界の神の使いに対し、最も神を愚弄するような暴力を振るう。

鮫肌拉麵店の店主も、輪の中に混ざって力いっぱいストンプして天使を破壊している。

差別がないように見えるようになったエステルドバロニアだが、カロンが統治しているから大きな問題にならないだけで、実際は根深く残っている。

特に、エステルドバロニアに仇をなす存在に対しては一切容赦しない。

結束を深めるのに、共通の敵は都合がいいものだ。

普段は商売敵の彼らは、天使を落として壊すたびにお互いの健闘を称え合うように笑う。

そんな狙いがあったのかと、退役軍人の多い商業通りを担当しに来た第十三軍の兵士たちは、存在しないカロンの思惑に感動しているのだった。

正門通りも、酷い有り様となっていた。

一番栄えている大通りを狙う天使たちは、他のとは違って無差別に被害を出そうと、ミサイルのような魔術を手当たり次第に撃ち続けていた。

住民たちは協力しあって被害を食い止めながらも、窓から身を乗り出して「いけ！」やら「やっちまえ！」やら野次を飛ばしている始末。

スリリングなエンターテイメントかなにかと勘違いしているようで、聖なる異世界の神の使いであるク・ダン・クル・ガラーダから逃げようとする素振りも見せない。

中にはわざと自分から被弾しにいって、頑丈さを勝負する酔っ払いもいたが、それが被害にカウントされることはないだろう。

ク・ダン・クル・ガラーダは神の意思を遂行できないことがもどかしくなり、巨大な銀の杭(くい)を天空に作り出して、家の密集する場所へと叩きつけた。

だが、それは幾何学模様(きかがくもよう)の防壁によって受け止められてしまう。

「まったく。カロン王も遊び心をお出しになられたようだな」

「紅廉(こうれん)ちゃん。多分これは、思った通りになってないような気がするんだけどなぁ」

外郭の壁の上から天使を見下ろしながら大きく頷く第十三軍の団長である紅廉に、同じく第十三軍団長の蒼憐(そうれん)が苦笑交じりに推測を説明する。

「カロン様からの指示は、街の警備体制と、緊急時における対応の実戦調査でしょ？　さすがに街の皆が暴走するのは想定外じゃないかなぁ」

「ふむ。だが街に敵が侵入するのは建国初期の頃以来だ。王に飼い慣らされても獣は獣。目の前に餌をぶら下げられれば飛びつきたくなるに決まっている」

「ううん……そうなのか、な？　私は、これは想定してなかったけどねー。紅廉ちゃんがよく予測できたなって感心してるくらいだよ」

「あの連中が門を通っただろ」

「うん」

「貧弱すぎて、あれが相手では誰も危機感を覚えないと思ったからな」

蒼憐は街を眺めながら、納得し難いといった表情をした。

二人は天使による被害を食い止めてはいるが、直接手を下す真似はしない。

これはあくまでも調査だ。そう命じられている。

日頃の訓練の成果を兵士たちが披露する場であり、今後エステルドバロニアが侵略された際に迅速な対応が行えるかどうかをテストしているのだ。

「こっちは順調だね。西と東は大騒ぎになってるけど、いいのかな？」

それは外郭守護の第十五軍も対象であり、二人の後ろに立った黒い着物の白い狐も街の騒ぎを見ながら会話に加わってきた。

「梔子姫。北の軍門通りは問題ないのか？」

「あるわけないじゃないか。これまで何が来ても外郭で押し留めてきた実績のある僕らだぞ？　これくらいチョチョイのチョイさ」

「その辺りの経験は、やっぱり十五軍には及ばないよねー」

大きな胸を張って自慢されるが、事実なので紅廉も蒼憐も素直に同意した。

「ただ、あの外者事件があったからね。街の警備を直接担当してはいないけれど、いざという時のためにって訓練を重ねてきたんだ。あいつらもさ」

遠くで狐の魔物たちが天使を相手に大立ち回りをしているのが見える。

梔子姫は我が子を見守るような眼差しでその光景を見ていたが、「けど」と口にして大きく伸びをした。

「さすがに時間かけすぎかな」

紅廉も、自分の軍を見て頷く。

「そうだな。そろそろ終幕にしなければ、沽券に関わる」

二人は顔を見合わせてから、互いの健闘を祈るように笑みを浮かべて外郭の上から飛び降りていった。

それに追随しない蒼憐は、やれやれと肩を竦めて血気盛んな二人を見送る。

「まったくもう。なんだかんだでヤンチャだよね」

蒼憐は、とにかく街に被害が出ないように指示を出すために上に残ることに決めて、通信魔術で部下とやり取りしながら、見ているであろうカロンのことを考える。

（でも、これで国は以前よりも戦いを意識する。皆結構おバカだけど愚かじゃない。能天気にしてるけど置かれた状況は理解できてるはず。あの人間たちを城に入れた時点で、カロン様はこうすることに決めていたのかな。なんにせよ、ここからは遊びじゃないってことかぁ）

相手の切り札の一つがク・ダン・クル・ガラーダなのは間違いない。

それを余裕で潰せるのだと相手国に知らしめるには、いいデモンストレーションになった。

秋も終わる。冬が来る。

（でも、戦争に春はない）

「忙しくなりそうだね」

喧嘩を売られて黙っていられるほど魔物たちは優しくないし、カロンも寛容ではない。

激動の気配を直ぐ側に感じて、蒼憐は上機嫌に目を細めた。

◆

すでに処遇が決定した者たちを除き、イルムたちとアルア・セレスタは地下牢（ちかろう）に投獄された。

負傷は実験によって人間用に最適化された治癒魔術で処置が施されており、副作用で大変なことになっているかもしれないが、ひとまず死んでいない者は生きてはいる。

人的被害は、自業自得を除けばゼロに抑え、街自体への被害も微々たるもので済んだ。

第十三軍と第十五軍も、緊急事態への対応を今後さらに最適化できることだろう。

（結果論なんだけどね……情報をもっと集めないと、俺の方が対応できん……）

しかし、カロンが別働隊を見つけられなかった結果起きた事態だ。

だんだんと自分の能力が明るみに出てきている気がしていた。

コンソールに依存した今の自分では、この特別が効かなくなれば大きなミスを犯しかねない。

そんな反省を内心で行いながら、ルシュカたちからの報告を聞いていた。

「――以上が、アーレンハイト聖王国による襲撃の顛末でございます」

この騒動の一連の流れとその結末を聞いて、カロンは玉座の間に集められた団長たちをまず労い、それから彼らに交ざって跪くスコラと、腕を組んで仁王立ちするミラを見た。

「スコラ・アイアンベイル。ミラ・サイファー。ご苦労だったな」

「陛下への忠義を示したまでですわ」

「王国の背信はないと受け取ってもらえればそれでいい」

（スコラは魔術吸収からの高火力範囲攻撃連発。ミラの新技レンジでチンかぁ……敵に回さなくて正解だったなぁ）

どちらもレベルがエステルドバロニアの主力に及ばないことと、今は協力的だからいいが、もし相応の強さになって敵対されたらかなり厄介になる。

対抗策はいくらでもあるが、できることなら飼い殺しにしてしまいたいと思った。

「して、カロン様。あれらはどうなさいましょうか。私の方で預かってもいいのですがね」

「首を送るほうが効果的じゃないか？　そんなに実験体ばかり集めてどうするつもりだ」

「分かっておりませんなぁルシュカ嬢。我らは善良な魔物なのだから、こういうときでもなければ人間を集められぬだろう？　それに、最初のアレらは、もう老体だから使い物にならなくなってきたしね」

「今調べる必要のあることってあるっけ？」

「もちろんだとも。今力を入れているのは、宝物庫の中にカロン様が護身のために身につけられるものがあるかどうかだよ」

「へぇ。ちなみにあったの？」

「既に何度かお使いになられているよ。ただ、やはり我々が使うものと比べればどうしても格が落ちてしまうからね。だからカロン様に相応しいアイテムを見つけてみせるから期待していてくれたまえ」

「カロン様が更に偉大になられるのか……うひっ」

ルシュカとアルバート、守善（しゅぜん）が盛り上がっている間、エレミヤとグラドラは興味深そうにアルアが使用していた十字槍を眺めている。

「なんか、変な感じだねー。地下伽藍（ちかがらん）に似た感じがするような、でも天空連環のアレとかにも近いようなー」

「実際そういう代物なんだろ。星の鉄から作って、そこに反魂の術を使ってんだからよ」

「星……」

しげしげと眺めていたエレミヤが何かを思いついて、悪い顔をしながらグラドラの手から槍を掠め取ると、忍び足でゆっくりとアルバートの背後に接近していった。

そして大きく振り上げると、

「おじいちゃーん！　へい、パス!!」

貴重な証拠品を、あろうことか放り投げた。

突然声をかけられて振り返ったアルバートが、余裕たっぷりに手を掲げて受け取ろうとする。

ふわりと落ちてくるモノが何か気付いて慌てるルシュカ。

キャッチした瞬間、手の皮膚が焼けたアルバートが槍を手放す瞬間を見る守善。

支えを失った槍の刃がゆっくりと落ちていき、驚いているアルバートの額に深々と刺さる光景を嬉々として見つめる五郎兵衛。

一瞬で体力が大きく削られた上に、毒の追加効果もばっちり食らって崩れ落ちる【真祖】の姿に馬鹿笑いするエレミヤ。

「ああ……隕鉄だからか……」

かなりの衝撃的な光景に唖然としたカロンだったが、アルバートの体質を思えば当然かと納得する。

無敵のような真祖だが、影響範囲外の特殊な物質や魔術相手に一切の防御ができないので、こうして簡単に負傷してしまうのだったと、久しぶりに思い出した。

エレミヤは覚えていたらしく、普段の胡散臭さに対する仕返しのつもりだったようである。

それにしては酷い事件になったが。

「おいおい、死ぬぞあれ」

「バカウケではないか。もっとやれでござる」

「誰か……抜いてくれんかね？　魔術耐性も無効化されて……というか、刺さってる刃が焼けるように熱いのであるが」

「うひゃひゃひゃひゃひゃひゃっ！　は、はぁーっはっはっはっは！　あはぁ！　おじいちゃんめっちゃ面白くなったんですけどー！」

「はいはいはい！　カロン様がお目溢ししてくれていると言っても、そろそろ本題に戻るぞ！」

アルバートに刺さった十字槍を乱暴に引き抜いたルシュカが、聞き分けのない子供をまとめるように手を叩いた。

正直、目くじらを立てなきゃいけないほど切迫した状況でもないので放っておいてもよかったが、一応は重犯罪者の処遇を決めるための場である。

咳払いをして姿勢を正してから、カロンは予定していたことを口にした。

「アルア・セレスタはアーレンハイトに送り返す」

「陛下？　温情は必要ないと」

「監視の魔術を何重にも付与、隠蔽した状態でだ。五感全ての情報を奪える状態にしてアーレンハイト内部に入れる」

守善はカロンの言葉の意図を汲んで補足する。

「逆スパイですか」

「向こうもエステルドバロニアの情報を得たのだから、こちらも同じようなことをしても構わんだろう？　そのために兵を犠牲にする気もない」

「いい研究材料になりそうなんですがね。おっと、血が」

「あんな三下の勇者を調べてなにが分かんだよ。俺たちの知る勇者や英雄とは別の存在じゃないことは把握できてんだから、それでいいだろ」

「では、男どもは？」

「それは好きにしろ。どうせ捨て駒だ」

決してアルアを見逃すわけではない。

これだけのことを目論んで失敗に終わった者がどんな末路を辿るかは、考えなくても分かることだ。

ミラの顔を立てて一応はリフェリス王国からの客人として五体満足で帰すが、アーレンハイトにどの面を下げて戻るのか実に見物である。

責任をリフェリス王国に求めたとしても、まともな対応をするとは思えないし、吹けば飛ぶ藁の王国に手を割くのも馬鹿らしい。

「目的だった緊急時の対応の確認だが……この程度が相手では、遊ぶ余裕が出てしまって良くなかったな」

軍は遊んでいなかったと思ったルシュカだが、補足するように同意してみせた。

「街の魔物たちが、あれほど馬鹿だとは思いませんでした」

ルシュカがそう口にしてしまうと、まるでカロンが同じ気持ちのように扱われる。

「いやぁ、そこまでは言ってないんだけど……」

「王様ー。残ってる人間ってどうしてるのー？」

自分も少し活躍したいと思ってエレミヤが尋ねると、カロンは興味関心を持つことなくコンソールウィンドウ越しに淡々と答える。

「地下伽藍の牢獄だ」

それを聞いて、アルバート以外の団長たちは揃って嫌そうな顔を作った。

「あー」

「先ほど【サタナエル】から連絡があった。今度は味のする食材を寄越せ、だそうだ」

「なるほどー、もう食べちゃってる系かー」

立ち入ることのない地下伽藍だが、そこにいる存在を知っていればエレミヤのように遠い目をしても不思議ではない。

グラドラと五郎兵衛も、一番不運なルートを選んだ人間に同情してしまった。

「これで、我々の次なる目標が定められたな」

どこか楽しそうなカロンの声に、魔物たちも獰猛な笑みで応える。

隊列を整えて跪き、言葉を待つ団長たちを見ながら、カロンは立ち上がって鋭く宣言した。

「アーレンハイト聖王国との戦に備えよ。これまで我らの牙は人間に加減してきたが、此度はそんな気遣いの必要はない。存分に食い散らかし、いかに愚かであったかを魂にまで刻め」

深く頭を垂れる彼らから溢れる闘争への渇望を肌で感じながら、カロンは大きく頷いて遠くを見つめた。

「あとは、あいつか」

それで、エステルドバロニア内での厄介事は片付くことになる。

ようやく次に進める。新しい行動ができる。

(戦争になる)

この世界に来たばかりの頃とは違う。

殺す覚悟ではない。

守る覚悟ができた。

故に、暗い紫黒の双眸には強い殺意が燃えていた。

「……」

隣に立つ副官の、気遣わしげな眼差しを知らぬまま。

◈ 終章 ◈

獣

王城で起こった騒動は、エステルドバロニアに一切の影響を及ぼすものではなかった。

使命を受けてこの国に挑んだ何十人の人間が命を落としても、そんなものでしかなかった。

ガラゴロと荷馬車の車輪が回る。

車輪が石で跳ねるたびに積み荷が大きく音を立て、御者である夫の隣に座る妻が不安げに振り返った。

大量の木箱の中には、エステルドバロニア産の野菜や果物がこれでもかと詰め込まれている。

魔物相手に臆しながらも交渉して回った結果、一軒の青果店と取引することができたサルタンの商人夫婦にとって、この積み荷は挑戦であり、全財産でもあった。

ホクホク顔の夫は呑気(のんき)に「大丈夫だよ」と言うが、妻からすれば気が気ではない。

「サザラさんが衝撃緩和の魔術をかけてくれてるから」

「ですけど……」

妻は何度も荷台を振り返って確認していたが、ふと護衛している散々紗々羅(さんざんささら)と目が合った。

バツが悪そうに視線を逸(そ)らした彼女に、紗々羅は豪快に笑ってみせた。

「そう心配しなさんな！　大した術じゃあねえが、あんたらの商売が台無しになるほどチンケな魔術じゃねえよ」

だとしても、運命を左右する商品なのだ。

紗々羅を信じていないわけではないが、心配なものは心配なのである。

「それでもなんかあったら……ジルカが弁償してくれんだろうよ」

「ええ？　僕がかい？」

紗々羅とは逆側を歩いていたジルカが驚きの声を上げる。

美しい金色の獅子人（ライオネル）のそれは場を和ませるための演技だと分かっていても、胸にストンと落ちてくるような温かさがあった。

「あんたが儂（わし）の雇い主だろう？」

「確かにそうだけど……まあ、君の術で何か問題が起こるとは思わないけどね」

「流れ者に随分と期待してんなぁ」

「ははっ、長い物に巻かれる主義なんだよ」

「長い、ねぇ……」

紗々羅が含みのある呟（つぶや）きをしながら遠くを見つめる。

「なら」

ジルカは、離れていく白い王城を見た。

「この国に巻かれたほうがいいんじゃないのかな？　皆あれを見たでしょ？」

あれとは、空に現れたアルマ聖教で語られる機械仕掛けの天使と、それに立ち向かった魔物たちの光景を指していた。

ジルカの話に乗ったのは、商人だった。

「凄かったですね！」

彼は怪獣戦争のような光景に脳を焼かれてしまったようである。

妻の呆れた顔との対比が、今後の二人の夫婦生活に支障が出そうな予感を覚えさせた。

「天使の姿をした魔物と、それに立ち向かっていく様々な魔物！　なんなんでしょう。よく分かっていないのですが、とても胸が熱くなりました！」

安全圏から見ていたから出てくる言葉だ。

それに、ジルカも呑気に同意する。

「やあ、そうだね。エステルドバロニアの強さも見られたし、君としても商売するのは悪くない国だったんじゃないのかな？　あの国力だ。上手くやれば稼げるよ」

「はっはっは！　その時は、またジルカさんたちに依頼しちゃおうかな～」

「是非頼むよ」

笑い合う二人を見ていた商人の妻が、冷めた目をする紗々羅に申し訳なさそうに頭を下げた。

「すみません。紗々羅さんが大変な思いをなさったのに、この人は……きつく言っておきますので、お許しください」

紗々羅は豪快に笑った。

「気にしなさんな！　ちゃーんと報酬はもらってんだ。それが仕事なんだから、雇ったあんたが気にすることじゃねえさ」

「そうだね。帰ってきてくれてたら良かったんだけどねぇ」

「見放されたんじゃねえのかい？」

「はは。否定はできないかも」

ジルカと紗々羅は後ろを見る。

二人から離れた後方にリコットとオーグノルがいて、その更に後ろをフォルファが暗い表情で歩いていた。

「んふふー」

上機嫌に宝石の沢山嵌め込まれた腕輪を見ているリコットに、オーグノルは興味深そうに問いかけた。

「買ったのか？」

「んー？　まあねー。色々とおまけしてもらってさぁ」

彼女を彩る宝石たちは、ヴァーミリアやサルタンでもお目にかかれない代物だ。

ジルカでも手が届かないかもしれないような高級品を身に着けているのは不自然でしかない。

「オーグノルも、なんか機嫌良さそうだけど？」

問うべきかと逡巡するオーグノルだったが、指で大粒のルビーをあしらった指輪を触りながらのリコットの言葉に視線を逸らした。

「どーせ無茶苦茶してきたんでしょ。あんた好きだもんねー。ヴァーミリアじゃどこも出禁になってるって聞いてるよ？」

「人の嗜好に、口出しするな」

「あっそ。あーあ、可哀想なんだー」

「……それより、あれは、どうした」

オーグノルが鼻を振って後ろを指す。

最後尾を歩くフォルファは、ふわふわの羽毛をぎゅっと畳んで体を縮めており、異様なほど怯えているようだ。

天使事件の後も帰ってこず、翌日の早朝にようやく帰ってきたかと思えば、しきりに「早く国へ戻ろう」とジルカに懇願していた。

商人がその切羽詰まった姿に気を遣って帰国の予定を早めてくれたが、一体何を見たのかという疑問には一向に答えてくれないので、誰もフォルファがおかしくなった理由が分からないでいる。

「知らないよ。どっかに忍び込んで下手でも打ったんじゃないの？　別にどうでもよくない？」

冒険者ギルドでも鼻つまみ者だった二人がジルカと共にいるのは、拾ってもらった恩義や報酬の支払いの良さ以上に、無用な詮索と束縛がないからである。

見知らぬ土地で監視の目が外れたからと羽目を外してしまったが、両者ともに自分のしたことに後悔はなく、晴れ晴れとしていた。

馬車は外郭の正門へと近づいていく。

獣人の兵士が警備する門を馬車が潜り、ジルカたちも続いた。

「……え？」

リコットが突然のことに啞然とする。

抜けた先には、純白の空間が広がっていた。

果ての分からない謎の空間は、誰が見ても草原などではない。

そして、馬車と商人夫婦の姿がどこにもない。すぐ側にあったはずの、あれだけ大きなものが。

誰もが理解不能な状況に混乱している中、突然声が響いた。

「貴金属店からの窃盗、娼婦への婦女暴行、おまけに王城に不法侵入か。ずいぶん景気のいい連中じゃあないか」

姿の見えない何者かの声は四方八方から聞こえてくる。

ただ、その声には皆聞き覚えがあった。

「ああ、人間のことは心配しなくていい。彼らは大切な客人だからきちんと帰れるようにしてるからさ。ま、そんなことより問題は君たちだ。冒険者というのはそんなに品位に欠ける輩しかいないのかい？　少なくとも、僕の知る冒険者たちは命知らずで戦闘狂で、好奇心と功名心の塊みたいなのだったけど。なんにせよ、君たちは我らがエステルドバロニアにおいて罪を犯し、あまつさえ贖罪もせずに去ろうとしている。我らは侮辱を許すことはなく、愚かな行為を蔓延らせるほど寛容ではない」

「結界か」

「これは抜けないかな。めちゃくちゃ高度な隔離結界だよ」

オーグノルとリコットは悪びれもせずに武器を構えた。フォルファに至っては、剣を握って過剰に周囲を警戒している。

「リコット、オーグノル。問題を起こさないように言ってたはずなんだけどね」

「ごめんなさーいジルカ様ぁ。でもぉ、最近私へのプレゼントが減ってたのが悲しかったんですぅ」

さすがのジルカもこれには呆れるしかないのか、苦い笑いを浮かべてゆるゆると頭を振った。

「念のため聞いておくけど、この状況で何かを差し出して許してもらえるとは思ってないよね？　お金払えば見逃してもらえるなんて生易しい国じゃないからさ。もしそんな無駄なことしようとしてるなら、やらない方が建設的だよ？」

「あらぁ、いつもみたいにはいかないのかぁ。じゃ、逃げるしかなさそうだね」

「そう、なるか」

「なるほど。馬鹿が仲間じゃ苦労してそうだね。いや、だから連れてたのかな？　なんにせよ、後始末はよろしく頼んだよ。カロンが望んだとしても、これは君が選んだんだからさ」

誰に告げているのか不明な台詞を残して、陽気な声は遠ざかっていった。

その声の主が誰に言葉を向けたのか。

誰かがそれを理解する前に、乾いた鈴のような音が鳴り、音の方向に視線を向けたリコットの頭部が、黄金の棒で貫かれていた。

べっとりと血のついた六角形の棒は、綺麗にリコットの顔の中心を貫いている。

ぐらぐらとバランスを崩して大きく揺れたリコットは、転ぶように倒れると、そのまま二度と動くことはなかった。

「っ！　貴様――！」

オーグノルはすぐに防御系のスキルを全て発動させ、大盾を召喚して防御の構えを取るが、黄金の棒はオーグノルの頭上から猛スピードで落下し、象の巨軀を串刺しにした。

僅か数十秒の出来事に反応できた者はいない。

生きて立っているのはジルカ、フォルファ。

そして、

「共に旅した誼みだ。抵抗しなけりゃ苦しまずに引導を渡してやんよ。大した旅じゃあなかったが恩は多少あるからなぁ」

狸の獣人は、数歩前に進んでゆっくりと振り返る。両の手には二人の命を奪ったものと同じ金の棍棒を握っていた。

神獣【隠神刑部】。

魔術を解いた瞳には、エステルドバロニアの紋章が刻まれていた。

「逃げるぞ！」

フォルファが羽を逆立てて警戒しながらジルカに叫ぶも、放心しているのかジルカは目を見開いたまま動かない。

リコットもオーグノルも問題児ではあったが能力は確かなものだった。

特にオーグノルの防御力はかなりのもので、ちょっとやそっとじゃビクともしないほどだ。

それが一撃。

剣を構えていたフォルファの羽が風のうねりを感じ取り、本能で横に飛ぶ。

その位置を、金の軌跡が通り過ぎた。

視覚では追えない速度で飛翔(ひしょう)する金の棒、〝四聖六道浄波棍(しせいりくどうじょうはこん)〟は、意思を持つようにフォルファの周囲を回り出した。

フォルファはどうにかこの場を離脱する方法を思案するが、白だけが続く奇妙な隔離結界を壊す算段もつかない。

唯一の手段は、術者を倒すこと。そのためには、紗々羅を殺すこと。

「ひっ、ひっ、ひっ、ひっ、ひっ」

ヴァーミリアの国王お抱えの冒険者が漏らす、引きつった呼吸音。

それが難しさを表していた。

「なあ、梟(ふくろう)。あんた、城で見たんだろ？　それを、あんたの王様にどう説明するんだ？」

フォルファが見た光景は、スコラやミラの健闘ではない。

侵入者を始末していく、悍ましい処刑の様子だ。

あれが魔物の文明というのなら、エステルドバロニアが覇権を握れば人類は家畜に成り下がるだろうと、フォルファには見えていた。

ヴァーミリアの王に伝えることなど決まっている。

聖王国と手を組んででも、この国を滅ぼすべきであると。

震える剣の切っ先に感情を見た紗々羅は、「残念だ」と呟いて手を掲げた。

「どうしてあんたたちがエステルドバロニアに招かれたと思う？」

フォルファの周囲を飛ぶ棍に、血に塗れた二本が加わる。

「獣人の国ってもんがマトモかどうか、もう少し調べたかったんだが……答えは、あんたたちが導いたんだぜ？　まっとうにしてりゃあ良かったものを、クソみてえな欲を出しやがって」

紗々羅が手を振り下ろした瞬間、フォルファが走り出すよりも早く、三本の棍棒が梟の体を地面に縫い付けた。

「てめえの因果だ。無苦の死を喜べ」

紗々羅の握っていた棍がふわりと浮かび上がり、フォルファが苦痛に喘ぐ間もなく、頭部を刺し貫いた。

しん、と静まり返る白い空間の中に拍手が鳴る。

「いや、お見事。強いとは思っていたけど、あのフォルファが子供扱いなんて思いもよらなかったよ。あれでも、ヴァーミリアでは名だたる冒険者チームの一人なんだけど」

死体から伸びる血の道の上で、ジルカは笑顔を崩さぬまま、仲間の死に憤ることもなく、心の底から紗々羅を讃えていた。

「君は魔術師なのかい？　てっきり武闘家か何かかと思っていたんだけど、それも読めなかったよ。さすが、エステルドバロニアの幹部だね」

「こうなるのが分かってたって口ぶりだな。自分が生かされるのも織り込み済みかい？」

「そんなことはないよ。ただ、リコットたちにはいつか罰が下るとは思っていたし、それがこの国だろうとも思っていたかな。安全を担保してくれたのは有り難かったけど、命乞いに加担しようとは元から考えてなかったよ」

「策士にゃ程遠い、行き当たりばったりの作戦だなぁ」

「それだけ、グラングラッド＝ジルカの立場は無価値ってことさ」

三つの死体をそのままに、白い空間の中で語らう二人。

獅子は狩られる側であり、狸はいつ首を獲ろうかと虎視眈々と狙っている。

問答を間違えれば、その瞬間にジルカは呆気なく死ぬだろう。

そこら辺に転がる彼らのように。

それでもジルカは笑みを絶やさない。

　処世術ではなく、この博打(ばくち)に勝っても負けても笑えると、心の奥底から信じているから。

「おべんちゃらだけのガキかと思ってたが、そうでもねえらしいな」

「あれ、驚かないのかい？　これでもグラングラッド王の子なんだけど。それに、君がこの国の魔物だって見抜いてたのも」

「そういったことは親父(おやじ)殿に十分見せられてんのよ。探偵ごっこくらいで驚きのおねだりか？　しょうもねえ話より、俺のご機嫌取りすんのが筋ってもんだろ」

　滅茶苦茶(めちゃくちゃ)な理論だ。

　しかし、それ以外にできることがないのは確かだ。

　紗々羅が意図して生かしたのは、ジルカが法に背(そむ)いていないからではない。その気になれば監督責任でもなんでも理由をつけてさっさと始末する方が時間を浪費せずに済む。

　躾(しつけ)のなっていない冒険者と、扱いきれない父お抱えの冒険者を与えられて送り込まれるような王子の命に、いかほどの価値があるのか。

　よく理解しているからこそ、ジルカは紗々羅の求めているものも理解している。

「ヴァーミリアに来ないかい？　もちろん、僕の新しい部下として」

　ジルカが今確約できるのは、それしかない。

「これでも王族の端くれだから、国の中ならどこにでも行ける。もちろん王宮の中も自由に動ける。これからアーレンハイトと戦争するなら、ヴァーミリアの動向は把握しておきたいだろう？」

「へえ。魔術の……カランドラにあんたの首持って取り入るとは思わねえのかい？」

「アーレンハイトの工作部隊がカランドラの使者を偽ったんだ。詳しくは知らないけど、カランドラとアーレンハイトは何かしらの関係があると考えられる。アーレンハイトを相手にするようで、実際は二国を相手取るつもりじゃないのかな？」

「南の大陸丸ごと敵に回したって困りゃしねえ。そいつはちっとばかし自分を高く見すぎだ」

「確かにね。でも、もしアーレンハイトを落とせば嫌でも僕たちに接触することになる。そのための布石を打とうと君が……エステルドバロニア王の指示を受けているんだろ？」

紗々羅は、推理が当たっているか知ろうとするジルカを尖った鼻で笑う。

この局面で嘘も誤魔化しも必要ない。

「残念だが、儂が親父殿から賜ったのは『存分に暴れろ』の言葉でな。これは儂の気まぐれだ」

「……まとめてヴァーミリアも平らげるつもりなのかい？」

「かくあれかしと望まれてんならそうするのが儂の仕事よ。んで、ヴァーミリアに行く利点はそれだけかい？　グラングラッド＝ジルカ、てめえの目的とどう合致すんのか聞かせろよ」

いつの間にか紗々羅の手に戻っていた四本の棍が、ジルカの眼前に突きつけられる。

この問答で最後になると言外に告げられて、金獅子は更に笑みを深めた。

「僕の親兄弟を殺してくれれば、ヴァーミリアはエステルドバロニアに隷属したっていいよ」

紗々羅は、それに笑顔で応える。

都合が良ければそれでいい。最後に全て土に還したっていい。エステルドバロニアが永劫の繁栄をすればいい。

互いの利のために、二人は何も言わず互いを利用することを良しとするのだった。

◆

「らんららん、らーららららーらー」

陽気に口ずさむ声が、薄暗い通路に響いている。

下へと向かうスロープは曲がりくねっており、どれだけ進んでも先の光が見えてこない。

ウェディングドレスのような純白の法衣を纏い、バタバタと跳ねるナニカを詰め込んだ麻袋を引きずりながら、女は白と藍の長い髪を揺らして、上機嫌に軽くステップまで踏みながら奥へと下りていく。

「ちゃっちゃらら、ちゃらら、らーららーらー」

薄気味悪い中で薄気味悪い行動をする女は、それでも神聖な雰囲気を損なっていなかった。

アーレンハイト聖王国の聖王であり、選ばれし竜の聖女でもある彼女、エレナ・ルシオーネは、今日帰ってきたアルア・セレスタから聞いた話を思い出す。

送り込んだ部隊は混乱を生むことすらできず全滅し、アルアも成果を上げることなく王国の勇者に敗北。しまいには生き恥を晒してのうのうと帰ってくる無様さ。

エステルドバロニアに余裕と自信を与える結果となったことは不満だが、それはそれでこれからの戦争に対する危機感を持てると思うことで、エレナは前向きに気持ちを切り替えた。

北の辺境で魔王がどうしているのか気になるところだが、それよりも目先の害悪を滅ぼすほうが重要である。

アーレンハイト議会も、エステルドバロニアとの戦争に全会一致で賛成だ。

これはもう、男神ザハナの導きであるだろう。

「らーららー、らららん、らったらーらー」

でたらめな歌詞の聖歌を口ずさみながら進み続けて、ようやく青白い光が遠くに見えてきた。

ズルズルと麻袋を片手で引き摺りながら、エッツァ城の地下深くにある空間へと辿り着いたエレナは、そこにいた銀騎士に気付いて笑みを深めた。

「聖女様」

複雑な彫刻の施された銀のヘルムを被った女は、白いレオタードに銀の籠手と具足をはめた珍妙な装備をしている。

短いマントをしているのも相俟って、まともな騎士ではなく趣味の悪いコスプレのように見えるが、それでも彼女はアーレンハイトの勇者の一人だ。

「あら。グロキシニアも来ていたの？」

「はい。アルマ様のお姿を見ていたく」

「貴女は本当にアルマ様が好きなのね」

「はい」

テノールのような低く響くグロキシニアの声に喜色（きしょく）を感じて、エレナは幸せそうに微笑（ほほえ）む。

「貴女のような素晴らしい騎士をもって、私は幸せだわ。あ～あ、どうしてみんな反対するのかしら。アーレンハイトにとってこれほど大事な儀式はないのに」

「誰もが聖典の御伽噺（おとぎばなし）としか思っていませんから。我々にとってザハナ様が、アルマ様がいかに偉大で素晴らしく重要であるか理解できないのでしょう」

「まったく、司教様にも困ったものだわ！　どれだけの犠牲が必要と思っているのですか、だって。そんなこと考える必要なんてないのに」

「ええ。ですが我々だけでも進められたのは僥倖（ぎょうこう）だったかと」

「そうね。カランドラから集められてよかったわ」

二人が同時に見上げたのは、広い空間の中央に鎮座（ちんざ）する巨大なガラスのドーム。

緑色の液体で満たされた中では、歪（いびつ）な形状の蛇に似た黒い影が回遊し、ドーム頂上で作業する白い布を被った集団が投げ込む物を捕食している。

大小様々なサイズと形状のパイプが突き刺さったドームの麓（ふもと）では、大量の計器を見て歩く白装束の集団が話し合いをしている。

餌(えさ)が投げ込まれる直前にだけ、精神を壊しかねない耳を劈(つんざ)くような高い音が響いていた。

ここでは、皆が一丸となって復活に向けて懸命に働いていた。

その光景に、エレナは眩(まぶ)しそうに目を細める。

「素晴らしいですわね。これが人の力、未来を作る可能性、ザハナ様への信仰の賜物(たまもの)よ」

美しいと見つめるものが研究所の培養槽のようなものではなく、市井の暮らしなどであれば説得力もあるだろう。

だが、その疑問を持つ者はこの場にはいない。

「ところで聖女様、それは？」

ヘルムでくぐもったグロキシニアの声を聞いて、エレナは引き摺っていた物を思い出す。

「ああ、そうだったわ！　はい、これ」

差し出された麻袋の口を結ぶ紐(ひも)を見て、グロキシニアは首を傾(かし)げながら解いて中を確認する。

「……ああ」

中から覗(のぞ)いていたのは、口枷(くちかせ)を嵌められて全身を縛られた――アルア・セレスタだった。

薬でも打たれているのか、意識が朦朧(もうろう)としているようで涎(よだれ)を垂らしながら覚束(おぼつか)ない視線を必死に合わせようとしているのが分かる。

「これも入れておいてちょうだい。もう使い終わっちゃったから」

残り少なくなった口紅を捨てるような気軽さで、エレナは人間を差し出した。

受け取ったグロキシニアもまた、捨てるのを頼まれた知り合いのような軽い頷(うなず)きを返す。

「これからもっと忙しくなってくるわ。グロキシニアもちゃんと準備しておいてね？」

「ええ。もちろんです」

「あっ！　最後に話だけ聞いておこうかしら」

エレナはそう言いながら、腰を折ってアルアの口枷をそっと外す。

「ぷはっ！　エレナ、猊下(げいか)……私は何が……ここはいったい……」

「大丈夫よ、アルア。貴女はしっかり仕事を果たしてくれました。あとは、アルマ様の御下(みもと)に向かえばいいわ。それで幸福な来世にきっと連れて行ってくださるから」

「なんの話をして、るんですか？　アルマは……それは銀の……ここは……」

「アルア」

エレナは、聖女としての顔を崩さない。

聖女として育てられて、聖女になるために競争し、聖女となれなかった同世代を廃棄してきても、聖女としての顔だけは崩れない。

その腹の底で、混沌(こんとん)が渦巻いていようとも。

「貴女は愚かで惨めで哀れで……悲劇のヒロインと思い込んでいた玩具だったわね」

「エレ、ナ……？」

「夫の死の理由も知らない。私の考えも知らない。ただ周りに流されるばかりで、真実を知る勇気もなく悲観するだけで何もしない。魔物の国で剣を抜いたと聞いて驚いたけれども、やっぱり貴女はその程度しかできないのね。自分の境遇も、環境も、閉じた現在も打開できない、本当に可哀想な人」

朦朧とした意識でも分かった。

エレナの告げるものが、半月を描く瞳の奥が、アルア・セレスタの存在を侮蔑していると。

言葉を失い、体の震えが止まらなくなったアルアが、ここに来てようやく自分の立場を理解したのかと思うだけで、僅かに残っていたエレナの興味を削(そ)ぐには十分だった。

「それじゃあ、よろしくお願いするわね」

手をひらひらと揺らしながら、背を向けて歩き出したエレナの耳に、もうアルアの呼ぶ声は聞こえない。

薄暗い通路に戻って、また歌いながら軽い足取りで地表に向かって歩く。

最後の最後に、恐らくはアルアがドームに投げ込まれる寸前に上げた、劈くような高い声の残響だけは微かに聞こえたような気がした。

「これまでの聖女様たちの悲願が叶(かな)うわ。もうすぐもうすぐ、あとちょっと。ふふっ、神話は現代に蘇(よみがえ)るのよ。みんなみんな、アルマ様の威光に跪(ひざまず)き、ザハナ様の神聖に涙するわ」

首に提げられた白竜のペンダントに触りながら、エレナは歓喜を抑える。

「愉(たの)しみましょうねぇぇ、カロン陛下ぁぁぁ」

過去最大の戦争。

その予感にエレナは笑みが抑えられない。

悪しきエステルドバロニアと、白竜アルマとアーレンハイトの戦は、もうすでに始まっているのだった。

設定資料集

評価	人間の該当ランク	魔物の該当ランク
G・F	一般人	ランク1～3
E・D	兵士、騎士等の平均	ランク4～5
C・B	探索者、勇者候補の平均	ランク6～7
A・S	勇者、英雄の平均	ランク7～9
SS・SSS	伝説の勇者、英雄	ランク8～10
EX	最高位　特殊枠	

「私の剣は届くんだ。
お前にだって、
魔王にだって、
私の剣は届く！」

ミラ・サイファー

種族：人間

HP	C	MP	A
ATK	B	DEF	C
M.ATK	B	M.DEF	D
SPD	S	SKILL	B

スタンススキル《勇者》

敵ユニットのレベルを参照して自身のレベルをある程度まで一時的に上昇させる。

スタンススキル《雷霆の末裔》

雷系の専用ウェポンスキルが使用可能になる。

スタンススキル《雷剣の使い手》

武器を問わず麻痺・帯電のデバフを付与できる。

スタンススキル《反逆のレガリア》

敵とのレベル差に比例してステータスを強化する。

リフェリス王国の騎士団長であり、“天雷”の二つ名を冠する勇者。
カロンとの邂逅を経て勇者としての自覚を歪めたことで、エステルドバロニアに敵対する者は誰であろうと始末するようになった。しかし根底には王国を守るという強い信念が存在するため、魔物に恭順した勇者に与えられる“堕落”の称号は辛うじて付与されていない。

「どうか
私を使い潰し、
命尽き果てるまで
壊して
くださいませ」

スコラ・アイアンベイル

種族：人間

HP	B	MP	S
ATK	S	DEF	B
M.ATK	A	M.DEF	B
SPD	C	SKILL	SS

スタンススキル《勇者》

敵ユニットのレベルを参照して自身のレベルを同程度まで一時的に上昇させる。

スタンススキル《天稟》

使用武器の適性をSまで上昇させて、スキルの効果にも補正を行う。

スタンススキル《星の要塞》

すべての攻撃に星の属性を僅かに付与する。

スタンススキル《??の末裔》

戦闘毎にランダムで複数の勇者専用スキルを使用可能にするが、HPの5%を消費する。

ニュエル帝国の叡智を結集して生み出された生体兵器であり、入手可能な勇者の遺伝子を組み込んだ結果に誕生した人造勇者。万を超える犠牲の果てに得た力は絶大であり、魔王軍の侵攻を単騎で押し返したこともある。まさに帝国にとっての救世主だが、その代償に様々な異常を抱えており、その最強は誰よりも短い有限である。

「我は死。我は呪。我々は、命である」

バハラルカ

種族:死霊種
ランク10“エタニティカース”

HP	EX	MP	SS
ATK	E	DEF	D
M.ATK	B	M.DEF	D
SPD	B	SKILL	SSS

個体保有スキル《バチカル・オブ・サタン》
全ての攻撃に付与された属性を消し去る。

個体保有スキル《アィーアツブス・オブ・リリス》
自身の周囲に“失心”の状態異常を付与するフィールドを生成する。

個体保有スキル《シェリダー・オブ・ルキフグス》
特定条件でのみユニットの破壊が可能となる。

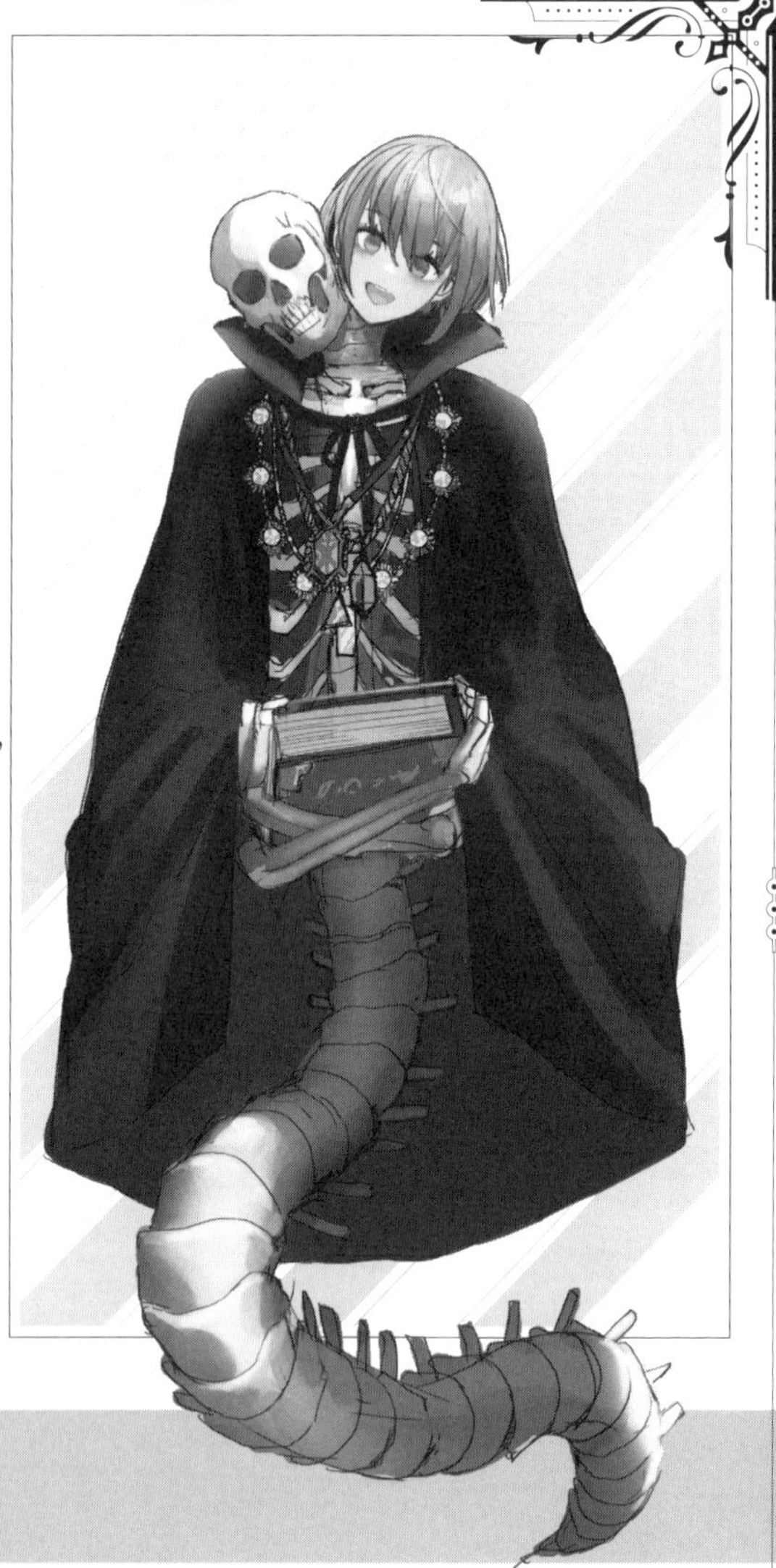

古今東西ありとあらゆる呪詛を身に受けて、しかし強い耐性があったために最後まで死ななかった双子は、溶け合って人の形を失った姿になっても唱えていた世界への憎悪を解き放ち、三日で世界を飲み込む極大の呪詛で文明を滅ぼした。
肉体を失って異形の魂となっても、死そのものとなったエタニティカースを殺すには特殊な方法が必要となる。そこに辿り着くまで、どれだけの犠牲が必要か。

「八百八の命、
松山の恩讐とともに
我が胸にあり」

散々紗々羅

種族：獣人種
ランク10“隠神刑部”

HP	EX	MP	SS
ATK	E	DEF	D
M.ATK	B	M.DEF	D
SPD	B	SKILL	SSS

個体保有スキル《八百八の同胞》

ランク4の“陰陽狸”を最大808体、同時配置8体を常に召喚できる。

個体保有スキル《狼狸の咒い》

阻害系の符術のランク上限を開放する。

個体保有スキル《神の獣》

属性攻撃を軽減するが、星属性に弱くなる。

三大狸話の一つに登場する狸の親玉であり、またの名を八百八狸とも呼ばれる。
人の信仰によって神獣となったが、利用された挙げ句に封印された歴史を持っていることから、決して人間に好意的ではない。八百八の狸たちを統べるに足る神通力を持っており、幻術や呪術に長ける。決定打は胆力に頼ることになるため強力とは言えないが、なんでも卒なくこなすオールラウンダーとして活躍するだろう。

あとがき

この度は、『エステルドバロニア5』をお買い上げいただき、誠にありがとうございます。

今回はたくさんあとがき書いていいよと担当者様が仰(おっしゃ)ってくださいましたが、毎回毎回何を書けばいいんだ……と悩んでいる私にとってはとても難題でありまして、いつも楽しみにしてくださっている皆様への感謝を並べるばかりなのも読んでいて楽しくはないでしょうし、今回はエステルドバロニアに関しての四方山話(よもやまばなし)をしようかと思います。

エステルドバロニアを初めてウェブに掲載したのが、なんと二〇一二年。今から十年も前のことなんですねぇ。

当時はまだ成人したばかりのイケイケな年頃で、ちまちまとノートに小説を書いたりすることはあっても誰かに見せようとしたことがない人間でした。

長々と小説を書いてみたいと思い、本当になんとなく連載をスタートして、隔週くらいのペースで投稿したものが書籍になるなんて、本当に人生とは何が起こるか分からないものです。

もともと遅筆だったのが、時は流れてどんどん忙しくなっていき、結婚して子供も三人に増え、環境が大きく変わって考える時間が減っていき、それでもエステルドバロニアを続けているのだと思うと感慨深いものです。

草案ではカロンも戦闘で活躍させようと思っていたのですが、やっぱり魔物が活躍するほうがそれっぽいよねと考え直して今の形になったのですが、そのせいで処女作であるにもかかわらず難易度の高い群像劇っぽくなってしまい、正直後悔しております。

何をどうすれば必要な情報を纏めてそれぞれに見せ場を作れるのか、何度書いても頭が痛くなる難しさでございます。

この五巻は、そんな本格的な長編に初挑戦した男がこれまで書いてきたキャラクターたちを一度精算するつもりで書きました。

なのに、出すキャラ出すキャラどうしてこんな癖の強い奴らなんだろうと疑問が湧いていきまして。本当なんなんでしょうね。

もっと王道の悪役路線で行くつもりだったのに、人間側のほうが思考に些か難のあるキャラばかり。執筆している自分が人間をどう見ているのかがよく分かりますね。

どうりで友人とかいないわけだ！　よく結婚できてるな私！

まあ、それはおいておいて。

エステルドバロニアの方向性としては、今のところは分かりやすい構図かと思います。

カロンたちの正義があって、現地民の正義に干渉したことで衝突が起こる、みたいな。

それが個人個人だともっとシンプルなんですが、どうしても国家という大きな枠で扱う必要があるために、戦うだけの相手だけどそこに暮らす人々の思考なども ある程度反映させなければなりません。

もしかすると読んでいても気にならなかったり、そもそも要らないと思われていたりする部分かもしれませんが、この辺でなんとかリアリティを出さないとつまらなくなってしまうと私は思っております。

もちろんカロンたちの活躍をたくさん書けと言われてしまうでしょうが、大目に見ていただけると幸いです。

ああ。こう書いちゃうと、なんで今回こんなにページ少ないんだと言われてしまう……。

でも、今回はこの長さくらいがくどすぎなくていいと思っています。話の後半は各国のスタンスを表現するのに割いているので、カロンの登場も控えめですし。

ともあれ、ここが一つの区切りのようになって、次からまた新しい土地へ向かうでしょう。

それも楽しみにしていただけたら嬉（うれ）しいです。

最後に一つだけ、正真正銘の愚痴を言わせてください。

主人公が城に引きこもりっぱなしは、面白くするのがめちゃくちゃ難しいです。

百黒雅（ももくろみやび）でした。また次回があればお会いいたしましょう。

百黒　雅

美味しいですよー！！
そうじゃないのー！！
祝5巻刊行
料理長とリーレ&スコラのやりとりが
ほんわかかわいくて癒しでした
5巻ではスコラの魅力がいっぱい描かれていて
私もすっかりスコラをすこれの民です。

エステルドバロニア５

2023年5月30日　初版発行

著　者　百黒 雅（ももくろ みやび）
イラスト　sime
発行者　山下直久
発　行　株式会社KADOKAWA
〒102-8177 東京都千代田区富士見2-13-3
電話 0570-002-301（ナビダイヤル）

編集企画　ファミ通文庫編集部

デザイン　横山券露央、小野寺菜緒（ビーワークス）
写植・製版　株式会社オノ・エーワン
印刷・製本　凸版印刷株式会社

●お問い合わせ
https://www.kadokawa.co.jp/（「お問い合わせ」へお進みください）
※内容によっては、お答えできない場合があります。
※サポートは日本国内のみとさせていただきます。
※Japanese text only

 ISBN978-4-04-737423-2 C0093　定価はカバーに表示してあります。